小学館文庫

わが名はオズヌ

今野 敏

小学館

主要登場人物

賀《か》茂《も》　晶《あきら》———神奈川県立南浜高校の生徒。またの名はオズヌ。
自殺未遂を機に、役《エンノ》小《オ》角《ヅヌ》へ転生する。

赤《あか》岩《いわ》猛《たけ》雄《お》———賀茂の同級生で、もと暴走族リーダー。
後《ゴ》鬼《キ》として小角に従う。

水《みず》越《こし》陽《よう》子《こ》———美人でナイスバディーな賀茂晶の担任教師。
小角の信奉者。

高《たか》尾《お》　勇《いさむ》———神奈川県警生活安全部少年捜査課の私服警察官。
少年更生に燃える『仕置き人』。

丸《まる》木《き》正《しょう》太《た》———高尾の部下。捜査中に小角を調べ始め、
古代史・伝説・呪術等を知る。

真《ま》鍋《なべ》不《ふ》二《じ》人《と》———建設省出身の自由民政党衆議院議員。
南浜高校の利権化を狙う。

久《く》保《ぼ》井《い》昭《しょう》一《いち》———ゼネコン久保井建設社長。
自社の生き残りのため真鍋に賭ける。

更《さら》木《き》　衛《まもる》———民間の古代史研究家。
小角に詳しい。

1

いきなり玄関に学生服姿の少年が現れて、仲居は戸惑った。そこは、学生が来るような場所ではない。『菊重《きくしげ》』といえば、赤坂の一流料亭で、一見《いちげん》の客は門をくぐることもできない。中年の仲居にはそうしたプライドがあった。

表の門から玄関までは、飛び石が埋められた道を少しばかり歩かねばならず、途中には下足番の男がいるはずだった。誰何《すいか》されずに玄関までやってくるとは思えない。とすれば、お客の身内だろうか。

仲居はそんなことを思いながら、用向きを尋ねようと近づいた。すると、その少年の後ろにもう一人立っているのに気づいた。そちらはずいぶんと大柄だった。やはり学生服を着ている。

仲居は後ろの大柄な少年の凶暴な顔つきにぞっとした。髪を短く刈っているが、スポーツマンという感じではなかった。細めた目がちかちかと底光りしている。太い眉。右目の下から唇にかけて刃物傷が走っていた。体中の筋肉が発達しているのが服の上からでもわかる。その顔同様に体格も凶暴な感じがした。

学生服を脱げば、やくざ者にしか見えないだろう。

一方、前に立っている少年は、目立たない体格をしていた。身長はそれほど高くはないし、全体にほっそりして見える。髪はやや長めだがこれといって目立った特徴はない。細面《ほそおもて》の顔だちはどちらかというと女性的に感じられるほど端正だ。美少年と言ってもいい。

仲居は、その少年に声を掛けた。

「いらっしゃいませ。どなたかとお待ち合わせでしょうか？」

細面の少年が仲居を見た。切れ長で涼しい眼をしている。仲居はそう思った。よく光る眼。まるで、冬空の星のようだ……。

仲居は不安になった。理由はわからない。少年の眼を見ているだけで心が落ち着かなくなってきた。細面の美少年はじっと仲居を見ていた。その眼差《まなざ》しはあまりに無垢《むく》で、自分のことが恥ずかしくなってくる。特に悪人というわけではないが、長年生きていると人に言えないような経験だってある。人生きれいごとだけでは渡っていけない。そうした人生の汚点のことが思い出されて、何やら恥ずかしい。

「あの、どなたかお連れさんがおいでですか？」

仲居は黙っていることに耐えられず、もう一度尋ねた。

少年がこたえた。

「案内《あない》を頼む。久保井昭一《くぼいしょういち》の席じゃ」

不思議な口調だった。妙に時代がかっている。少年はどう見ても高校生だが、その年齢の者の話し方ではない。

だが、そのとき、仲居は違和感を感じていなかった。その口調は少年にいかにもふさわしいという気がしていた。そればかりか、その言葉に逆らうことができない気分になっていた。

仲居は少年の声を聞いた瞬間から自分が何をしているのかわからなくなった。意識がなくなったわけではない。ただ日常の業務を淡々と果たしているという思いしかない。素性もわからぬ闖入者《ちんにゅう》を大切な客の席に案内しているという自覚などなかった。

それがすごく当たり前のことに思えたのだ。

階段を上がり、廊下を奥に進んで、襖の前に膝をついた。

「こちらでございます」

少年は鷹揚《おうよう》にうなずいた。

「下がってよい」

仲居は、言われるままにその場を立ち去った。階段を下ったときは、もう少年のことを忘れていた。

玄関の外に立ち尽くしている下足番の男と眼が合った。男は奇妙な顔をしている。

仲居も呆然《ぼうぜん》と男を見ていた。彼女はふと気づいた。彼女もその下足番の男と同じような表情をしていたのだ。

時間をジャンプしてしまったような奇妙な感覚。連続する時間の一部がすっぽり抜けているために、何も起こっていないと認識されているにもかかわらず、どこか夢を見ていたような感覚が残っている。

それは、肉体感覚と精神のギャップが生み出す違和感だったかもしれない。

下足番の男が先に眼をそらした。かすかに首を振りながら門のほうに歩いていった。

仲居は、さっと肩をすぼめた。

いったい何だったのかしら……。

彼女は、いそいそと厨房《ちゅうぼう》に向かった。

「何者だ？」

床の間を背に悠然と座っていた初老の男がうなるように言った。頭が薄く脂で光っている。頬と下瞼《まぶた》が弛《たる》んでおり、腹が突き出ている。トドが座椅子にもたれているような印象があった。

背広を脱ぎ、ワイシャツ姿でくつろいでいたようだ。ネクタイは派手なイタリアのブランド物らしかったが、それがそぐわないわけではなかった。派手なネクタイがふさわしい毒々しい華を持っている。それが一種異様な迫力を感じさせた。

少年は、襖を開け放ち、出入り口にひっそりと立っていた。大柄の仲間をすぐ後ろに従えている。

「人に名を問うのなら、まずおのれから名乗るものだ」

少年が涼しい顔をして言った。

たちまち相手の顔に血が上った。

「てめえ、ガキのくせしやがって……。自由民政党、真鍋不二人《まなべふじと》の席と知っての狼藉《ろうぜき》か？」

その男は、衆議院議員の真鍋不二人だった。自由民政党の重鎮で、建設省出身のいわゆる族議員だ。

少年がかすかにほほえんだように見えた。

「カエサルの裔《すえ》か……」

そのほほえみにはたしかに嘲《あざけ》りの色があった。真鍋不二人は、その態度に腹を立てた。

「何を言ってやがる。てめえ、何者だ？」

少年は、真鍋を冷ややかに眺めながら言った。

「わが名はオズヌ」

「何だ……？」

「我はおまえには用はない」

オズヌと名乗った少年は、真鍋不二人とテーブルを挟んで向かい合っている紳士に眼を向けた。年齢はやはり六十歳を越えているが、こちらはすっきりとした体格をしていた。

その男は体にぴったりと合った背広を着ている。チャコールグレーのピンストライプが入ったいかにも高級そうな背広だ。白いワイシャツに地味なネクタイ。時計も目立たないものだ。しかし、何から何まで最高級品であることが一目でわかった。

オズヌと名乗る少年は、そちらの男に向かって言った。

「久保井建設の久保井昭一か?」

男は、体をひねって少年を見上げている。取り乱した様子は微塵《みじん》もない。落ち着いた調子で言った。

「そうだが……」

「おまえに用がある」

「どんな用だ?」

「南浜《みなみはま》高校のことで参った」

久保井昭一は、真鍋不二人を見た。真鍋はじっと少年を見据えた。その眼はおそろしく鋭い。魑魅魍魎《ちみもうりょう》が跋扈《ばっこ》する永田町で長年生きてきた男ならではの眼差しだった。

「おまえ、南浜高校の生徒か？」

オズヌと名乗った少年は、真鍋を見てあっさりと言った。

「おまえと話をしているのではない」

「俺にそういう態度を取るなよ。後でひーひー泣いても許してやらんぞ」

オズヌは、真鍋を無視して久保井昭一に言った。

「おまえが南浜高校を取り壊して、何か別なものを作ることをもくろんでいると聞いたが……」

「私はただの建設屋だよ。何かの計画があればそれを落札して仕事をする。それだけのことだ。南浜高校は県立高校だ。私に県立高校を廃止させる権限などないよ」

その語り口は穏やかだが、やはり一般人とは違う毒を含んでいるようだった。それもそのはずで、久保井建設は単なる建設会社ではなく、いわゆるゼネコンだった。丸投げなどの汚い仕事で巨額の利益を上げている。

この酒席を見れば、何が行われているかだいたい想像がつきそうなものだ。建設省出身の族議員である真鍋とゼネコン社長の久保井が人払いをして二人きりで会っている。談合、ヤミ献金という後ろ暗い話が交わされているのは明らかだった。

「小僧。おまえは母校を救いたいと考えているわけか？」

真鍋が凄味《すごみ》のある笑いを浮かべた。「残念だが、南浜高校は救いようがない。県内でも札付きの課題集中校だ。わかるか？　課題集中校ってのはな、箸にも棒にもかからないという意味だよ。あんな高校でも運営していくには金がかかる。世の中の役に立たんクズどもを通わせているだけで余計な出費があるんだ。だから、私はそんな高校は廃止してあそこにニュータウンを造成することにした。県も大喜びだよ。国から補助金が出るし、お荷物の課題集中校を処分できるのだからな」

「あの学校の裏山には豊かな雑木林があり、多くの草木が繁っておるし、鳥の住処《すみか》にもなっておる。一度失われた山は二度ともとには戻らない」

真鍋はおかしそうに笑った。

「学校の心配だけでなく、裏山の環境も心配しているのか。これは見上げたものだ。坊やは環境保護論者か」

「山の精気は貴重なものだ」

「だが、金にはならん。いいか、小僧。大人の世界のことを教えてやる。政治の世界には閣議や事務次官会議というものがあってな、その際に席に着く序列が省庁によって決まっている。省庁には格というものがあってな、大蔵、外務、通産にはどこも逆らえない。環境庁という役所があるが、通産省にはものが言えない。環境庁なんぞというのは政府の中では飾り物だ。通産省や建設省が開発を決めれば、環境庁は何も言えない。それが日本の社会だ。そうやってこの日本は豊かになってきたんだ」

「我はそうした無法を許さぬ」

「無法じゃない。法に従ってやっているのだ。おまえら環境保護論者が束になってかかっても、法律は私らの味方だ。諫早湾《いさはや》を覚えているか？　全国の環境保護論者が反対してもあの水門を開けることはできなかった。あの干拓に意味があるかどうかが問題なんじゃない。あの工事が、つまり公共投資が大切だったんだ。業者と地方公共団体に金が落ちる。そのことが大切なんだ」

久保井がゆっくりと振り向いて言った。

「環境、環境というが、そんなもので飯が食えるかね？　君は知らないだろうが、戦後私たちは皆飢《う》えていた。腹を空《す》かして、食うことばかり考えていたよ。焼け跡を掘り起こし、野山を切り開くことでやがて、奇跡のような復興を遂げた。いいかね？　高度成長は我々が支えたのだ。今、君たちが飢えずにすんでいるのは、私たちが海を埋め立て山を切り開いたからだ」

久保井の話し方は静かだったが、自信に満ちていた。自分のやってきたことを露ほども疑っていないという態度だった。

「わかったら、さっさと消えろ」

真鍋が言った。「私らに直接文句を言いに来たその度胸に免じて、今日のところは見逃してやる」

「まるで唐人《からびと》のようなことを言う……」

「何だって？」

でっぷりとした真鍋が一瞬不思議そうな顔をした。「おまえはさっきから、訳のわからないことばかり言っているな。最近の高校生の流行《はや》りか？」

「つまりは、おまえが政《まつりごと》を行い、久保井に南浜高校をとり潰させることに決めたということだな」

真鍋の目がすっと細くなった。その目の奥が怪しく光っている。

「ふん。知らんな。私は友人の久保井君と酒を飲んでいるだけだ。世の中はそんなに簡単なもんじゃない。もっと勉強してくるんだな」

「人の世の政に携わる者が、小賢《こざか》しくも我に理《ことわり》を学べと申すか？」

「小賢しいだと？　小賢しいのはどっちだ」

真鍋は、廊下のほうに向かって大声で怒鳴った。「おい、うちの若い者《もん》を呼べ」

オズヌと名乗る少年の後ろにいた大柄な仲間がさっと振り返った。仲居が一人、部屋を覗《のぞ》き込みあわてて走り去った。

ほどなく、廊下を小走りにやってくる複数の足音が聞こえてきた。

「先生、何事です？」

二人の若い男がやってきた。紺色の背広を着ている。どちらもたくましい体格をしていた。
　真鍋が怒鳴った。
「その小僧どもを叩き出せ。少々灸《きゅう》を据えてやってからな」
　オズヌと名乗った少年は、相変わらず涼しげな眼つきで真鍋を眺めていた。いまし
がた駆けつけた真鍋の秘書らしい男たちのことを気にした様子はない。
　たくましい仲間がその二人を睨《にら》みつけている。
　片方は角刈り、片方はオールバックだった。角刈りのほうが右手を伸ばしてたくま
しいほうの少年に摑《つか》みかかろうとした。その瞬間、少年の左手が一閃《いっせん》した。
　角刈りの秘書はのけ反《ぞ》った。
　巨漢の少年はすでに左の拳《こぶし》を肩口に引きつけている。見事なジャブだった。
「後鬼《ゴキ》、控えろ」
　オズヌと名乗った少年が言うと、仲間の巨漢は無言のまま手を下ろした。おそろし
く従順だった。
　角刈りの男は、鼻を押さえていた。その指の間から血がこぼれ出した。少年たちと
二人の秘書は、部屋の中で対峙《たいじ》していた。殴られた秘書は、怒りに眼を光らせている。
両者の間で緊張が高まった。部屋の空気が強く帯電したようだった。

真鍋は面倒くさげに、向かい合う秘書と少年たちを眺めていた。自ら銚子を取り、酒をついで飲み干した。もう少年たちのことは興味がなかった。あとは秘書たちが片づけてくれる。

秘書という名目で何人もの若者に飯を食わせている。いわば書生だ。この二人はその書生の中でも腕の立つ連中だった。機転も利く。角刈りのほうは、坂上《さかがみ》という。実戦空手の有段者で大会で優勝した経験もある。オールバックのほうは、庄村《しょうむら》。T大学柔道部出身の猛者《もさ》だが、頭も切れる。

どんなに度胸がよかろうと、高校生がかなう相手ではない。真鍋は、すでに彼らから眼をそらしている。久保井のほうは、部屋の隅に場所を移し、面白い余興が始まったとばかりに眺めている。

「しかしな……」

真鍋は、腹立たしげに言った。『菊重』も落ちたものだ。こんなガキどもをここまで通すとはな……」

「先生」

鼻血を流している坂上が言った。「少々の灸じゃ気が済みません。ちょっと手荒なことになりますよ」

真鍋は坂上のほうを見ずに、湯葉の煮物に箸を伸ばした。どうでもいいことだった。

「かまわん。ここで起きたことは一切表沙汰にはならん」

坂上は、さっと親指で鼻の下の血をぬぐうと、じり、と間を詰めた。ほんのわずかの距離だが、それでさらに緊張が高まった。

さっさと片づけんか。真鍋は、心の中で舌打ちした。

オズヌと名乗った少年が言った。

「名はなんと申す?」

「何だと?」

坂上が訊《き》き返した。

「名は?」

オズヌがもう一度尋ねた。

「坂上だ。おまえら、この名前を忘れられなくしてやる。思い出すたびに、小便を漏らすことになるぜ」

オズヌが、す、と視線を上げた。まっすぐに坂上を見つめる。

「坂上? それは氏《うじ》か姓《かばね》であろう」

「ああ、名字だよ」

「名を訊いておる」

「卓次《たくじ》だ」

「たくじ……」

「そうだ。俺の名は坂上卓次だ」

「たくじ！」

「何だ？」

坂上は、オズヌの眼を見返した。オズヌはもう一度名前を呼んだ。

「たくじ」

その瞬間、不思議なことが起きた。すとんと坂上の肩から力が抜けた。目の光が失せ、次第に惚《ほう》けたような表情になっていった。

口に杯を持っていった真鍋は、手を止めた。

何やってやがる……。

オズヌが言った。

「たくじ。下がるのだ」

坂上は呆然と立ち尽くしている。

「下がれ！」

オズヌがもう一度命ずると、坂上はふらふらと後退した。

真鍋は、何が起きたのか理解できなかった。坂上は熱くなると我を忘れるタイプだった。怒りに燃えていた坂上が、少年の言いなりになる。あり得ないことだった。

久保井が真鍋のほうを見ている。その視線を感じたがそちらを見ようとはしなかった。訳がわからないのは、真鍋も同様なのだ。

そして、庄村も同じだった。

「どうした？」

庄村は、坂上の肩を後ろから摑んだ。坂上は、さらに後退し、部屋の隅で膝をついてしまった。

「くそっ」

庄村が一歩前へ出た。柔道の組み手をうかがっている。相手の袖なり襟なりに小指だけでもかかれば投げることができる。真鍋はそれを知っていた。さらに、庄村は投げるだけではなく、関節を極《き》めたり絞め技を使うことができる。柔道家が恐ろしいのは投げがうまいからではない。殺し技である絞めに長《た》けているからなのだ。真鍋はその点で、空手家の坂上より庄村を買っていた。さらに、庄村は坂上より頭の回転が早い。

「名は何と申す？」

少年が同じことを尋ねた。

だが、真鍋の期待どおり、庄村はこたえなかった。無言でじりじりと間合いを詰めている。相手の攻撃を警戒しながら、摑みかかる隙《すき》をうかがっているのだ。

特に警戒しなければならないのは、でかいほうだと真鍋は思った。

先程見せたジャブは素人ばなれしていた。多分ボクシングか何かをやっているに違いない。もしかしたら、空手かもしれない。坂上がやっている実戦空手では、ボクシングのようなパンチを使う。それが最近の流行りのようだからな……。

庄村もその点は充分に注意しているようだった。

オズヌがもう一度言った。

「名は？」

「うるさい」

庄村はさっと左手を伸ばしてオズヌの右袖を取った。そのまま引きつける。

オズヌはまったく逆らわなかった。引きつけられるままに庄村に近づいた。必然的に二人の顔は近づき、庄村はオズヌの顔を覗き込む形になった。

オズヌは瞬《まばた》きをしない。庄村はオズヌを引きつけたまま動きを止めた。

何だ？

真鍋は二人を見つめていた。

いったい何が起きているんだ？

庄村は動こうとしない。オズヌは静かに庄村を見つめているだけだ。

やがてオズヌが言った。

「名は何と申す？」

庄村はわずかに抵抗の表情を見せた。苦痛に顔がゆがんでいる。夢を見ているときに話しかけられると人はこたえてしまう。そのときにひどく苦しい思いをする。庄村の表情はそういう状態に近いことを物語っていた。

ついに庄村がこたえた。

「庄村……、信彦《のぶひこ》……」

オズヌが言った。

「のぶひこ。下がれ」

庄村は戸惑っているようだった。だが、オズヌの眼から視線を外《はず》そうとはしない。やがて、さきほどの坂上と同様にすとんと力が抜けた。左手がオズヌの袖から自然に離れた。

「下がれ」

オズヌがもう一度言うと、庄村は、操《あやつ》り人形のようにぎこちない動きでのろのろと後退し、坂上と同じように膝をついてしまった。

真鍋の顔色が変わった。

坂上に庄村。こいつらは、いったいどうしたというんだ……。

いつの間にか久保井が立ち上がっていた。呆然とオズヌを見つめている。その姿を見て真鍋は少しばかり落ち着きを取り戻すことができた。

「久保井。うろたえるな」

久保井はすっかり毒気を抜かれ、言葉もなかった。

オズヌが真鍋のほうを見た。真鍋は思わず後ずさりしそうになった。

ばかな。この真鍋不二人が……。将来は自由民政党最大派閥を率いて行こうという、この私が、こんなガキに気後《きおく》れしているだと……？

オズヌが言った。

「南浜高校の取り壊しが、政に携わるおまえと久保井の謀《はかりごと》であることがわかった。我はそれを許さぬ」

「ガキが何を……」

そこまで言うのがやっとだった。二人の用心棒を目の前で役立たずにされ、真鍋はすっかり混乱していた。目の前で起きたことが信じられない。あってはならないことだ。だが、実際に二人の用心棒は部屋の隅で膝をついている。これをどう考えていいのかわからないのだ。

動揺すると同時に腹が立ったが、強がって見せるのが精一杯でそれ以上のことが頭に浮かばない。

「てめえ、いったい何者だ？」

真鍋は改めて尋ねた。

「先程も申した。わが名はオズヌ」

少年は涼やかな眼を向けてそう言うと、かすかな笑みを残し、部屋を出て行った。

ゴキと呼ばれた大柄の少年が、鋭い一瞥《いちべつ》をくれてその後に続いた。

真鍋が彼らが消えた戸口をしばらく睨み付けていた。

驚きが過ぎ去ると、怒りが猛然と膨らんだ。

「この役立たずどもが！」

真鍋は二人の秘書を怒鳴りつけた。

坂上と庄村は、ぼんやりと真鍋のほうを見ている。その間抜けな顔を見て、さらに怒りが募《つの》った。

「おまえらは、いったい何のために飯を食わせてもらっていると思ってるんだ」

やがて、二人ははっと目覚めたような表情になった。慌てて正座をした。二人とも眼をぱちくりさせて真鍋を見ている。坂上は鼻を押さえて首を傾《かし》げているし、庄村はそっと部屋を見回していた。

なんて情けない顔をしてやがる。

真鍋は杯を取り、残っていた酒をぐいと飲み干した。

「どうしてあいつの言いなりになった？」

真鍋は坂上と庄村を睨み付けて問いただした。

まず坂上が庄村の顔を見た。それに気づいた庄村も坂上のほうを見る。二人は不思議そうに顔を見合わせた。

「こたえろ。どうして俺が言ったとおり、あいつを痛い目にあわせなかったんだ？」

庄村が真鍋のほうを向いて、おずおずと言った。

「あの……、あいつと言いますと……？」

「何を言ってやがる。ここにいたガキだ」

坂上と庄村はまた顔を見合わせた。庄村は真鍋に視線を戻すと気味悪そうに尋ねた。

「いったい何のことをおっしゃっているのです？」

「な……」

真鍋は怒りのために言葉を呑み込んでしまった。もう一度怒鳴りつけようとしたとき、久保井の声が聞こえた。

「あなたたちは、何も覚えていないというのですか？」

庄村は久保井のほうを見た。

「覚えていないって、何をです？」

坂上が言った。

「私たちはどうしてここにいるのでしょう？　私のこの鼻血はいったい……」

久保井が言った。

「真鍋さん。この二人はあの少年のことを覚えていないようだ。あの一瞬に、記憶をなくしたようですね」

真鍋は久保井の顔を見た。

「どういうことなんだ？」

「私にもわかりませんよ。ただ、あのオズヌと名乗った少年が、何か不思議なことをしたのは明らかです」

「不思議なことだと？　魔法でも使ったというのか？」

「そのたぐいかもしれません」

「ばかを言え」

真鍋は鼻で笑った。

久保井の言いぐさとも思えない。こいつは超がつくくらいの現実主義者だ。そうでなければゼネコンの社長など務まらない。その久保井が何を言いだすのやら……。

「ともあれ、初めて南浜高校の廃校に反対する人間が直接抗議してきた記念すべき夜ですな」

「ふん。初めてであると同時に最後にしてやる。あんなやつはどうということはないが、それにしても腹が立つ。この私に面と向かって文句を言ったのだからな……」

坂上と庄村は相変わらず、訳のわからない様子で真鍋を見ている。

獅子《しし》は、うさぎを狩るときでも全力を尽くす。真鍋はそんな諺《ことわざ》を思い浮かべていた。


神奈川県立南浜高校は、港町にあるがその風情はあまり感じられない。市の開発は、奥地へ奥地へと延びていき、山の麓《ふもと》に新興住宅地を切り開いた。

南浜高校は、そうした山に近い新興住宅地に隣接して作られていた。歴史もそれほど古くはなく、創立十周年を迎えたばかりだ。その南浜高校は荒れ果てていた。

グラウンドに張られたネットは破れている。というより、刃物で切られた跡がいたるところにあるのだ。グラウンドの隅にある運動部の部室らしいプレハブの建物は、スプレーで落書きされ、壁は穴だらけだった。ドアが壊《こわ》れている部室もある。この建物は現在使われている様子はない。

校舎を見ると、割れている窓が目についた。校舎の壁にもスプレーで落書きされている。闇だの暗黒だのといった文字が見える。暴走族のチーム名だった。

グラウンドも手入れをした様子はなく、土は硬く乾き、ひび割れていた。雑草も伸びてきている。

授業中のはずだが、整然と並んで腰掛けている生徒の姿などない。どこかのクラスからは、ヘビーメタルの大音響が聞こえてくる。誰かがラジカセを持ち込んでいるのだ。

「ひでえ学校じゃねえか……」

高尾勇《たかおいさむ》はつぶやくように言った。となりにいた丸木正太《まるきしょうた》は、相槌《あいづち》も打たなかった。独り言のような口調だったし、相槌を打ったところで気をよくするような相手ではない。

高尾勇は校門で立ち止まり、しばらく校庭の様子を眺めていた。どこかうれしそうだったので、丸木正太はなんだか落ち着かない気分になった。

たしかにうれしいのかもしれない。丸木は思った。高尾という男は、ワルの少年を見ると喜ぶ。相手が悪ければ悪いほどうれしそうな顔をするのだ。

県警生活安全部少年捜査課に所属する私服警察官だが、陰では称賛と軽蔑と両方の意味を込めて『仕置き人』と呼ばれていた。高尾はワルに対して容赦ない。

例えば、交通課は暴走族を検挙するのに必要以上の神経を使う。罪状が道路交通法違反と公務執行妨害くらいしかないため、取り締まりが行き過ぎにならないように注意しなければならないからだ。逃げる暴走族がけがをしないように気をつかったりする。

だが、高尾はそんな気はつかわない。逃げ惑う少年を捕まえると、まずぐうの音も出ないほど叩きのめす。それから検挙して話を聞くわけだ。高尾によれば「甘い顔をすれば、ガキどもはつけあがり、聞きたいことも聞き出せなくなる」というのだ。

もちろん、県警内でも非難の声は上がっている。しかし、高尾は平気だった。なにしろ、実績がある。彼が根性を叩き直し、更生させた少年は数知れない。

彼を非難する上層部の人間などは、その点を不思議がる。なぜ、暴力的な高尾が検挙した少年たちに慕われるようになるのか。

その秘密を一度だけ丸木に教えてくれたことがある。まず第一に、殴るときは必ず素手で殴る。決して道具を使わない。武器はおろか定規でも丸めた雑誌でもいけない。靴を履いているときは蹴ってはいけない。第二に、愛情を持って力一杯ぶんなぐる。

それだけで少年たちを更生させられるとは思えない。つまり、高尾はワルの少年たちのことを真剣に考えているということなのだろう。

薄笑いを浮かべると、高尾はゆっくりと歩き出した。丸木は小柄でやや太り気味。高尾は肩幅が広く、引き締まった体格をしており、丸木より首一つほど背が高い。

校舎の前で堂々と煙草を吸っている生徒がいた。三人いる。みんな学生服のボタンを外していた。派手なTシャツなどを着ている。ズボンをやけに下げてはいていた。

「今時、学生服とは、うれしくて涙が出るな」

高尾が言った。最近は、女子も男子もブレザーが流行りだ。

「この南浜高校は、創立のときから制服が変わっていません。男子は学生服、女子はセーラー服ですよ」

丸木はこたえた。

「ブレザーを着ているワルなんざ、殴る気がしねえからな……」

「ちょっと待ってくださいよ。今日は、あくまでも話を聞きに来たんですよ」

高尾がゆっくりと丸木を見下ろした。丸木は思わず目をそらして俯《うつむ》いた。

「おまえ、警察官だろう？」

「そうですよ……」

「目の前に法律違反を犯しているガキどもがいるのに、黙っていられるのか？」

「注意はしますよ」

「それでいい」

「ただ、注意の仕方が問題で……」

丸木が言い終わる前に、高尾は煙草を吸っている三人に大股で近づいていった。丸木はかぶりを振ってため息をついた。

「おい、うまそうに吸ってるじゃねえか」

生徒が顔を上げた。うさん臭そうに見上げる。大人が来たからといって慌てたりはしない。髪を茶色に染めた少年が高尾を睨み付けて言った。

「何だよ、おっさん。煙草、欲しいのかよ？」

「禁煙していらだっているところなんだよ」

「禁煙してんなら、用はねえだろ。あっち行けよ」

「俺は許さないことにしてるんだ」

「許さない？　何を？」

「おまえら、法律上は煙草なんぞ吸っちゃいけないことになってるんだ。誰かに教わらなかったのか？」

「法律だって？」

少年は仲間の顔を見た。「おまえ、知ってたか？」

仲間の一人が言った。

「聞いたトキねえな」

長髪の男だった。

もう一人は金髪に近かった。彼はただにやにやしている。

ああ、と丸木は心の中で声を上げた。

この少年たちは、大人をなめきっている。陰でこっそりと煙草を吸うのならいざ知らず、堂々と表で吸っている。それを校内でとがめられたことがないのだろう。あるいは、何か言われてもまったく気にしないのかもしれない。それだけでも、高尾を刺激するのに充分なのに、そんな態度を取ったら……。

「知らなかったのなら、今教えてやろう。おまえはまだ煙草を吸う権利がない」

高尾が言った。「さあ、すぐに火を消して、ポケットの中の煙草をここに出せ」

茶髪がうるさそうに言った。

「なにごちゃごちゃ言ってんだよ。あっち行けって言ってるだろう」

「法律を知らなかったというのなら、半分はおまえたちを育てた大人の責任だ。だが、残りの半分はおまえたちの責任だ」

「だからどうしたっていうんだ？」

「きっちり、責任を取ってもらおう」

「何だと……？」

茶髪が立ち上がった。煙草を足元に投げ捨てる。

「その吸殻を誰が掃除するんだ？　え？」

高尾はにやにやと薄笑いを浮かべている。相手を挑発しているのだ。茶髪はあっさりとその挑発に乗った。

「なめてんじゃねえぞ、おっさん」

「おまえらこそ、大人をなめんなよ」

「くそっ」

茶髪がいきなり殴りかかった。顔面に拳を飛ばす。高尾は動かなかった。パンチが頰を捉《とら》え、高尾は顔をそむけた。

視線を戻すと、高尾は言った。

「丸木、見たな？　先に手を出したのは、こいつらだ」

丸木は何も言わなかった。どうせ、高尾は返事など期待していないのだ。

「うるせえ」

茶髪はさらにもう一発、フックを飛ばしてきた。そのパンチが空《くう》を切る。同時に、茶髪は体をくの字に折り曲げていた。

高尾のボディーブローが鳩尾《みぞおち》に決まっていた。その一発で茶髪は崩れ落ちた。

長髪と金髪も立ち上がっていた。高尾は、両手を下げたまま、首だけ二人のほうに向けている。全身がリラックスしている。

「野郎……」

長髪がいきなり蹴りを見舞った。頭部を狙《ねら》ったハイキックだ。

高尾は、顔面をガードしたまま前へ出た。肘《ひじ》が長髪の膝のあたりを持ち上げる恰好《かっこう》になった。バランスを崩した長髪はもんどり打って地面に転がった。

金髪が後ろからしがみついてきた。引き倒そうとしている。高尾は、金髪の首を捕まえると鋭く腰をひねった。首投げが見事に決まり、金髪も地面にしたたか腰を打ちつけた。

かちゃかちゃという金属音が聞こえた。丸木はそちらを見てうんざりした気分になった。

茶髪がバタフライナイフを出して、さかんに振り回している。

「ふざけやがって……」

高尾は茶髪のほうを見たが、表情をまったく変えなかった。

「ついでに、人にナイフを向けるということがどういうことか、教えておかなきゃならんようだな」

「てめえ、殺してやる」

「そういう台詞《せりふ》を軽々しく口に出すもんじゃねえ」

「うるせえ」

茶髪はじりじりと間を詰めてきた。前傾姿勢で高尾の様子を見ている。振り回す威《い》嚇《かく》をやめて、刃を高尾のほうに向けている。

「他人にナイフを向けるということはな、何をされても文句は言えないということだ。手加減できねえぜ」

茶髪は、さらに間を詰めると、さっとナイフを真横に払った。

高尾はまったくナイフを気にした様子はなかった。茶髪がナイフを一閃させるのと、高尾が飛び込んだのは同時だった。

茶髪が大きくのけ反る。高尾は左手でナイフを持つ手を押さえると同時に、右のアッパーを見舞っていた。カウンターのタイミングなので、相手はさばくこともかわすこともできなかった。

高尾は無力になった茶髪の右手首を決めた。

「おわわ……」

茶髪は奇妙な声を上げて、地面に前のめりに倒れた。手首を決められた痛みで自ら身を投げだしたのだ。すでにナイフは取り落としている。高尾はそれでも許さなかった。さらに手首の決めをきつくした。

うつ伏せになった茶髪は、声にならない悲鳴を上げてもがき苦しんだ。

あれは痛い……。

丸木は、茶髪に同情していた。以前、高尾に同じような形で小手《こて》を決められたことがあった。二度とやられたくない。

「わ、わかった……、わかった……」

茶髪は喘《あえ》ぎながら言った。

「何がわかったんだ？」

「勘弁してくれ……」

「勘弁してくださいだろう？」

「勘弁してください。許してください」

高尾は凄味のある笑いを浮かべるとようやく手を放した。茶髪は、手首を押さえうずくまった。長髪と金髪は、地面に尻をついたまま怯《おび》えた顔で高尾を見上げていた。

「大人をなめてるとどういうことになるか、少しはわかったかな？」

三人の少年は、泣きそうな顔で高尾を見上げていた。

「校長室はどっちだ？」

「玄関を入って右だよ」

茶髪がこたえた。

「言葉づかいがなってねえな。まだ、よくわかっていないらしいな」

茶髪は慌てて言い直した。

「玄関入って右です」

高尾はうなずいて、茶髪が指さす方向に歩き出した。丸木はその後を追った。

「俺のこと、やくざか何かと思ったかな？」

「似たようなもんじゃないですか」

高尾は、拳で丸木の頭を殴った。

校長の名は、石館栄三《いしだてえいぞう》。白髪の小柄な男だった。地味な背広を着て、地味なネクタイをしている。典型的な公立校の管理職に見えた。白髪をきちんと七三に分けており、金属フレームの眼鏡を掛けていた。

校長は警察官の訪問にも慌てた様子を見せなかった。穏やかな表情だが、丸木はどこかすべてをあきらめてしまったような翳《かげ》りを感じた。覇気《はき》がない。

「ご用件は?」

石館校長は、事務的に尋ねた。校長の脇に教頭が立っている。教頭は神経質そうな男で、校長より背が高かった。国森貞文《くにもりさだふみ》といい、丸木はなんだか校長より偉そうな名だと思った。目が大きく、ひょろりとしている。鶏のような男だ。

国森教頭は、校長とは対照的だ。不安でたまらないという様子で高尾と丸木を見ていた。

高尾は勧められたソファに座らなかった。威圧するように校長の机の正面に立っている。

「俺はこの学校が大好きでね。おかげでずいぶん楽しませてもらっている。優秀な人材が育っているな。県内の暴走族の幹部はたいていこの学校の生徒か出身者だ。暴力団の準構成員も少なくない。暴走行為、傷害、暴行、恐喝、強姦、麻薬・覚醒剤の使用と売買。何でもありだな。いやはや、こういう学校があるから、俺たちはおまんまが食えるというわけだ」

顔色を変えたのは教頭の国森のほうだった。

「私たちは努力しているのです」

憤懣《ふんまん》やる方ないという口調だ。それはそうだろうと丸木は思った。

ここまで荒れ果ててしまっては、どんな手を打ったところで簡単にもとには戻るまい。一番苛立《いらだ》っているのが教師たちなのかもしれなかった。

高尾は、教頭を見た。教頭は睨み返したが、簡単に貫禄負けしてしまった。目をそらすと落ち着かなく丸木を見て、それから校長を見た。

高尾が国森教頭のほうを見たまま言った。

「そこんところだよ。どういう努力をしたのかぜひとも教えてほしい」

「それは皮肉ですか？」

あくまでも穏やかに、石館校長が言った。高尾は、石館に眼を転じた。

「いや、皮肉じゃない。本当に不思議なんだよ。間違いなく、南浜高校は県内一のエリート校だった。俺の言うエリート校ってのは、暴力や犯罪の世界での優秀校ってことだ。つまり、一般的にいえば札付き、文部省あたりの言い方では課題集中校だな。それが、最近めっきりおとなしくなったという噂《うわさ》だ。たしかに、この学校の生徒が関わっている暴走族は活動をぴたりと止《や》めてしまった。街中では、この学校の生徒がまったく検挙されなくなった。たまげたね。俺としては、甲子園の常連校が一回戦負けしちまったのを見るような気分なんだがな……」

石館校長は相変わらず穏やかな表情をしている。なぜか、国森教頭がいっそう落ち着きをなくした。

国森が言った。

「だから、それは……、その、私たちの努力の結果です」

「だからさ……」

高尾は国森のほうに半歩近づいた。国森は怯えたように上半身を反らせた。

「そこんところを聞きたいと言ってるわけよ。いったいどういう手を打ったのか。俺はね、仕事がらこういう高校をいっぱい見てきたんだ。そこの先生たちは、まあ、それなりに努力していたよ。だがね、その努力が実ったのなんぞ見たことがねえ。なぜだかわかるかい？　生徒たちが先生の常識や想像のはるか上を行っちまってるからさ」

国森はまた石館のほうを見た。石館は相変わらず何を考えているかわからない態度で高尾を見ている。

「よそのことは知りません。だが、わが校にかぎって言えば、地道な努力が実ったのです」

「地道な努力というのは？」

「先生たちの日常の努力です。生徒と対話しようという試みですよ」

「ほう……」

高尾はさらに挑むような調子になった。丸木はもうあきらめていた。この男は穏やかに話をするとか、相手の心証を慮《おもんぱか》るとかいうことができないのだ。ひたすら自分の感情を相手にぶつけ、相手を揺さぶる。感情と感情のぶつかり合い。それが彼の得意のやり方なのだ。

丸木はいつも相手が怒りだすのでひやひやしていた。なんでこんなやつと組まされてしまったのだろう。一日も早く異動になって高尾と離れたいものだ……。

「日常の努力……、生徒との対話ね……。それで生徒たちがおとなしくなったというわけか？」

「そうとしか思えませんね」

この校長はそうとうなタヌキだ。

丸木は思った。人のよさそうな顔をしているが、一筋縄ではいきそうにない。高尾のプレッシャーに平気な顔をしているだけでもただ者ではない。

「俺はね」

高尾が言った。「このところ、淋しく思っていたのさ。南浜高校の名前を聞かなくなっていたんでな。だが、昨日ひょんなところからその名を聞いた。それでここへやってきたわけだ」

「ひょんなところ？」

「警視庁から県警に連絡があった」

「警視庁ですって？」

「うれしいじゃねえか。ここの生徒は県内ではおとなしくなったが、東京まで出張して活躍してくれている」

「警視庁ではいったい何と……？」

「さあな。だが、ここの生徒をご指名だ。俺は事情を調べに来たというわけだ」

「責任者としては、わが校の生徒が何をしたか知る必要がありますね」

高尾は何度もうなずいた。

「当然だ。俺も同じ気持ちだ。この学校のことは他人事とは思えない。そこんところが、俺も面白くないところなんだが……」

「どういうことです？」

「つまり、俺も知らないというわけだ。俺ばかりじゃない。県警には、その生徒が何をやったのか知らされていない。頭に来るじゃないか。俺は上司から、その生徒について調べろと言われた。それだけだ。人をばかにした話だよな。だが、まあ、本人に会えば何をやったのかわかるだろうと思ってね」

「ずいぶんいいかげんな話ですな……」

「いいかげんなのは俺たちじゃない。警視庁だよ」

「私どもにすれば、警視庁も県警も同じ警察ですよ」

高尾は大きくひとつ深呼吸をした。

「その生徒に会わせてもらえるか？」

「名前はわかっているのですか？」

「オズヌと名乗ったそうだ。連れていた仲間のことをゴキと呼んだらしい」

国森がひゅうと喉を鳴らして息を吸い込んだ。目玉が飛び出しそうだった。それまで、平然としていた石館の顔色が変わった。石館の顔面はみるみる青ざめていった。

丸木は、二人の反応に驚いてしまった。高尾も何事かと二人を見つめている。

この二人は何をこんなに驚いているのだ？

丸木は、逆にうろたえてしまった。いったいこの学校では何が起きているんだ？

国森と石館の反応は単なる驚きではなかった。はっきりと恐怖が見て取れた。

高尾は二人の様子を観察しながら、もう一度言った。

「その生徒に会わせてもらえるか？」

国森がひどく動揺した様子で、石館と高尾を交互に見た。石館は顔色を失いながらも何とか立場を忘れまいとした。

「そんな曖昧《あいまい》な理由で会わせるわけにはいきませんね。その生徒が何をやったのか、はっきりしたことがわかっているのならいざ知らず……」

「だから、それを確かめたいんだ。オズヌとかゴキとかいうのはもちろん本名じゃない。わかっているのは、ここの生徒だということだけだ。ここに来るしかなかったんだよ」

「学校の外でその生徒が検挙されたというのなら仕方がない。しかし、そうではないのでしょう。罪状も明らかではない。私には生徒に対して責任がある。それは生徒を管理する責任だけじゃありません。生徒を守る責任もあるのです」

「たてまえはどうでもいい。あんたが許してくれないとなれば、勝手に校内をうろつくことになるが、それでもいいか？」

「冗談じゃない！」

国森が怒鳴った。「警察にそんな権限はない」

高尾は冷やかに国森を見ていた。

石館が言った。

「裁判所の令状があるのなら、素直に従いましょう。そうでなければ、お引き取り願いたい」

高尾が何か言おうとした。

丸木はそれよりも先に口を開いた。

「あなたたちは、オズヌと名乗る生徒が誰なのか知っているのですね?」

石館と国森が驚いて丸木を見た。まるで丸木がいることに今初めて気がついたというような態度だった。石館は、眼鏡の奥で眼を瞬《しばた》いた。何かをしきりに考えている。何かを天秤《てんびん》にかけている。丸木はそんな気がした。

やがて、石館はささやかな決心をしたように言った。

「知っています。しかし、今、その生徒に関してあなたがたにお教えする気はありません」

「名前だけでも教えてもらえませんか?」

石館は戸惑っていた。

高尾が苛立ちをあらわに言った。

「隠しても、調べればいずれわかっちまうんだ。ここで俺たちに協力しておいたほうが得策だとは思わないか?」

石館は高尾を見つめ、さらに考えを巡らせている。そして、言った。

「名前は、賀茂《かも》」

「カモ……?」

「年賀の賀に茂ると書いて賀茂です。賀茂晶《あきら》と言います。晶は水晶の晶の字です」

「賀茂晶……」

「お教えできるのは、それだけです」

高尾はうなずいた。

「いいだろう。じゃあ、担任に会わせてもらえないか？」

石館はまたしても苦慮している。国森が耳元で何事かささやいた。石館は身動きしない。やがてため息をついた。

「いいでしょう。少々お待ちください」

それから、国森に命じた。「水越《みずこし》先生を呼んでください」

国森は一度校長室を出ていった。

誰も口をきかなかった。丸木は、石館と国森の奇妙な態度の理由を考えていた。二人はオズヌと名乗る少年のことを恐れている。そして、それは南浜高校の生徒がこのところ急におとなしくなったことと何か関係があるのではないだろうか……。

オズヌと名乗った生徒、つまり賀茂晶が、東京で何をやったかは、本当に知らされていなかった。高尾は明らかに機嫌が悪いが、その理由は警視庁の態度にあった。理由を知らせずにただオズヌと名乗る少年を調べろでは、高尾でなくてもへそを曲げる。

国森が担任を連れて戻ってきた。その瞬間に、丸木は今まで考えていたことをすべて忘れた。

ただ国森に続いて入ってきた水越という教師を呆然と見つめるしかなかった。

「こいつはたまげた……」

高尾が言った。「掃き溜めに鶴とはこのことだな……」

丸木も同感だった。まさか、南浜高校に若い女教師がいるとは思わなかった。まったくそぐわない。考えてみれば、南浜高校は県立なので女教師が配属されても不思議はない。だが、学校のイメージからは想像ができなかったのだ。

しかも、それが恐ろしいくらいの美人ときている。髪は清楚《せいそ》なひっつめにしている。紺色のスーツ。タイトスカートの丈は膝の下でスリットはなし。そういう堅苦しい服装にもかかわらず、色香が滲《にじ》み出ている。

何よりその体格は隠しようがなかった。身長は一六五センチくらい。目を奪わんばかりにめりはりのきいた美しい体をしている。

特徴は眼にあった。大きくよく光る眼。丸木はその眼の美しさに吸いよせられるような気がした。

「県警の少年捜査課のお二人だ」

石館校長が言った。「賀茂晶について聞きたいとおっしゃっている」

水越は高尾と丸木を交互に見た。丸木はまぶしくて思わず眼をそらしていた。

「例の事件のことですの？」

「いや、そうじゃない。そのことは……」

国森が慌《あわ》てて言った。

「何だ、その事件というのは？」

高尾が目を光らせた。

国森は狼狽《ろうばい》して石館を見ていた。石館は、すでに観念したような顔になっていた。

「いいんだ。どうせ調べればわかることだ。水越君、君から説明してあげてくれ」

「お話はここでするのですか？」

国森が慌てて言った。

「いや、警察の方は君から話を聞きたいとおっしゃっている。私たちがいては邪魔だろう。どこか適当なところで……」

水越は無表情にうなずいた。

「わかりました」

校内も荒れ果てていた。いたるところのガラスが割れている。落書きもし放題。廊下にガラスの破片が落ちており、靴の下でしゃりしゃり音を立てた。

水越は、高尾と丸木を図書準備室へ連れていった。後ろを歩いている間、丸木はその腰から眼を離すことができなかった。いけないと思っても、眼がそこにいってしまう。魅力的すぎるのだ。

「校長と教頭は、すべてをあんたに押しつけたということらしいな」

部屋の戸を閉めると、高尾が言った。水越は何もこたえない。

「俺は高尾。そっちにいるのは丸木だ。できれば、フルネームを教えてくれるか？」

「水越陽子《ようこ》。太陽の陽よ」

「さっき言った事件というのは？」

「その前に、なぜ賀茂晶のことを訊《き》きにいらしたのか、教えていただけませんか？」

はっきりとしたものの言い方をする。意思が強そうだ。丸木はその点もおおいに気に入った。

高尾は、さきほど石館校長に話したのとほぼ同じことを言って聞かせた。

水越陽子は、高尾らがやってきた理由の曖昧さを非難しようとはしなかった。

「オズヌっていうのは、あだ名かい？」

高尾は尋ねると、水越陽子は小さくかぶりを振った。

「あだ名というより、自分で名乗りはじめたようなのですが……」

丸木は、言葉を交わしたくてたまらなくなった。

「オズヌって、役小角《エンノオヅヌ》のことでしょう？」

「さあ……」

「間違いありませんよ。仲間のことを後鬼と呼んだそうだから……」

丸木は、水越陽子にしげしげと見つめられて、たじろいだ。無意味なことを言ってしまったのかと後悔した。今は、役小角のことなどどうでもいいか……。

「事件のことを話してくれ」

高尾が促した。

「自殺未遂です。覚えていませんか？」

「自殺未遂……？」

「そう。半年ほど前のことです」

高尾は丸木の顔を見た。

思い出した。そういえば、半年ほど前、南浜高校の生徒が屋上から飛び下り自殺を試みて、瀕死の重傷を負ったのだ。その生徒の名前までは記憶になかったが……。

高尾も同じ事件を思い出したようだった。小刻みにうなずくと言った。

「校舎の屋上からの飛び下り自殺。あれが、賀茂晶と何か関係があるのか？」

「本人です」

「自殺未遂をやらかしたのが、賀茂晶本人だというのか？」

「そうです。奇跡的に一命を取り留め、三ヵ月入院したのちに、自宅療養、リハビリを経て、一ヵ月ほど前に復学したのです」

水越陽子は、なぜだか緊張の度合いを高めているようだった。

「どんな子だったんだ？」

「おとなしい子でした。目立たない、人のいい……。そんな子がこの学校で暮らしていくのは大変なんです」

「わかるような気がする」

「あの子はほんとうに追い詰められて、自殺しか救われる道がなかったんです」

「そんな子がなぜ、警視庁にマークされることになったんだろうな？」

水越陽子は、指を組んでいたが、力が入って白っぽくなっているのに丸木は気づいた。さらに彼女の緊張は高まっている。彼女は自分の手元をじっと見つめていた。その長い睫毛《まつげ》を通して、眼の光が感じられた。

やがて、顔を上げると言った。

「戻って来たとき、あの子は別人でした」

「別人……？」

「オズヌと名乗りはじめたのは、復学してからのことです」

水越陽子は丸木の顔を見つめた。「そう。あなたの言われた、役小角のことです」

丸木は、もう眼をそらさなかった。

彼女がいったい何を言おうとしているのか、それが知りたくて見つめ返していた。

水越陽子は言った。

「飛鳥《あすか》時代の終わりに生き、修験道《しゅげんどう》の祖と言われた、あの役小角です。あだ名ではありません。あの子は自分が役小角だと言いはじめたのです」

高尾が戸惑いの表情で自分のほうを見ているのがわかっていた。だが、丸木は水越陽子を見つめていた。

彼女は、僕たちに助けを求めている。丸木はそれを感じ取っていた。

2

高尾は、すっかり不機嫌になっていた。学校へやってきたときには、獲物を見つけた肉食獣のように舌なめずりしそうな顔をしていたくせに、校舎から出ようとする今では眉根《まゆね》を寄せてむっつりと黙りこくっている。こんなときの高尾には話しかけないに越したことはない。

丸木も無言で歩いていた。

突然、高尾が言った。

「どうなっちまったんだ、この南浜高校は……」

丸木はそう言われてあらためてあたりを見回した。荒れ果てた光景。窓ガラスは割れ、破片が廊下に散らばっている。校舎内にもスプレーによる落書きがあった。戸も壊れているところがある。蹴りを食らったのか、ささくれだった穴が開いている引き戸も目立つ。

廊下は土足の跡だらけだ。掃除をした様子もない。それらすべてが南浜高校の現状を物語っている。

ちらちらと生徒の姿が見えるが、いずれも乱れた恰好《かっこう》をしている。まともに学生服を着ている生徒などいない。女生徒の姿も見かけるが、皆髪を茶色に染め肌を浅黒く焼いている。スカート丈がおそろしく短い。

高校時代にあんな女子生徒がいたら、僕はどうなっちまっていただろう。

丸木は真剣にそう思った。目の保養などという問題ではない。それでなくても欲望を持て余している年頃なのだ。おそらく悶々とした苦しさを抱き続けるに違いない。

丸木が黙っていると、高尾は嚙《か》みつくような調子でさらに言った。

「あの女教師はサイコか？　いや、あの女教師だけじゃねえ。この学校のセンコウ全部がおかしくなっちまってるんじゃねえのか？」

丸木は何と答えていいかわからない。

はちきれそうなボディーの美人教師は冗談を言ったとしか思えない。オズヌと名乗る少年は役小角の転生者だという。だが、冗談を言ったのではないことは、水越陽子の態度でわかった。彼女はオズヌと名乗りはじめた賀茂晶という少年を明らかに恐れている。

いや、水越陽子だけではない。教頭も校長も賀茂少年を恐れているように見えた。そうだ。手を焼いているのでも、嫌っているのでもない。恐れているのだ。

これまで丸木は仕事がらいろいろな学校の多くの教師に会ってきた。たいていは問題を抱えた学校だ。教師は疲れ果てた様子を見せたり、腹を立てたりするが、あからさまに生徒を恐れている様子を見せたりしないものだ。

南浜高校はどこかおかしい。高尾はそれを感じて苛立っているのだ。

丸木は言った。

「ここは手がつけられないくらいに荒れた学校でした。それが嘘のようにおとなしくなった。それが気に食わないんですか？」

「ああ、気に食わねえな」

高尾は唸《うな》るように言った。「学校の努力でガキどもがおとなしくなったというのならけっこうなことだ。俺たちも人並みに休日をのんびり過ごせるってもんだ。だが、ここは違う」

「どういう理由にしろ、問題は減っているんです」

「荒れたガキどもってのはな、暴れたり大人を困らせたりすることで有り余るエネルギーを放出してるんだ」

「たしかに急におとなしくなったのは気になりますが……」

「センコウたちまでびびってるんだ。冗談じゃねえ。転生者だ？　俺はそういう類《たぐい》の話が大嫌いなんだ。何かちゃんとした理由があるはずだ。それがはっきりしないと気分が悪い」

校舎の角までやってきたとき、先程の三人の生徒が陰から姿を現した。茶髪と長髪と金髪だ。

それまで機嫌の悪かった高尾は彼らを見ると急にうれしそうな顔つきになった。丸木はまたかとうんざりした気分になった。高尾はこうした若者たちとのいざこざが楽しくてたまらないように見える。

職業意識のせいなのか、もともとそういう性格だからこういう職業を選んだのか、そのへんのことについては丸木にはわからない。

高尾が言った。

「ほう……。御礼参りというわけか？　礼儀正しいな」

茶髪、長髪、金髪の三人組は、無言で高尾を見ている。彼らはひどく緊張しているようだった。一度したたかにやられた相手に再び挑むというのは度胸がいる。丸木はそのせいの緊張かと思った。しかも高尾は警察官なのだ。警察官に歯向かうということがどういうことなのか、ワルなら当然知っているはずだ。

「どうした？　得物《えもの》でも用意してきたのか？　ナイフ程度じゃ歯が立たないことは、さっきわかっただろう」

学生服を着た三人組は、なぜか高尾よりも校舎の陰のほうを気にしているようだった。丸木はそれに気づいて高尾に言った。

「校舎の陰に誰かいるようですね」

「助っ人を連れてきたというわけか？」

高尾は歩きだした。「いいだろう。どんなやつでもかまわん。相手をしてやる」

丸木は嫌な予感がした。三人の態度のせいだ。彼らは緊張しきっている。恐怖に顔色を失っているといってもいい。

「気をつけてください」

丸木は言った。「何か様子が変です」

高尾はかまわずに歩を進めた。やがて彼は校舎の角の向こう側を向いた。そこで立ち尽くした。丸木のところからは角の向こう側は見えない。高尾が何を見ているかわからないのだ。

丸木は高尾の背後に回るように近づいて行き、校舎の角の向こうを見た。右手に自転車置き場の屋根が見える。自転車置き場と校舎の間は広かった。校舎の周辺には芝生があるが、それは荒れ果てていた。自転車置き場の前は校舎の裏手に通じる道路になっている。その道路に、大勢の生徒が立っていた。

ざっと数えて三十人はいる。

丸木はあまりのことに声が出なかった。女子生徒の姿は見えない。すべて学生服を着た男子生徒だった。服装は乱れており、一目見て不良とわかる少年の集団だ。茶色に染めた髪、耳のピアス、猜疑心《さいぎしん》に満ちた目、ゆがめた唇、そして、その誰もが何かの武器を持っていた。

木刀や金属バットが多かったが、鉄パイプを持っている者もいる。いずれも握るところに白いアスレチックテープを巻いてある。準備万端というわけだ。

丸木は少年課だから不良少年たちと関わり合うことが少なくない。しかし、こんな事態は初めてだった。どうしていいかわからなかった。さすがの高尾も身動きが取れないようだ。口もきかず少年たちを見つめている。

殺されるかもしれない。そう思うと、じわじわと寂寥感《せきりょうかん》が背中を這《は》い昇ってきた。その恐怖は社会的なものではなく、きわめて原始的なものだ。人間は、搦手《からめて》の脅しよりも直接的な暴力に弱い。最も原始的な恐怖が一番強烈なのだ。

まさか……。僕たちは警察官だぞ。警察官相手にこんなまねをするなんて……。

丸木は信じられなかった。

ニューヨークやロサンゼルスといったアメリカの大都会では、ギャングと呼ばれる少年たちが平気で警察官を撃つという。だが、日本では考えられないことだった。日本ではやくざでさえ警察官には一目置くのだ。やくざは警察の組織力を知っている。同様に、不良少年たちも警察の力を知っているはずだった。警察を敵に回すとたいへんなことになる。それは、不良少年たちの暗黙の了解事項だったはずだ。

高尾はどう思っているだろう。この窮地をどうやって切り抜けるつもりだろう。

丸木は高尾に頼るしかなかった。

だが、いくら高尾といえどもどうしようもないことはわかっていた。

あの三人を痛めつけたりするからだ。ここはやつらの縄張りだというのに……。丸木は高尾の行動が軽率だったと思い、腹が立った。

高尾がもっと慎重に行動してくれたらこんなことにはならなかったはずだ……。

この人は『仕置き人』などと呼ばれていい気になっているが、所詮この不良学生たちと変わりはしない。はけ口を求めて街をうろついているだけなんだ。自分が痛い目にあうのならそれは身から出た錆《さび》だ。しかし、この僕がとばっちりを食う理由などないはずだ。

丸木はパニックを起こしかけていた。冷静にこの場をどう切り抜けようかと考えるより、高尾に怒りをぶつけたくなった。ヒステリー的な心理状態だった。先頭にいる少年たちは、余裕たっぷりに見える。相手が警察官であることなどまったく気にした様子はない。それはそうだろう。武装した仲間が後ろに三十数人。圧倒的優位に立っているのだ。

丸木は思わず高尾の横顔を見た。高尾のせいでこんなことになったのだと思っている。しかし、やはり高尾に頼らざるを得ない。

高尾は、一ヵ所をじっと見つめていた。丸木は、その顔を見て驚いた。高尾はうろたえてなどいない。彼は、ある一人の少年に視線を注いでいるのだった。その眼にはかすかな笑いさえ感じられる。

この高尾は、いったいどういう男なんだろう……。武器を持った大勢の少年に囲まれても平然としている。これはもう度胸などというものではない。完全にぶち切れていているとしか思えない。僕にはとうてい理解できない……。

高尾が言った。

「おう、赤岩猛雄《あかいわたけお》じゃねえか……。このところめっきりおとなしくなったと聞いていたが、この様子じゃ健在のようだな」

丸木は高尾が赤岩猛雄と呼んだ少年を見た。大柄で高校生とは思えないくらいに体格がいい。髪を短く刈っているので首の太さが強調されていた。眉が太く、その下にある眼はくぼんで小さく見えるが、危険な光を宿していた。右目の下から唇にかけて目立つ傷がある。あきらかに刃物による傷だ。

赤岩猛雄は何も言わない。ただじっと高尾を見返している。

高尾がさらに言った。

「ガキどもが俺に楯突くなんざ、ちゃんちゃらおかしいが、おまえなら話は別だな」

高尾が赤岩に一目置いているということだろうか？　たしかに赤岩猛雄という名前に聞き覚えがある。神奈川県ではちょっとした有名人だ。暴走族のヘッドであり、多くのグループを傘下に置いていた。高校生でありながら、いっぱしの悪党だった。

赤岩の見かけは、その経歴を充分に物語っている。

高尾が納得したようにうなずいて言った。

「警察官に手を出すばかがいるとは思わなかったが、相手がおまえなら納得できるよ」

それでも赤岩猛雄は何も言わない。

彼は、最前列に立っている。彼の脇を木刀を持った少年たちが固めている。いずれも凶悪な顔つきをしたやつらだ。

赤岩猛雄の後ろで声がした。

「後鬼、よい。下がれ」

赤岩猛雄は高尾を見つめたまま場所を開けて一歩下がった。

その場に少年が歩み出た。赤岩猛雄とは対照的な少年だ。身長はそれほど高くなく、ほっそりとした体つきをしている。どちらかといえば、ひ弱なタイプに見える。美少年と言っていい。

荒れた連中の中でその少年だけが違った印象があった。髪も染めてはいない。学生服の着こなしも不良らしくはなかった。ズボンの幅も丈も標準のものだし、制服のボタンはきちんととめてある。

獰猛《どうもう》な赤岩猛雄がそのほっそりとした少年に素直に従っている。

赤岩を後鬼と呼んだのはその少年に違いなかった。とすれば……。

高尾が言った。

「賀茂晶か？」

その声に緊張が感じられ、思わず丸木は高尾の顔を見ていた。高尾の眼から笑いが消えていた。

ほっそりした少年がこたえた。

「そう呼ばれていたこともある」

「知ってるぜ。おまえは役小角だと言いたいんだろう？」

「そう。わが名はオズヌだ」

その声はあくまでも静かで落ち着いていた。その声を聞いた瞬間に、丸木は奇妙な感覚に陥った。

それまであまり印象のなかった少年の姿がいきなりくっきりと見えはじめたのだ。遠近感が狂ってしまったように感じた。遠くにいた少年がいきなりズームアップしたようだった。

特にその眼の印象が強かった。深い光をたたえた眼。その眼を見ていると、意識がすうっと吸いよせられるような気がした。

「赤岩がこの連中を束ねているというのなら納得できる。だが、その赤岩がおまえの言いなりになっているように見える。こいつはどういうことなのだろうな?」

賀茂晶——オズヌは、その問いにはこたえず、高尾に言った。

「話をしたいのなら、まず名乗るのが礼儀であろう」

「道理だな。俺は神奈川県警の高尾だ」

「高尾? それは氏か姓であろう。名は何と申す?」

いけない。

名前を教えてはいけない……。

不意に丸木はそう思った。理由はない。そう感じたのだ。

高尾にそう言おうと思った。だが、言えなかった。高尾にその理由を問われてもこたえられない。いや、それ以上に賀茂晶が恐ろしかった。その眼は独特の威圧感がある。荒れた少年たちの凶悪な眼とは違う。美しく澄んできらきらと輝く眼だ。だが、その眼が恐ろしかった。

「名前だと？」

高尾は言った。「そうさな。人は『仕置き人』と呼ぶな」

「それは名ではあるまい」

「神奈川県警の『仕置き人』高尾と言えば、この俺のことだ。それで充分だろう」

賀茂晶は、それ以上名を問おうとはしなかった。丸木はほっとした。

高尾は今や他の少年たちを無視して、賀茂晶だけに話しかけていた。少年たちもそのことについて文句を言おうとはしない。

「さて、これだけの人数で俺たちを待ち伏せしていたということは、何か言いたいことがあるということだろう？」

高尾が言った。「話を聞こうじゃないか？」

「話を聞きたいのは、こっちのほうだ」

賀茂晶が言った。「そこにいる三人に対し狼藉《ろうぜき》を働いたと聞いた。訳を知りたい」

高尾は、煙草を吸っていた茶髪、金髪、長髪の三人組を見た。三人は、高尾と眼を合わせようとはしなかった。後ろめたさを表情に出している。

いや、後ろめたいだけではなさそうだと丸木は思った。彼らは賀茂晶のほうも見ようとはしない。賀茂を恐れているのだ。

「ほう。俺が狼藉を働いたというのか？」

「ここは、我らの土地だ。我らの土地にやってきて手出しをしたということは狼藉であろう」

「仕事だ。俺の仕事は違法を取り締まることだ。その三人は法を犯した。それを注意したら、そいつらがキレたんだ。そういう態度はよくねえ。改めてほしいと俺は思う。教育も俺の仕事なんでな」

「違法……？」

「二十歳前のガキが煙草を吸うのは法で禁じられているんだよ」

賀茂晶は、にわかに動揺したようだった。それは意外な印象だった。ひっそりとした山奥の湖。その静かな湖面ににわかに波紋が広がったような印象だ。

その動揺の理由はわからない。

三人が嘘をついており、そのことに気づいたからだろうか？

たしかに高尾の言っていることは事実だ。高尾が三人組を挑発したことを付け加えさえすれば……。

だが、丸木には別に理由がありそうな気がした。過《あやま》ちに気づいたくらいで動揺するようなやつには見えない。まだ、賀茂晶がどういう少年なのか詳しくは知らない。だが、そう思わせる雰囲気を持っている。

「そのような法があるのか……」

賀茂晶が言った。「何やら、そういう覚えもあるが……」

それは質問というより、独り言に近かった。丸木は、その言葉にひどく違和感を感じた。

「どいつもこいつも……」

高尾は言った。「そこにいる三人もそう言ったよ。そんな法律は聞いたことがないってな。だから俺は教えてやった。ちょっとばかり荒っぽい教育になったが、それだけのことだ」

違う。賀茂晶は、法律のことを知っていて知らんぷりをしているわけではない。

丸木はそんな気がしていた。これも理由があるわけではない。賀茂晶の雰囲気がそう感じさせるのだ。その雰囲気が丸木を落ち着かなくさせていた。

「まあ、そういうわけで、俺は別に狼藉を働いたわけではない。わかってもらえたかな?」

「こいつは、俺たちを痛めつけたくて言いがかりをつけたんだ」

突然、茶髪がわめいた。切羽詰まった様子で賀茂晶に訴えている。すがるような目つきだ。

賀茂晶は静かにそちらを見た。さらに何か言おうとしていた茶髪は、その瞬間に口をつぐんだ。ひどくうろたえて、視線をさまよわせた後に、下を向いてしまった。

「よせやい」

高尾が言った。「警察官がそんなヤクザみたいな真似をするかよ」

近いことをしているじゃないか……。

丸木は心の中でつぶやいていた。

「我らの土地で、この者たちに手を出したことに違いはない」

「おまえもわからないやつだな……」

高尾は薄笑いを浮かべている。

周囲にいる少年たちの緊張が徐々に高まっていくのがわかる。そのあたりが強く帯電していくようだ。丸木は皮膚がちりちりするような気がした。

「そんなことより、おまえに訊きたいことがあるんだ」

高尾は言った。「おまえがどこにいるのか探そうと思っていた矢先だ。手間が省けたよ。東京で何か問題を起こしたようだな。いったい、何をやったんだ？」

「我を探そうとしていたと？」

「警視庁のご指名だ。名誉なことだな？　東京で何をやったんだ？」

「何もやってはおらん」

「そうは思えねえな」

最前列にいる少年の一人が、木刀を握り直した。その動きは、新たな緊張となって

さざ波のように少年たちに伝わっていった。さらに危険の度合いが増した。

丸木は一刻も早くこの場を立ち去りたかった。だが、無事に立ち去れるとは思えない。

「何故にそのようなことを知りたがる?」

「何度も言わせるな。仕事なんだよ」

賀茂晶は、後ろにひかえている赤岩猛雄を振り返った。ゆったりした動作で優雅とさえ言えた。何も言わなかったが、赤岩はすぐに賀茂晶の意図を悟ったようだ。説明を求めているのだ。

赤岩は、高尾を見据えたまま話しはじめた。

「こいつは何も知らないんだ」

その声には、高校生とは思えない凄味があった。わずかに嗄《かす》れた低音だ。いっぱしの極道者のしゃべり方だ。「警視庁というのは東京の警察だ。こいつは神奈川県の警察。おそらく東京の警察から何か言われて調べに来たんだ。だが、その理由については知らされていない。そんなところだと思うが……」

「ほう。さすがに察しがいいな。だてに警察との付き合いが長いわけじゃねえな。だがよ、何でそう思うんだ？」

赤岩は高尾の問いにはこたえようとしなかった。

「それにだ、神奈川中のツッパリどもが道を開けると言われた赤岩が、後鬼とか言われておとなしく言いなりになっているのはどういうわけだ？」

その言葉で、少年たちの興奮がさらに高まる。今や、それは闘気と言ってよかった。

丸木は、腰が浮きそうなくらいに不安感を覚えていた。警察官であろうがなかろうが、今ここでは関係なかった。

年齢の差も関係ない。仕事がら、丸木はこういう少年たちがいかに凶悪かを知り尽くしていた。暴力に歯止めがきかない。一度暴れ出したら最後、誰が死のうと知ったことではないのだ。

少年たちに校舎が影を落としている。日が当たっているグラウンドは白く輝き、日陰の部分は恐ろしいくらいに暗い。丸木はこの光景を一生忘れないだろうと思った。その一生もじきに終わるかもしれないが……。

じりじりした緊張に終止符を打つように、賀茂晶が言った。

「我は我が土地と同胞《はらから》に責めを負うておる。狼藉者をこのままにするわけにはいかない」

高尾は両方の拳をぎゅっと握った。黒い革のジャンパーがぎしっと鳴る。

「どうしようってんだ？」

「同胞たちのやりたいようにやらせようと思う」

木刀や金属バット、鉄パイプを握った少年たちは、一斉に一歩前へ出ようとした。

殺される。

丸木は本気でそう思った。

賀茂晶という少年は、僕たちを殺すことを何とも思っていない。怖いもの知らずというのとは違う。もっと不気味な存在だ。常識が通用しない相手。まったく別のモラルを持っているように感じられた。

一番前にいる鉄パイプを持ったリーゼントの男がゆらりと前に出てきた。切り込み隊長らしい。いよいよ始まるのだ。丸木は、職務も立場もかなぐり捨てて、その場から叫び声を上げながら逃げ出したくなった。

「うりゃあ！」

切り込み隊長は鉄パイプを一度肩に担いでから大きく一歩踏み出し、高尾めがけて袈裟懸《けさが》けに降り下ろした。

空気を切る音に殺意が感じられた。高尾はごく小さな軽いステップでその一撃をかわした。鉄パイプは地面にめり込んだ。

丸木は思わず、ひっという声を漏らしていた。

「情けない声を出すな」

高尾が言った。「最初の一撃は脅しだよ」

切り込み隊長の動きをきっかけに少年たちが素早く移動し、高尾と丸木を取り囲んだ。

教師たちは何をしているのだろう？

これだけの生徒の動きに気づかないはずはない。警察に連絡するなりの対応は取れないのだろうか？　二人ではどうしようもない。せめて県警の応援があれば……。

そのとき、二人を取り囲んでいた少年たちに動揺が走った。動きを止めて高尾を見つめている。

丸木は高尾を見た。彼も仰天してその場に凍りついてしまった。

高尾は脇に吊るしたホルスターからリボルバーを抜いていた。

「はったりだ！」

切り込み隊長が怒鳴った。「警官はヤクザと違って簡単に発砲はできねえんだ。かまわねえからやっちまえ！」

「そうかな？」

高尾は、銃口を切り込み隊長に向けた。次の瞬間、ごく無造作に引き金を引いた。

周囲の空気そのものが武器となったようなすさまじい音がする。丸木は、思わず耳をおさえていた。近くで銃を撃たれるとたちまち耳がおかしくなってしまう。近くの窓はびりびりと震えた。

たった一発で充分だった。銃声そのものが恐怖を与える。

武器を持った少年たちは一歩も動けなくなった。

切り込み隊長の足元に着弾していた。高尾の視線は賀茂晶に注がれている。その後ろには赤岩がひかえている。その二人だけが表情を変えていなかった。

賀茂晶が静かに言った。

「憎しみは憎しみしか呼ばぬ」

「何だと……？」

高尾は銃を構えたままだ。

「そのような武器で何を変えようというのか？」

「何を変えるだと？　そうだな。取り敢《あ》えず、おまえたちの生活態度を変えたいな」

「そのやり方では何も変わらぬ」

「ほう。ならば、どのようなやり方ならいいんだ？」

「我が神は隣人を愛せと教えた」

「ここに集まっている連中がおまえの隣人というわけか？」

「傷つき倒れている者がいたとき、その者を哀れみ助けてやるのが、傷ついている者にとっての隣人だ」

「何を訳のわからないことを言っているんだ？」

賀茂晶はそれ以上はしゃべろうとしなかった。ゆっくりと高尾に背を向けると、後方の人垣が二つに割れて道を作った。賀茂晶はそこを悠然と歩き、赤岩がそれに続いた。やがて、少年たちは二人に続いて去って行った。

丸木はしばらく呆然と立ち尽くしていた。高尾が歩きだしたのであわててその後を追った。

高尾はいつにも増して早足だった。学校の外に止めてあった愛車のシルビアに乗り込む。

丸木が乗り込むのを待たずにエンジンをかけた。丸木は取り残されてしまうかと思い、あわてて助手席に乗り込んだ。ドアが閉じた瞬間にシルビアは急発進し、丸木はヘッドレストに後頭部をぶつけてしまった。

「乱暴だな、もう……」

丸木はつぶやいた。高尾はいつもより荒っぽい運転をした。その理由がすぐにわかった。交差点で停まったとき、ハンドルにかけた高尾の手がかすかに震えているのに丸木は気づいた。

それは怒りのせいばかりではなかったはずだ。極度の緊張から解放され、体が言うことをきかないのだ。

そうか……、高尾も緊張していたのだ。

丸木はなんだか、救われたような気分だった。

「あの野郎はいったい何なんだ？」

高尾が言った。

「あの野郎？」

「赤岩ってのはな、筋金入りのワルだ。あんな野郎に手なずけられちまうようなタマじゃねえ」

「賀茂晶のことですか……」

「役小角の生まれ変わりだ？　ふざけやがって……。いったい何なんだ、役小角とかいうのは」

「僕も詳しいことは知りません。でも、修験道の祖だと言われています」

「あの女教師もそんなことを言っていたな……」

その一言で、丸木は水越陽子のことを思い出した。これまであんな女性に会ったことはない。体はおそろしく肉感的なのだが、どういうわけか清楚な印象がある。

グラマーでセクシーというのなら驚きはしない。だが、グラマーで清楚というのはどうにも気にかかる。

あんな女性が南浜高校で無事に働けるのだろうかと心配になった。女性差別かもしれないが、事実、警察官である丸木と高尾が危ない目にあっているのだ。

信号が変わり、車が再び急発進して丸木はシートに押しつけられた。

「修験道ってえと、山伏か？」

高尾が言った。丸木は水越陽子の見事な肢体を頭の中からあわてて追い出した。

「そうですね」

「なんであの賀茂晶は山伏の親玉なんかを名乗っているんだ？」

「役小角というのは、たいへんな法力《ほうりき》があったそうで、鬼を従えていたという話です」

「鬼を従えていた？」

「ええ。前鬼《ゼンキ》、後鬼という二匹の鬼が子分だったという話、聞いたことありませんか？」

「知らねえな。賀茂晶は、赤岩を後鬼と呼んだ。てえことは、赤岩は賀茂晶の子分ということか？」

「そうなりますかね？」

「冗談じゃねえ……」

高尾はどんどん不機嫌になっていく。丸木はうんざりした気分だった。

ここは余計なことは言わずにいるのが一番だ。

高尾は、ふと思い出したように言った。

「修験道の神様ってのは一体何だ？」

「さあ、詳しくは知りませんが、修験道でも仏教の仏様を信仰するようですよ」

「仏さんだ？」

「神道と仏教がごっちゃになっているような印象を受けますがね……」

「あいつが言ったことを覚えているか？」

「何のことです？」

「あいつはこう言ったんだ。我の神は隣人を愛せと教えた……。我の神ってのは何のことだ？」

「そんなこと言いました？」

「言った。誰かが傷ついているとき、それを哀れみ助けるのが隣人だとも言っていた」

丸木は思わず高尾のほうを見ていた。高尾はちらりとそんな丸木を横目で見ると訊いた。「何だ、変な顔をして……」

「その話……」

「どうした？」

「善《よ》きサマリア人《びと》の話……」

「何だそりゃ？」

「新約聖書の有名なエピソードです。イエズス・キリストがある律法学者にこう尋ねられるのです。永遠の生命を得るためにはどうすればいいかって。キリストは、律法にはどう書かれているかと訊き返します。あの、律法というのは旧約聖書の戒律をまとめたものです。律法学者はこたえます。自分のすべてをかけて神と隣人を愛せと書かれていると。キリストは、そうすれば永遠の命が得られると言うのです」

「新約聖書だと？」

「はい。すると、その律法学者がさらに尋ねるのです。では、隣人とはいかなる人か、と。そこでキリストがたとえ話をするのです。イエルザレムからイエリコに下ろうとする人が強盗にあい、大怪我をした。一人の祭司がそこを通り掛かったが、道の反対側を通って去って行ったのです。レヴィ人も通り掛かったけれど同じように通り過ぎてしまいました。ところが、そこにサマリア人が通り掛かり、哀れに思って手当てをして宿に連れていき介抱したのです。そこで、キリストは質問した律法学者に尋ねました。その怪我をした旅人にとっての隣人とは誰かと……。

律法学者が、サマリア人だとこたえると、キリストはこう言ったのです。では、あなたもそのようにしなさい……」

「おまえ、なんでそんなことを知っているんだ？」

「僕、高校がミッションスクールだったのです。聖書の授業があったんです。この話は特に印象深いんで覚えていたんです」

「まあいい。すると、あの賀茂晶は聖書の話をしたというわけか？」

「そうとしか思えませんね」

「ふん……」

高尾は笑いを洩《も》らした。「とんだ宗教マニアというわけだ。あのしゃべり方もいかにも怪しいと思っていたが、自ら馬脚を現したというわけだ」

「どういうことです？」

「そうだろう。役小角の転生だなんて言っておきながら、キリストの話をするんだからな。何か？　役小角ってのはキリスト教徒だったのか？」

「まさか……」

「ならば、転生なんて嘘っぱちだってことだろう。なに、あの賀茂晶ってやつは、いろいろな宗教の知識があって、それをうまく操っているだけなんだ」

「じゃあ、なぜ、あの赤岩が後鬼なんて呼ばれて従っているんです？」

高尾はふと押し黙った。

余計なことを言ってしまったか……。丸木はそっと高尾の横顔を見た。高尾は何事かしきりに考えているようだった。

「それがわからねえ」

高尾は言った。「赤岩は、宗教かぶれなんぞにだまされるようなやつじゃないんだ」

「赤岩のことは、僕だって知っていますよ」

「聞いたことがあるというだけじゃ、知っていることにはならんよ。赤岩とのつきあいはおまえより古いんだ」

「そりゃまあ、そうですが……」

それからしばらく高尾はまた黙って考え続けた。県警本部が近づくと、高尾はいきなり言った。

「おまえ、役小角とやらのことを調べてくれ」

「役小角のことを？　なぜです？　転生のことなんて信じないんでしょう？」

「信じない。だが、知っておく必要があると思う。おまえは、警官にしちゃあ肝っ玉が細いし、要領も悪い。けど、まあ、神様はそんなおまえにも一つだけ取り柄を作ってくれた。記憶力だ。役小角のことを調べてその頭にたたき込んでくるんだ」

高尾に逆らってもろくなことはない。黙って言うことをきくに限る。それに丸木は、調べ物の類が嫌いではない。

「わかりました」

「文献を当たり、できれば詳しい人の話も聞いてくるんだ」

「そこまでやる必要があるんですか？」

「必要があるなしは俺が判断する。言われたとおりにやれ」

「はい……」

高尾は県警本部に着く前に車を停めた。

「ここで降りろ。すぐにかかれ」

「本部に戻るんじゃないんですか？」

「俺はこれから射場に行く」

「射場？」

「銃を撃っておかなきゃならん」

なるほど、高校の校庭で発砲したとなるとちょっとした問題になりかねない。高尾といえどもそれを無視することはできない。しらばっくれるための工作が必要だというわけだ。

銃を撃ったことが問題になるかどうかは、南浜高校の対応次第だ。問題になったとき、高尾がうまく切り抜けられるかどうかはわからない。たぶんやってのけるだろう。丸木は思った。高尾というのはそういう男だ。そして、丸木は高尾が驚くほど運が強いことを知っていた。

丸木を降ろした高尾のシルビアは勢いよく走り去った。丸木はまず図書館へ行こうと、歩きだした。

3

自由民政党の真鍋不二人は、建設省の住宅局長との昼食会を終えて赤坂九丁目にある個人事務所に戻って来た。いつものとおり、あたりを睥睨《へいげい》するような態度でオフィスを横切ると、個室に納まった。

男性秘書の一人がすぐに書類を持ってやってきた。彼は建設省に少しでも予算を回すように奔走している。同時に、彼の地元である神奈川県に公共投資が落ちるように画策することが議員の役割だと考えている。秘書が持って来たのは、そのための根回しに使うさまざまな資料だ。

「最近では議員も、何かと勉強することが多くてかなわんな」

秘書は何も言わない。

ふん、なかなか賢くなったものだ。余計な相槌を打たないだけの知恵を身につけたな……。

「おい、久保井のほうはどうなっている？」

「特に連絡はありませんが……」

「何もないのはよい知らせ、か……。計画は順調に進んでいると考えていいのだな？」

「県や市との折衝はおおかたうまく進んでいるようです」

「これからは少子化でますます子供が少なくなる。必要のない高校がどんどん増える。それに、このところ中退者が増えているというじゃないか。おっと、これは文部省の縄張りだな」

真鍋は不敵な笑いを浮かべて見せた。

文部省のやっていることになど何の価値も感じていなかった。建設省出身の真鍋には、高度経済成長やバブル経済を支えてきたという自信がある。

文化だ教育だ環境だとくだらんことにうつつを抜かしているから日本がだめになるんだ。日本に必要なのは、ブルドーザーのような力強さだ。余計なものはどんどん踏みつぶす。そしてその後に新たなものを作っていく。真鍋にとっては、騒々しい建築の音が豊かさの象徴だった。

この国をここまで発展させたのは、建設省だ。これからだってそれは変わらない。真鍋はそう信じている。

「生徒が通わない高校、荒れ果てた高校など更地にしてしまったほうがどれだけ社会のためになるか……。そうは思わんか？」

秘書はそれでも何も言わない。典型的な体育会系の男だ。どんなに不合理なことでも絶対服従を通すことができる。真鍋は自分の周りにはそういう人間しか置きたくなかった。どんなに賢いやつでも彼に服従を誓わない人間をそばに置きたくはない。

「警察はどうなっている？」

「まだ何も言ってきません」

「南浜高校の生徒だ。どうせろくなもんじゃあるまい。神奈川県警に問い合わせればすぐにわかりそうなもんだがな。警視庁と他の県警には捜査能力で相当の開きがあると聞いたことがあるが、本当なのか？」

「ある程度は事実だと思います。県によっては、予算の関係で警察官が常に不足しているところもありますから……」

「予算の関係か……。せちがらい世の中になったもんだ。昔は親方日の丸は、やりたい放題だったがな……」

真鍋は、秘書が持って来た書類をぱらぱらとめくった。A4判でたっぷり五十枚はありそうだった。それを放り出すと、彼は言った。

「後で内容を口で説明してくれ」

「目をお通しになったほうがいいと思いますが」

「こう見えても俺はな、官僚出身なんだよ。だいたいの事情は頭に入っているんだ。余計な文章を読んでいる時間はない」

「わかりました」

こうして一睨《にら》みするだけで、たいていのやつは言うことをきく。

真鍋はほくそえみたい気分だった。

官僚出身だからといってなめられたくはないからな。こうした態度がものをいう世界だ。そのために学んだのだ。ゼネコンをはじめとする建設業界には、強面《こわもて》の連中がごろごろしている。そういう手合いと接するには、官僚然とした態度では限界がある。

当初は演技をしていた。そのうちに、そうした態度を取ることが心地よくなってきた。ヤクザ者の気持ちがよくわかった。怖がられるのは気分のいいものだ。真鍋は、自分にもともとそういう素養があったのだと思った。

「警察への連絡はおまえがやったんだな？」

「はい。自分がやりました」

「誰に話した？」

「警視庁の刑事部長に先生の名前で電話を入れました」

「刑事部長だ？　俺はてっきり警視総監か警察庁の長官に話が行ったものと思ってい

たんだぞ」

真鍋は得意の睨みをきかせた。

「それでは事が大きくなりすぎると判断しました。刑事部長でも大げさかと思ったくらいです」

「おい、一つ教えておいてやる。どんな小さなことでもトップと話をするんだ。それが一流のやり方だ。トップからのお達しとなれば現場の動き方も違ってくるんだよ。どうりでぐずぐずしていると思った」

「申し訳ありません」

秘書は無表情に言った。従順だが、何を考えているかわからないところがある。だが、それは欠点とは言いがたい。感情をすぐ表に出すようなやつは政治の世界を渡っていくことはできない。

「まあいい。それで、何と言ってやったんだ?」

「議員が個人的に調べたいことがある、と……」

「ずいぶん控えめな言い方じゃないか。もっとがつんと脅しをかけるなりはったりをきかすなりできなかったのか?」

「あとあと取りかえしがつかなくなるといけないと思いまして」

「おまえなりに気をきかせたというわけか。いいだろう。もう一度催促の電話を入れておけ」

「わかりました」

「ああ、それとな。久保井に電話しろ。今週中に夕飯でも食おうとな」

「はい」

秘書は一礼をしてきびきびと部屋を出ていった。

丸木は、県立図書館に出かけて役小角《エンノオヅヌ》について調べていた。

図書館の閲覧室は、それほど混み合ってはいなかった。その静けさに身がひきしまるような気分になる。人々は他人のことを気にせず自分の目的に熱中しているように見える。書物から何かを学ぶ。それは、人類の最も大切な作業のような気がする。

窓から日が差し込み、さらに照明は充分に明るい。丸木は学生時代を思い出した。

勉強は嫌いではなかった。

ふと彼はどうして警察官などになってしまったのだろうと考えた。大学時代に不況が深刻となり就職難となった。一流とはいえない大学なので、なかなか就職がうまくいかなかった。

そして、彼は幼い頃から密かに刑事に憧れていた。正義感は強いほうだと思う。ただ気が弱くなかなかそれを発揮することができなかった。

警察官という肩書を得れば、その正義感を遺憾なく発揮することができるような気がしていたのだ。その権限にも憧れていた。世の中には警察マニアと呼ばれる人々がいる。彼らは、警察の機構や装備をよく研究しており、中には警察無線を傍受することを趣味にしている者もいる。

自分はそういう連中とは違うのだと思っていた。彼らは決して警察官になろうとはしない。外から警察を眺め、蘊蓄《うんちく》を語るだけだ。少なくとも丸木は警察官の採用試験に応募した。そして、実際に警察官になったのだ。

そこまではよかった。しかし、ただ警察官であるというだけで特別な権限が与えられると漠然と考えていた丸木は、つらい現実にぶつかることになった。

まず第一に、高卒で警察官になった連中は同年齢でもすでに警察官としての経験を積んでいる。さらに問題なのは、体育会の柔道部や剣道部、空手部といった学生時代の雰囲気をそのまま警察に持ち込んだ連中があまりに多いことだ。

個人的には悪いやつらではない。それはわかっている。しかし、そういう連中が徒党を組むとある独特の雰囲気を作り出す。丸木はそれになじむことができなかった。

そして、ようやく交番勤務《ハコバン》から県警本部に異動になったと思ったら、高尾のような先輩と組まされるはめになった。

警察官になったことに後悔はない。そのうちにいいこともあると思うことにしている。だが、こうして図書館などに来てみると、やはり道を間違ったのだろうかと考えてしまう。

丸木は、コンピュータで役小角を検索し、まず三冊の本を借りた。それを閲覧室のテーブルで読み始める。コンビニエンスストアでノートを買ってきた。そのノートにメモを取りながら読み進んだ。

高尾が言ったように、丸木は記憶力に自信があった。これは特技と言っていい。一度頭にたたき込んだら、固有名詞を忘れることはまずない。年号や電話番号といった数字にも強い。中学校、高校、大学と、暗記を必要とする科目の試験で苦労したことはなかった。

ただ、その記憶を組み合わせて何かを読み取ったり新たな事柄を考え出したりできるかというと、それは別問題だ。そうした能力は人並みだ。もしかしたら人並み以下かもしれないと丸木は不安に思っていた。彼はあらゆることに自信がない。

高尾は僕のそんなところに苛立つのだろう。いつもそう思っていた。

丸木はたちまち調べ事に熱中した。

やはり、僕はこういうことに向いているのかもしれない……。

役小角。

その名前を初めて記した文献は、『続日本紀《しょくにほんぎ》』だということを初めて知った。『続日本紀』は光仁《こうにん》天皇（七七〇年〜七八一年）の勅命によって、文武《もんむ》天皇元年から延暦《えんりゃく》十年まで、つまり、六九七年から七九一年までの歴史をつづったものだ。従って信頼性は高い。

役小角については、第一巻の文武天皇三年（六九九）の項に書かれている。執筆の時期は役小角の死後約百年の頃になるという。

文武天皇三年五月二十四日の記録として、次のように書かれている。

「丁丑《ひのとうし》、役君小角《えのきみをづの》伊豆嶋《いづのしま》に流さる。初め小角葛木山《かづらきのやま》に住みて、呪術《じゅじゅつ》を以《もち》て称《ほ》めらる。外《げ》従五位下韓国連広足《からくにのむらじひろたり》が師なりき。後にその能《のう》を害《そこな》ひて、讒《しこ》ずるに妖惑《ようわく》を以てせり。故《かれ》遠き処に配《なが》さる。世相《よあい》伝《つた》えて云《い》わく、小角能《よ》く鬼神《くいじん》役使《やくし》して、水を汲《く》み薪《たきぎ》を採《と》らしむ。若《も》し命《めい》を用いずは、即《すなわ》ち呪を以て縛るという」

ここでは役小角ではなく役君小角と書かれている。これは、小角の氏姓名だということだ。つまり、役は氏、君は姓だという。氏というのは家柄や血統を表し、姓というのは役職を表すのだそうだ。君というのは、かなり高い位で、例えば祭祀《さいし》的に古い伝統を持つ三輪氏などに与えられていた。

また、小角の読み方だが、今では「おづぬ」あるいは「おづの」が一般的だが、必ずしもそれが正しいとは断言できないそうだ。

「おすみ」あるいは「こすみ」と読むのが正しいと主張する人もいるらしい。

伊豆嶋は伊豆大島のことだ。「後にその能を害ひて」の部分の解釈が難しい。原文では「後害其能」だ。これは文脈から「韓国連広足が、小角の能力を害《ねた》んで」と解釈するのが一般的のようだ。つまり、簡単に現代訳するとこういうことになる。

「役小角は葛城山《かつらぎさん》に住んでおり、不思議な呪術によって鬼神に水汲みや薪取りをやらせるなど自由に駆使していた。文武天皇三年に妖《あや》しい呪術で民衆を惑わしていると弟子の広足が讒言《ざんげん》し、妖惑の罪により伊豆大島に流された」

たったこれだけか。

役小角が正史に登場したのはこの数行だけなのだ。たしかにそこには鬼神を自在に使役したという記述がある。しかし、前鬼・後鬼といった手下の鬼のことは書かれていない。

丸木も役小角のことは詳しく知らない。しかし、何やら恐ろしい男で、鬼を手下にしていたという話は知っている。それは単なる言い伝えのレベルなのだろうか？有名な役小角のエピソードはどこから生まれたのだろうと丸木は不思議に思った。

その疑問はすぐに解けた。

『続日本紀』に続き、役小角は『日本霊異記《にほんりょういき》』に登場する。『日本霊異記』は、日本最初の仏教説話集だ。弘仁《こうにん》年間（八一〇年〜八二四年）に薬師寺の僧、景戒《けいかい》が記したものだ。

そこに書かれている役小角のエピソードを読み、丸木は納得した。丸木が聞いたことのある役小角のエピソードは、ほとんど『日本霊異記』に記されている事柄のようだ。

原典を読んだ訳ではないが、ある本に詳しいダイジェストが載っていた。『日本霊異記』では、役小角は役《え》の優婆塞《うばそく》と呼ばれている。優婆塞というのは、正式に役所から僧の許可をもらっていない私度《しど》僧のことだそうだ。

役の優婆塞は、生まれつき賢く、郷里一の博学だった。三宝《さんぼう》つまり仏教を信仰するのを生業としていた。

彼は幼い頃から仙人になることを願っていた。そのための修行を続け、四十歳を過ぎると山の洞窟に住むようになった。葛を身につけて衣とし、松を食べ、泉で水浴して俗世間の汚れた垢《あか》をすすぎ落としていた。

役の優婆塞は、孔雀《くじゃく》の呪法を修得して様々な不思議な能力を発揮したという。その力をもって鬼神を自由にあやつった。あるとき、鬼神を呼び集め、大和の国の金峯山《きんぶせん》と葛城山の峰との間に橋を架けさせようとした。鬼たちはあまりの無茶な要求に嘆き悲しんだ。

その時呼び集められた鬼神の中に葛城山の主である一言主《ひとことぬし》の大神がいた。一言主はたまらずに「役小角は天皇を倒そうと計画を巡らしている」と訴え出た。そこで天皇は優婆塞を捕らえよと勅命を出したが、験力《げんりき》があるのでたやすく捕まえることはできない。役人たちは役小角の母親を捕らえた。役小角は母を助けるために自ら姿を現して縛についた。

役小角は、伊豆大島に流されたが、その際に海上を歩いて見せたりしている。また天上を飛ぶ姿は鳳凰《ほうおう》のようだったという。昼間は天皇の命令に従って島にいたが、夜になると空を飛び駿河《するが》の国の富士に行って修行をした。大島でのそのような暮らしが三年に及び、大宝《たいほう》元年（七〇一）正月に、ついに仙人となって空に飛び去った。

道照《どうしょう》法師が勅命により唐に行った際、五百の虎の要請を受けて新羅《しらぎ》の国へ行き、法華経《ほけきょう》を講義した。その席で日本語で質問する者がいる。誰かと問うと、役の優婆塞であるとこたえたという。

法師はすぐに高座から降りてその声の主を探したが、すでに姿は消えていた。

一言主の大神は、役の優婆塞に呪縛されてから今に至るまで自由を奪われたままでいると、物語は記している。

この『日本霊異記』には、役の優婆塞の験力の数々が事細かに書かれているそうだ。この書物は仏教の説話集なので自然と験の力や法力といったものに対する記述が多くなったのだろうと丸木は思った。仏教説話集とは、言ってみれば仏教のPR誌のようなものだ。『日本霊異記』にも前鬼・後鬼の話は出てこない。また、『続日本紀』では役小角を讒言《ざんげん》したのは、韓国連広足だが、ここでは葛城山に住む鬼神の一言主になっている。

平安時代の末期になると、中国の神仙思想の影響を受けた大江匡房《おおえのまさふさ》が日本の仙人を選び出し、『本朝神仙伝《ほんちょうしんせんでん》』を著した。匡房は、天永《てんえい》二年（一一一一年）に亡くなっているから、この書物はそれ以前に書かれたということになる。

この説話では、ほとんど『日本霊異記』のエピソードを踏襲しているが、新たに泰《たい》澄《ちょう》が登場している。泰澄は、加賀の生まれで若い頃に役小角に従って修行し、山城《やましろ》の愛宕《あたご》山の天狗を調伏《ちょうぶく》してここを開山したと言われている。

泰澄が吉野山を訪れたとき、役小角に呪縛された一言主を見つけ、これを加持祈禱《かじきとう》によって解放した。しかし、その直後、天から激しい叱責の声が響き、一言主は再び呪縛されたという。その天の声が誰のものかは記されていないが、役小角のものであることは明らかだ。

また、『本朝神仙伝』では、一言主のキャラクターがいっそうはっきりしてきている。葛城山から金峯山への橋架けを命じられたが、その工事はいっこうに進まない。その理由を問うと、一言主は次のように語る。

「私は容貌が醜いので人目を避けて暮らしている。従って昼間は働くことができずに、夜だけ働いているのです」

このキャラクターはその後の役小角を扱った書物に受け継がれている。

このほか、平安時代では、『今昔物語集《こんじゃくものがたりしゅう》』や『扶桑略記《ふそうりゃっき》』、『水鏡《みずかがみ》』などに役小角の略伝が記されている。

平安から鎌倉にかけて、『大峯縁起《たいほうえんぎ》』という書物が編纂《へんさん》された。大峯山《おおみねさん》の由来を集めたもので、長年俗人には見せられない書物として秘蔵されていたものだ。

役小角のエピソードについてはほぼ過去のものを受け継いでいるが、『大峯縁起』の著しい特色は、役小角を引き合いに出しておびただしい神仏の説話が語られていることだ。

また、この書物の第四項に役小角の熊野《くまの》山詣《もう》でが日記の形でつづられているが、そこで神仏の使者である二人の童子が登場する。

これが後の前鬼・後鬼の原型ではないかと丸木は思った。童子つまり、おかっぱ頭の子供と鬼の関係はきわめて深いと、何かの本で読んだことがある。おそらく酒呑童子《しゅてんどうじ》についての書物だったと思う。

多くの鬼伝説を調べてみると、鬼は成長しても童子の恰好をしているといわれている。酒呑童子の名もそこから来ている。そのおかっぱ頭は、実は当時の西洋人の髪型で、赤ら顔で金髪、鼻が高く、おかっぱ頭という西洋人の容貌が後に鬼伝説を生んだのではないかという説もある。

その話が記憶にあったので、丸木はぴんときたのだ。
鎌倉時代には、『源平盛衰記《げんぺいじょうすいき》』や『古今著聞集《ここんちょもんじゅう》』『私聚百因縁集《しじゅうひゃくいんねんしゅう》』『沙石集《しゃせきしゅう》』『元亨釈書《げんこうしゃくしょ》』などに役小角の略伝が載っている。『私聚百因縁集』『沙石集』『元亨釈書』などはいずれも仏教関係の書物だ。

この時代になると、役小角は仏教的な聖者という性格を強めていく。法華経、孔雀明王《くじゃくみょうおう》、蔵王権現《ざおうごんげん》といった教典や神仏とともに語られている。

また、役小角が自分の過去三生の骸骨に出会うというエピソードが語られるようになるのはこの頃のようだ。役小角は大峯山中で、三体の骸骨に次々と出会う。それは、過去の三度の人生の亡骸で、今生きている役小角は、七生目だということになっている。

その他、室町時代には、『三国伝記』『修験修要秘決集《しゅげんしゅうようひけつしゅう》』などに、また江戸時代には、『扶桑隠逸伝《ふそういんいつでん》』や『修験心鑑鈔《しゅげんしんかんしょう》』などに役小角の略伝が書かれている。丸木は、『修験心鑑鈔』の現代語訳まで読みすすみ、そこで初めて前鬼・後鬼の記述を見つけた。ここでは、前鬼・後鬼は夫婦の鬼と記されている。後鬼は五鬼とも書き、五人の子鬼であるかもしれないと但《ただ》し書きがしてある。

さらに、略伝ではなく、ある程度詳しい物語や伝記になるとさらにいろいろなものがある。『役行者本記《えんのぎょうじゃほんぎ》』は、役小角の生涯を年代を追って漢文で記してある。修験道が広まり、その祖としての役小角の伝記が必要になり、初めて一冊にまとめられた伝記だ。役小角の生涯と同時に、彼が修行した山の修験道に関する儀礼や教義なども細かく語られている。

この伝記では、初めて役小角の系譜が詳しく述べられている。それによると、役小角は大己貴《おおなむち》、すなわち大国主命《おおくにぬしのみこと》につながる出雲《いずも》系の出自であることがわかる。

さらに、ここでは前鬼・後鬼が善童鬼・妙童鬼という名で登場する。二匹の鬼は、常に小角の左右に付き従い、修行を助けた。小角は弟子の義覚らが修行するときには、前鬼・後鬼の子孫たちも親しく従うように命じた、とある。

ここで丸木は、混乱してしまった。前鬼・後鬼というのは、実は、弟子の義覚と義元だという説もある。なのに、前鬼・後鬼に、その子孫が義覚らに従うように命じたと書かれているのだ。

その説明として、役小角と前鬼・後鬼は、顕の三尊の姿で、小角、義覚、義元は密の三尊だと言っている。

こうしたいかにも苦しい説明は、役小角の物語がすでに長い歴史を持っていることも物語っている。正式な歴史書における記述は、なんといっても『続日本紀』のあの数行だけなのだ。長い年月の間に、様々な解釈や創作が加えられた結果、膨大なエピソードが生まれた。それを一冊にまとめようとしたために混乱が生じ、こうした少々苦しい説明が必要になったのだろうと丸木は考えた。

さまざまな物語があるが、おおまかにまとめると、役小角の基本的なエピソードは次のようになる。

まず、役小角は大和の人で葛城山を中心に修行をしていた。強い法力を持っており、鬼を手下にしていたと言われている。弟子にした韓国連広足の讒言で伊豆大島に流されたが、そこで奇跡ともいえるさまざまな不思議な行いを見せたという説話が伝わっている。その広足は後に一言主に入れ替わった。時代が下ると、前鬼・後鬼という鬼を左右に従えていたというエピソードが生まれたが、どうやらそれは弟子の義覚・義元のことのようだ。

また、いつのころからか言い伝えられている特徴的な誕生譚《たんじょうたん》がある。母親の都良《とら》女《め》は、ある日独鈷杵《どっこしょ》を飲み込んだ夢を見た。それによって身ごもったのが、役小角だったのだ。この誕生譚の変形として、江戸時代の『修験心鑑鈔』には、「役小角には父はなく、母は性悪で三十になっても独身だった。ある夜、牛の角を呑む夢を見て小角を身ごもった。それ故に小角という名をつけた」という説明がある。

だが、これは執筆者の創作だ。『役行者本記』には、役小角には大角《おおづの》という父親がいて、この父親は出雲の国から養子にやってきたとある。

そして、この父親は加茂氏であるという。

賀茂晶が役小角の転生だと言い始めた理由が少しだけわかったような気がした。父親大角は、加茂の富登江《ふとえ》の子で、成長してからは高賀茂真影麻呂《たかかもまかげまろ》と名乗った。

小角の誕生後、大角は離縁して出雲に帰ったと記されている。父の離縁の事実が、小角には父はいないという話に変わったのだろう。

この出自に関しては、かなり信頼がおけると丸木は思った。というのも、平安時代の『日本霊異記』にすでに「役の優婆塞は、賀茂役君《かものえのきみ》といい、今の高賀茂の朝臣の係累である」とはっきり書かれてあるからだ。

この記述を見たとき、丸木は驚いた。そこにカモという名前を見つけたからだ。さらに役小角の略伝や伝記には、賀茂あるいは加茂という名前が登場する。

だが、落ち着いて考えてみれば、これはそれほど不思議なことではない。役小角は加茂氏だから、賀茂晶はやっぱり転生者かもしれないなどと考えるほど丸木は浅はかではなかった。

賀茂晶は、役小角を名乗るくらいだからいろいろと調べていたに違いない。それで、役小角が加茂氏あるいは賀茂氏であることを知ったのだ。いや、何かのきっかけで加茂氏であることを知ってから、役小角のことを詳しく調べはじめたのかもしれない。

いずれにしろ、役小角が加茂氏であるということは、むしろ賀茂晶が転生者などではないという事実を物語っているように、丸木には感じられた。

歴史上の人物、あるいは有名人が自分と何らかの関連があることを知り、その人物に自分を託してみたくなるのはよくあることだ。たとえば、親戚などから我が家は織田信長の子孫だという話を聞かされたら、なんとなく信長に思い入れを覚えるものだ。人によっては信長の霊に守護されているとか、自分は信長の生まれ変わりだと思いこんでしまうこともあるだろう。

丸木はノートを閉じた。高尾に対する最初の報告はこの程度で充分だろうと判断したのだ。

「それで、その役小角ってのは、結局何者なんだ？」

丸木が県警に戻り調べたことを報告すると、高尾は横目で睨みながら言った。

「だから、修験道の祖と言われている人物ですよ。説明したように最初に文献に登場するのは『続日本紀』で、これが完成したのが七九七年。その頃にはすでに小角が死んで百年ほどたっていたということですから、小角というのは、七世紀後半に生きていた人物なのでしょう」

「そんなことはどうでもいい。何をやった人物かと訊いているんだ」

「何をやったって……。つまり、修験道の祖になったわけで……」

「本人が修験道を開いたのか？　新興宗教の教祖みたいに」

「いや、そうじゃないでしょう。役小角の評判を聞いて弟子になった人物がいます。特に、義覚、義元という二人が有名なようです。この二人が前鬼・後鬼なのではないかという説があります。その弟子たちがさらに弟子を取る。やがて、役小角の修行の仕方が広まり、後世に修験道となっていったのでしょう」

「だったら、何をしたことで有名なんだ？」

「験の力で、鬼たちをこき使ったと言われています。水をくませたり、薪を拾わせたり……」

「鬼って何だ？」

「鬼は鬼でしょう」

「おまえ、鬼見たことあるのか？」

「ないですよ」

高尾は腹立たしげに溜め息をついた。

「なら、役小角がこき使っていたというのは何なんだ？」

「知りませんよ」

「調べろよ」

丸木はさすがに腹を立てた。嫌がらせをされているような気分になってきたのだ。

「なぜそんなことを調べなきゃならないんです？」

憤《いきどお》りが顔や口調に表れたはずだ。だが、高尾は気にした様子はなかった。

こいつは僕の気分などどうでもいいんだ。僕が腹を立てようと、傷つこうと知ったことではないというわけだ……。

「なぜ調べなきゃならんかだと？　教えてやろう。俺が調べろと言ったからだ」

「その理由が知りたいですね」

「理由？　それはな、俺が納得しないからだ」

「賀茂晶についてなら、もっと調べるべきことはいっぱいあるでしょう。自殺未遂のこととか……」

高尾は、組んでいた足を下ろし丸木を正面から見据えた。たちまち丸木は落ち着かない気分になった。小学校のころに、職員室で先生に説教されたときの気持ちを思い出す。

「仰せのとおりだ。調べなきゃならねえ。もちろん調べるさ。だが、まず第一に俺が言ったことを調べろ。俺は知りたいんだ。賀茂晶がなぜ役小角を名乗るのかな。歴史上の有名な坊主なら空海《くうかい》や最澄《さいちょう》でもいいわけだろう？　それがなぜ役小角なんだ？　賀茂にとって役小角てなどういう存在なんだ？　それを知りたいんだ。そのためには、役小角のことを知らなきゃならねえ。そうさ、賀茂晶のことを知ると同時に役小角のことを知らなきゃならねえんだ。役小角とは何者だったのか？　何をやった男なのか？　詳しく知る必要がある。おまえの説明だと、役小角てえのは、ただ鬼をこき使ったりしていて、民衆を惑わすとかいう罪状で伊豆大島に流された……、ただそれだけじゃねえか。『続日本紀』か？　その歴史書に出てくるのはそれだけだとおまえは言った。ならば、それが何で後々いろいろな仏教の本に登場することになるんだ？　役小角の何が民衆を引きつけるんだ？　俺はそこんところがわからねえんだよ。どんな小さな疑問でも見逃さず明らかにしていくってのが捜査ってもんだろう」

高尾はまくしたてた。丸木はすっかり圧倒されてしまった。

「で、でも……、僕らは刑事じゃありません。犯罪の捜査をしているんじゃないんです。賀茂晶について調べろと言われただけで……」

「ばか言うなよ。警察官が何かを調べるってのはそういうことだろ」

丸木はそれ以上は言い返せなかった。高尾の態度には腹が立つ。しかし、言っていることは正しいような気がした。

丸木が黙っていると、高尾は言った。

「関係者に話を聞いてみる必要があるな」

「関係者？」

「たとえば、あの女先生だ」

「水越陽子ですか？」

どうせあんたが行くんだろう？　僕は図書館回りで、あんたはあのナイスバディーの女教師に会いに行くというわけだ。

「そうだ」

高尾が言った。「南浜高校の教師たちはなぜか賀茂晶を恐れているようだった。あの赤岩を恐れるというのなら現実味はある。だが、賀茂晶を恐れるというのは納得がいかない。それに、赤岩をはじめとするあれだけのワルどもが賀茂に従っている理由もわからない」

「賀茂晶が役小角の転生だと言っていることと、何か関係があると……？」

「関係あるかもしれないし、ないかもしれない。それを調べるんだ。あの高校で話をしてくれそうなのは、あの女教師だけだ。行って来い」

丸木は驚いた。

「僕が行くんですか？」

「そうだよ。役小角のことを調べるのはおまえの役目だ」

丸木は意外だった。

自分だけいい思いをしようというわけではないのだな……。

「わかりました」

「学校には行かないほうがいいかもしれねえ。しばらくほとぼりを冷ましたほうがいい」

拳銃のことを言っているのだ。

「しかし、解せねえな……」

高尾は言った。「俺は一問着《ひともんちゃく》を覚悟していたんだが……」

発砲については今のところ何の沙汰もない。

「学校側がもみ消したのでしょうか？　なぜ発砲するにいたったかを調べたら、当然生徒たちの行動が問題になります」

「まあ、そういうことかもしれねえが、どうも気になる」

「何がです？」

「あの賀茂晶が絡んでいるような気がする」

「どういうふうに絡んでいるというのです？」

「知るかよ。そんな気がすると言っただけだ。どうもあいつはおもしろくねえ」

「水越陽子の自宅を訪ねることにします」

「尋問に行って手を出すのは御法度だぞ」

高尾はにやりと笑った。

そんなこと、するもんか。あんたじゃあるまいし。

丸木はそう思っただけで、何も言わなかった。

4

真鍋不二人の秘書は赤坂の『菊重』にいつもの部屋を用意させていた。二階の奥座敷で、いかにも秘密の会談をするのにふさわしい部屋だった。

すでに久保井昭一が来ていたが、彼は酒どころか出された茶にも手を付けず、正座して真鍋の到着を待っていた。ゼネコン、久保井建設の社長、久保井昭一はそういう男だった。

単に礼儀正しいというより、それは昔の極道者の作法だった。今ではやくざも地に堕《お》ちたが、久保井が若いころにはまだ礼儀作法にうるさい親分衆が大勢いた。久保井はそういう組できっちりと見習いをやった経験がある。その後一家を構えて名を成した。建設業の基礎と人脈はその時代に築いたのだ。今では足を洗って久しいが、職業柄暴力団との付き合いは多い。今でも、久保井はその世界で一目置かれている。

「待たせたな」

真鍋は部屋に入ると、どっかと上座に腰を下ろした。

「いえ……」

「すぐに料理を運ばせる。膝を崩してくつろげ」

「はい」

そう言われてはじめて久保井はあぐらをかいた。真鍋とは長い付き合いになるが、それでも立場を忘れないのはいかにも久保井らしかった。

「南浜高校の件はどうだ？」

「私どものほうは何ら問題はありません。あとは、自治体次第です」

「まあ、落札はおまえのところと決まっているのだ。あとは、計画が実行に移されるのを待つだけだ」

公共事業は入札制だ。複数の企業が見積りを出し、より低い額を提示したところに入札される。しかし、それはたてまえでしかない。談合が問題にされたのはずいぶん前のことだが、喉もと過ぎれば熱さ忘れるで、談合は今でも行われている。業界の体質というのはなかなか変わらぬものだ。

談合があるから、真鍋のような政治家が幅を利かせることができる。当然そこに巨額の金が動く。

久保井建設から真鍋に流れた金も半端ではない。そのおかげで、南浜高校の解体、跡地造成、ニュータウン建設という一連の作業は、久保井建設が落札できるような運びになっていた。

酒と料理が次々に運ばれてきて、しばらくは世間話を続けた。真鍋がいかに政治の世界がたいへんかをとうとうと述べる。大半は愚痴だ。野党の連中がいかに無能か。自分がどれほど有能でさまざまな人脈を持っているか。そういった類の話だ。

真鍋にとって有能かどうかは、永田町のしきたりをどれだけ知っているかで計られる。行革、行革といってもどれだけ変わるものか。そんなものは一時のブームに過ぎない。選挙の投票率の低さを見ろ。特にこれからの日本を背負う若者が政治に無関心だ。俺たちが引っ張っていかなければ、国はどうなる?

真鍋はそういう話を延々と続ける。久保井は終始おとなしくありがたそうにその話を聞いている。

デザートが出て仲居の出入りが一段落したところで、真鍋はわずかに身を乗りだした。口調が変わる。

「ときに、社長よ。あのガキのことだが……」

「先日ここに現れた……?」

「おまえ、本当に心当たりはないのか?」

「ありませんね」

真鍋はあの時のことを思い出し、不愉快になった。

「俺はああいうふざけたガキを許さない。大人をなめるとどういうことになるかきっちりと教えておかなければならない」

「少しばかり、気になっております」

「何がだ？」

「あの高校生は、なぜここへ現れたのでしょう？」

「そこんとこだよ……」

真鍋の表情がさらに険しくなった。『菊重』はあんなやつらの出入りを許すような店じゃないんだ」

「それ以前に、どうして私と先生がここで会っていることを知ったか……。さらには、私どもが南浜高校の件を落札するということをどこから聞いてきたのか……。まだ正式に落札されたわけではないのです」

真鍋はじろりと久保井を睨んだ。それが何かを考えるときの癖になっている。

「それは俺も考えていた……」

「しかも……」

久保井は淡々と語った。いつもすっきりとした身だしなみで、上品な印象を受ける。だが、その眼の奥の危険な光と無表情さが本性を物語っている。「先生の秘書を手玉に取ったのは事実です」

「やつらが情けないんだ。まったく……。もし現役のやくざだったらおまえのところに預けてきっちり躾《しつ》けてもらいたいところだ」

「秘書のお二人……、坂上さんと庄村さんとおっしゃいましたか……、あのお二人はしっかりしておいでです。充分に鍛えておられることは見ればわかる。あの少年が何か不思議なことをやったとしか思えません」

真鍋は、しばらく久保井を見据えたまま考えていた。たしかに二人の秘書は高校生などに後れを取る手合いではない。鍛えてもいるし度胸もある。いざとなればヤクザ者とだって事を構える連中だ。

それが、華奢《きゃしゃ》な一人の少年にいいようにあしらわれてしまったのだ。真鍋には理解できなかった。そして、真鍋は理解できないことを切り捨てるタイプの人間だった。

真鍋はわずかに顔をしかめて言った。

「考え過ぎはいけない。あのガキは運がよかった。ただそれだけのことだ」

「私はそれとなく『菊重』の従業員にあの少年たちのことを尋ねてみました。しかし、誰一人そんな客のことを覚えていなかった……」

「こっそり忍び込んだんじゃないのか？」

「この『菊重』でそんなことが可能ですか？」

そう言われて真鍋はまた考え込んだ。

「可能かどうかはやってみなければわからん。事実、あのガキどもはここにやってきた。ということは、どうにかやってのけたということだろう」

久保井はそれ以上は追及しなかった。引き時を知っている。真鍋はその話の呼吸を見て、さすがに修羅場をくぐってきただけのことはあると感じた。

「とにかく、あのガキのことは警察に調べさせている」

「警察ですか……」

「そうだ。何だかんだ言っても、警察以上に情報をかき集められる連中はいない」

「あの少年のことを調べてどうなさるおつもりですか？」

「そうさな……。ちょっとばかり手荒なことになるかもしれないな。二度と俺に逆らうことのないように、きっちりと教育しておかなければならない」

「それで済めばいいのですが……」

「おいおい、たかがガキ一人だぞ」

「私はどうも落ち着かない気分です」

真鍋は、久保井の表情を読もうとした。だが、結局それを諦めた。久保井がどういうつもりでそんなことを言っているのかがわからない。

「元極道者の勘というわけか？」

「そう思っていただいてもけっこうです」

「先々、面倒なことになると？」

「断言はできませんが……」

真鍋は腕を組んで、深々と一つ深呼吸をした。久保井が言いたいことがようやく理解できた。警察を絡めたのが失敗だと言っているのだ。

「俺は警察を黙らせるくらいの力を持っているつもりだがな……」

「先生の判断されたことに、あれこれ申し上げるつもりなどありません。ただ……」

「ただ、何だ？」

「先生にまで累が及んではいけないと思いまして……」

「どうするのがいいというのだ？」

「私どもには、なかなか頼りになる知り合いが大勢います。彼らの情報収集能力は時に警察をしのぐとも言われています」

「ヤクザ者のことを言っているのか？　それなら俺にも知り合いはいる」

「いえ。先生のお立場でそういう連中に頼み事をなさるのはいかがかと思います。ここは一つ、私にお任せ願えませんか？」

「なるほど……」

真鍋は、頭の中ですばやくさまざまなことを天秤にかけた。「おまえがそう言ってくれるのなら……」

「ひとつだけ、先生のお手を煩《わずら》わせなければならないことがあります」

「何だ？」

「警察が調べているというのなら、それを早急に排除していただかなければ……」

「わかった。俺が早計だった。警察には手を引かせよう」

久保井は目を伏せ、かすかに頭を下げた。

水越陽子の住まいは南浜高校から徒歩で十数分のところにあるマンションだった。部屋の間取りは1DKで狭いがいかにも女性らしい部屋であることが、出入り口に立っただけで見て取れた。

出入り口の右手には流し台があり、棚に赤で統一された幾種類かの大きさの鍋やフライパンが乗っているのが見えた。台所はすっきりと片づいている。小さなダイニングテーブルがあり、その上に薔薇の花を一本だけさしたガラス製の花瓶が置いてあった。

丸木は予告なしにここを訪ねた。それが警察官のやり方だ。訪問を事前に知らせると、尋問の相手は何か準備をしてしまうかもしれない。物理的な準備の場合もあるし、心理的な準備の場合もある。いずれにしろ、警察官にとって好ましくはない。

だが、丸木は今日に限って少々後ろめたいような気がしていた。人に嫌われるのも警察官の仕事のうちだ。かつて、丸木は上司にそう教えられたことがある。それは本当かもしれない。嫌われることを覚悟しなければ、警察官の職務を全うすることはできない。

丸木は水越陽子に嫌われたくないのだ。

単に相手が若い女性で一人暮らしだからというだけではない。水越陽子であることが問題なのだ。

丸木は陽子に好意を抱いていた。今やそれがはっきりしていた。これほど魅力的な女性ならば引く手あまただろう。さえない警察官など相手にされないことはわかっている。それはわかっているのだが……。

「あら、刑事さん……」

水越陽子は、Tシャツにショートパンツというくつろいだ恰好をしている。どうやらTシャツの下には何も着けていないようだ。ショートパンツから伸びる白い脚がまぶしい。

「すいません。突然お邪魔して……。さらにいろいろとうかがいたいことが出てきまして……」

丸木は申し訳なさそうに言った。実際に引け目を感じていた。

陽子はたじろいだ様子も見せずに言った。

「何を訊きたいのですか？」

「その……、どう言ったらいいか……。学校で申し上げたように、僕たちは賀茂晶君のことを調べています。それで、その……、彼がどうして役小角《エンノオヅヌ》を名乗るのかその理由についてですね……」

「あたしは知りません」

「はっきりした理由をご存じなくても、何か心当たりというか……」

「心当たりもありません。知っていることは学校ですべてお話ししました」

「賀茂君は校舎の屋上から飛び下り自殺を試みた。幸い、一命を取り留めたけれど、戻ってきたときは別人のようになっていた。そして、それからオズヌを名乗りはじめた……。たしか、そういうことでしたね」

「そうです。あたしはそれ以上のことは知りません。あたしだけではなく、教師は誰も何も知らないのです」

「では、どうして賀茂君を恐れているのですか？」

「恐れている？」

「僕にはそう見えました。校長も教頭も、そしてあなたも……」

「それは誤解です、刑事さん」

陽子は丸木を刑事と呼んでいる。正確に言うと生活安全部少年捜査課の丸木は刑事ではない。だが、一般の人は私服の警察官を刑事と呼ぶ。それは通例になっており、丸木はあえて訂正しなかった。

「誤解？　どういう誤解なのです？」

「校長や教頭は学校での問題が外に漏れることをすべて恐れているのです。特に警察沙汰になることを……。それは管理者の責任になりますからね。特定の生徒を恐れているわけではありません」

「なるほど……」

陽子の言っていることは、一応筋は通っている。だが、それだけのことだ。丸木の疑問にこたえているわけではない。

「あなたは、管理職ではありませんね。ならば、なぜ賀茂君を恐れているのです？」

「あたしは恐れてなどいません」

「そうでしょうか？」

「そうです」

学校で会ったときとは少しばかり印象が違うような気がした。清楚な印象は変わらない。しかし、どこかが違った。

あのときはたしかに何かに怯えているような気がした。今はもっとしたたかな感じがする。

突然学校に警察官が訪ねて来たら、教師は誰でも動揺する。単にそのせいだったのだろうか？　そして、今はその動揺がおさまり冷静に考えているということか……。

その可能性もないではない。

「赤岩君をご存じですね？」

「もちろん知っています」

「赤岩君は賀茂君と親しいのですか？」

その質問をしたとたんに、陽子の印象がまた変わった。ぴしゃりと表情を閉ざしてしまったのだ。

よく光る黒目勝ちの目から、すっと光が失せてしまったように感じられた。美しい顔が能面のように無表情になった。

何かの問題の核心に触れたのかもしれない。だが、それが何なのかはわからない。

さらに突っ込んで質問しなければならないな……。丸木は気が重くなった。水越陽子には少しでも気に入られたいと思う。だが、警察官である以上、嫌われても質問を続けなければならないのだ。

「少なくとも、自殺未遂の前までは決して親しくはありませんでした。学校でも言ったように、賀茂晶はおとなしく目立たない生徒でした」

「生活態度も乱れてはいなかったと言いましたね？　賀茂君のような生徒が南浜高校に通うのはたいへんなんだと……」

「はい」

「怪我から復帰した後はどうだったのでしょう?」

「さあ……。学校の恥をお話しするようですが、あたしたちは赤岩猛雄や賀茂晶のことをよく把握できていないのです」

「あなた、担任でしょう?」

「ええ……。だから恥をお話しすると言ったでしょう。赤岩猛雄は滅多に学校には出てきません。出てきても誰とも話をしようとはしません。赤岩がどういう生徒かご存じですか?」

「ええ、知っているつもりです」

「正直言って、あまり関わりたくない生徒です」

「驚きましたね。先生の発言とは思えない」

「刑事さんは少年課だと言いましたね?」

「はい」

「ならば最近の不良少年というのはどういうものかだいたいおわかりでしょう?」

「最近の不良少年という言い方はずいぶんと漠然としていますね。僕は非行というのは一括《ひとくく》りにできるものではないと考えています。非行少年もケースバイケースなんです。一人として同じ少年はいません」

「赤岩はその中でも特別です。きわめて粗暴で、暴力そのものを楽しんでいるようなところがあります。バイクのスピードや暴力、反社会的な行動、不純異性交遊……。すべての刺激を必要としている。彼は誰の言葉にも耳を貸しません」

不純異性交遊……。かびの生えた言葉だな……。

水越陽子の言っていることはわからないではない。教師も人の子だと言いたいのだ。たしかに非行少年にもいろいろいる。若さを持てあまして一時期道を踏み外す少年少女は少なくない。逆に、誰でもそういう時期があると言ってもいい。それが表に現れるかどうかの違いだ。

だが、中には本当に性格異常といえる非行少年がいる。これはれっきとした心理学上の臨床ケースだ。極端な暴力傾向を持ち、多くの場合それは異常な性欲と結びついている。きわめて享楽主義的でそれ故に反社会的な生き方をする。

丸木たちは少年法に従って仕事をするが、少年法が実際にそぐわないと問題にされるのは常にそういう性格異常の少年のケースなのだ。残念なことに、そういう少年たちが更生して社会に適応できるかというと、その例はきわめて少ない。

水越陽子は赤岩がその類の少年だと言っているのだ。そういう少年は教師を何とも思っていない。相手が教師であろうが何であろうが関係ない。自分の欲求に合わない人間は排除する。それだけなのだ。教師はたまったものではない。

「学校にお邪魔したときに、僕たちは赤岩君や賀茂君に会いました」

水越陽子は表情を閉ざしたままだ。生徒たちが丸木と高尾を取り囲み高尾が発砲したことを、彼女は知っているのだろうか？　彼女の態度からはうかがい知ることはできない。

「賀茂君は赤岩君を後鬼と呼んでいました」

陽子は何も言わない。

いよいよ嫌われたな……。

「後鬼というのはご存じですか？　常に役小角のお供をしていたという鬼です。役小角は前鬼・後鬼という鬼を手下として従えていたと言われているのです」

「それがどうかしましたか？」

「不思議なんですよ」

「不思議？」

「そうです。賀茂君はごく普通の高校生だったわけでしょう？」

「南浜高校ではむしろ普通とは言いがたいですね。少数派ですから」

「つまり、生活態度の悪い生徒ではなかった。そして、かつては赤岩君と親しくはなかったとあなたは言われた。だが、たしかに現在、赤岩君は賀茂君と親しく付き合っているように見えました。いや、もっとはっきり言うと赤岩君はまるで賀茂君の手下のようでした。これは納得できませんよ。なぜ赤岩君のような少年が賀茂君におとなしく従っているのでしょう？」

「さあ……」

陽子は、態度を変えない。「赤岩のことですから、何かを企んでいるのかもしれませんね」

「そんな感じじゃありませんでしたね」

「ならば、賀茂晶を傀儡《かいらい》として利用しているのかもしれませんね。狡賢《ずるがしこ》い少年ですから、自分が表立って行動せずに、裏から賀茂晶を操っているのではないですか？」

丸木は考えた。その可能性はあるのだろうか？　あの二人が演技をしているという……。

「いや、それも違うようですね。赤岩君は賀茂君の言いなりでした」

「これ以上は何も知りません。あたしにもわからないんです」

陽子は逃げに入った。丸木は辛《つら》かったが、それを許さぬように言った。

「僕はね、赤岩君が賀茂君に従うようになったのは、賀茂君がオズヌと名乗りはじめてからだと思うのです。賀茂君が赤岩君のことを後鬼と呼んだことからもこれは明らかです」

「そうかもしれませんね。でも何度も言っていますように、私はあの二人の関係については何も知りませんわ」

丸木はかすかに溜め息をついた。

ここに来るまでは、陽子に迷惑をかけることに気が咎《とが》めていた。だが、話している うちに別の憂いが生じた。

陽子は何かを隠している。それを疑わなければならなくなったのだ。

丸木は言った。

「役小角というのは、賀茂姓だったというのを知っていますか？」

「何です？」

陽子は不意を衝《つ》かれたように、思わず聞き返した。一瞬だが、表情がよみがえった。

彼女は驚いたように丸木を見つめたのだ。

「役小角の父方の姓が加茂姓……。これは賀正の賀ではなく加えるという字の加茂ですが、後に賀正の賀に変わっている。当然、役小角も賀茂姓を名乗ります。小角は、書物によっては賀茂役君小角《かものえのきみおづぬ》と呼ばれています」

「いったい何の話をなさっているのです？」

「賀茂晶君は、自分が役小角の転生者だと言っているそうですね」

「ええ……」

丸木は一呼吸置いて尋ねた。

「あなたはそれを信じていますか？」

陽子はまじまじと丸木を見つめた。あきれているのかもしれないと丸木は思った。当然だ。自分でもばかばかしい質問だったと思う。だが、尋ねずにはいられなかった。そのことが何か重要なポイントであるような気がしたのだ。

賀茂晶が本当に転生者かどうか、ではない。周囲の人間がそれをどう考えているかが問題だということだ。

陽子はしばらく丸木を見つめていた。丸木が冗談を言っているのかどうか見定めようとしているのかもしれない。丸木は真剣に彼女を見返していた。

やがて、陽子はかすかにほほえんだ。丸木にはその反応が意外だった。

水越陽子は言った。

「信じているかですって？　ええ、そうかもしれません」

丸木は県警本部に帰るまで、水越陽子のほほえみと返事の内容について考えていた。僕はからかわれただけなのだろうか。それとも、あのほほえみと、信じているかもしれないという言葉には何か意味があるのだろうか。

本部に戻って高尾にすぐ報告しようとしたが、高尾はまたもやひどく不機嫌だった。

丸木はおそるおそる尋ねた。

「どうかしましたか？」

「俺のほうが訊きてえよ」

ドーベルマンが唸るような調子の声だ。高尾が怒っていることを示している。

「何があったんです？」

「オズヌと名乗る少年については、もう調査しなくていい。すべて忘れろ。こうだぜ」

「上層部が言ってきたんですか？」

「俺は課長に言われた。どうせ、警視庁からまた何か言ってきたんだろう。課長も頭に来ていた。理由も教えずに調査しろと言ってきたと思ったら、その舌の根も乾かぬうちに忘れろだ。神奈川県警を何だと思ってやがる」

丸木は、肩をすくめた。

「ならば、もう役小角について調べなくていいんですね？」

高尾がすさまじい目つきで睨んだ。

「誰がそんなことを言った？」

「だって……、もう調査しなくていいと言われたんでしょう？」

「俺たちは警視庁の命令で動いているわけじゃない」

「何を言ってるんです？　課長にもそう言われたんでしょう？」

「課長は、もう調査する必要はないと言ったんだ。そう。課長には必要はなくなったんだ」

「調査を続けるというのですか？」

「そうだよ」

「どうして……？」

「俺が必要だと感じるからだ。俺はあの賀茂晶に興味を持ったんだよ。俺ですら手を焼いていた赤岩を手なずけている。いったい、やつは何者だ？　警視庁がやつのことを調べろと言ってきたのはなぜなんだ？　少年課の警官としてこのままほっぽり出す気にはなれねえよ」

丸木は抗議する気が失せていた。どうせ何を言っても無駄なのだ。一度やると言い出したら誰が何といってもやる。それが高尾という男だ。

「……というわけで、女教師の話を聞かせてもらおうじゃねえか」

丸木は、自分の席に腰を下ろして話しはじめた。順を追って、なるべく過不足ないように注意してしゃべった。高尾は言葉をはさまずじっと丸木を見つめて話を聞いていた。

丸木が話し終えても、高尾は同じ姿勢で丸木を見つめている。何か無言で非難されているような気分になった。だが、どうやら高尾はただ考えているだけのようだ。

やがて高尾は言った。

「信じているかもしれねえだと……。気にいらねえな……」

「僕がそう言ったわけじゃありません。水越陽子が言ったんです」

「誰もお前を責めてやしねえよ」

「赤岩と賀茂の関係について尋ねたら、とたんに非協力的な感じになりました。まるで貝みたいに殻に閉じこもった感じでしたよ」

「ちくしょう……。ますます気にいらねえ。俺は生まれ変わりだの霊だのって話が大嫌いだ。じゃあ、何か？　あの学校の連中は先生も生徒も賀茂晶が役小角とやらの生まれ変わりだと信じて、それで恐れているというわけか？　あの赤岩までもが……」

「その結論はあまりに短絡的だと思いますよ」

「じゃあ、他に何か理由があるってのか？」

「理由はあるはずです。もっと現実的な理由が……。まだ調べ始めたばかりじゃないですか……」

高尾はまたじろりと丸木を睨んだ。丸木は、おもわず首をすくめそうになったが、高尾は落ち着いた口調で言った。

「そうだな。おまえの言うとおりだ」

それが本心なのか皮肉なのか丸木にはわからない。

それから高尾は机のほうに向き直り、しばらく何事か考えていた。

卓上の電話が鳴り、丸木が手を伸ばしたがそれより早く高尾が受話器を取った。

「はい。少年捜査課、高尾」

高尾はメモ用紙を手元に引き寄せた。反射的な行動だ。受話器を耳に当てるとメモ用紙を用意する。それは警察官が一日に幾度となく繰り返す行動だった。

メモを取りかけた高尾は、手を止めて、またしても犬が唸るような声を洩らした。

「何だと……。それは確かか？」

宙を睨むように相手の話に耳を傾ける。やがて、電話を切ると高尾の顔つきはいっそう厳しいものになっていた。

「何です？」

尋ねるのが恐ろしかったが、訊かずにはいられない。

高尾は思案顔のまま言った。

「相州《そうしゅう》連合が動き出した」

「相州連合……」

丸木は記憶をまさぐらなければならなかった。「たしか暴走族の団体ですね？」

「横浜のルイードや極楽鳥、横須賀のワイルドダンス、鉄騎兵、川崎の黒天馬……。そんなマル走の連合体だ」

丸木は持ち前の記憶力を発揮した。たしかにその資料は読んだことがある。そして、さらに記憶を探った後に、丸木は思わずはっと高尾を見ていた。

「相州連合のヘッドは、赤岩だったんじゃ……」

「そうさ。赤岩のルイードが抗争の末にまとめあげた連合だ」

「どこからの連絡です?」

「横浜中央署の交通課だ。情報をキャッチしたらしい。今度の土曜日に大がかりなパーティーが計画されているらしい」

「パーティー?」

「集会だよ」

「しばらく鳴りを潜めていたんでしょう?」

「そうだ」

高尾はにやりと笑った。「赤岩のやつが長い沈黙をやぶって動き出したというわけだ」

「どういうことなんでしょう?」

「さあな……。だが、行ってみれば何かわかるかもしれない」

「行くって、どこへ?」

「わかりきったこと訊くな。やつらの集会だ」

丸木は思わず高尾の顔を見つめていた。

「本気ですか？」

もちろん高尾は本気に違いなかった。

5

これじゃ体がもたない……。

丸木は本気でそう思っていた。過度のストレスに苛《さいな》まれつづけている。

彼は、そっと運転席の高尾の顔を見た。高尾は上機嫌だ。遠足に出かける子供のように高揚している。

丸木は戦場に赴く兵士の気分だった。恐怖と緊張に押しつぶされそうだ。同じ兵士でも二種類いる。戦いのスリルに充実感を得るタイプ。もう一つは、ひたすら怯えるタイプ。丸木はあきらかに後者だった。

そして、高尾は前者なのだ。

暴走族の集会など近寄りたくもない。しかも、今夜の集会は半端な規模ではない。相州連合の集会なのだ。

だという。

高尾の話によると、神奈川県の暴走族は大まかにいうと、三つの勢力に分かれるの一つは相州連合。そして、その相州連合と対立している全神奈川連合。通称、全神連。そして、もう一つがそのどちらにも属さない独立グループだ。

勢力的には相州連合がナンバーワンだ。だが、相州連合のヘッドである赤岩猛雄がしばらく鳴りを潜めていたこともあり、このところ全神連が巻き返しを図っている。独立グループを次々に傘下に収めているということだ。

丸木は高尾と同じ神奈川県警生活安全部少年捜査課にいて、なおかつ高尾と行動を共にしているのに、いっこうにこうした情報を得ることができない。高尾がどこからこうした情報を手に入れるのか不思議で仕方がなかった。

そういう意味では、高尾はきわめて優秀な警察官だということができる。しかし、その行動パターンはとてもほめられたものではないと丸木は思っていた。

交差点で停まり、信号が青になるたびに高尾のシルビアはすさまじい加速を発揮して軽々と周囲の車を出し抜いていく。かなりチューンナップされているらしい。足廻りがちがちで決して乗り心地がいいとはいえない。しかし、たしかに高尾の微妙なコントロールに車体は見事に反応していた。

不景気で明かりが消え、すっかりコンテナの数も少なくなった横浜の埠頭が、にわかに明るくなっている。無数のヘッドライトの明かりだった。近づくにつれ、けたたましいエンジン音が聞こえてくる。

暴走族が次々と集結しつつあった。さまざまな旗が翻《ひるがえ》っている。このところあまり見かけなくなった昔ながらの特攻服を着ているグループも目立つ。久しぶりの祭りとあって、気合いが入っているのだ。

横浜県警本部の交通機動隊や、所轄署の交通課がその集会の周囲を固めている。また、地域課や警備課も出てさかんに解散を呼びかけている。

交通課の連中は、彼らが暴走行為を始めたとたんに検挙するつもりだ。

高尾は交通機動隊のパトカーの手前でシルビアを停めた。うれしそうに集会の様子を眺めている。

「昔はな……」

高尾が正面を見たまま言った。「横浜と横須賀のゾクは犬猿の仲だったが、それを力ずくでまとめたのが赤岩だ。たいしたもんだよ」

まるで、自慢をしているような口振りだな、と丸木は思った。

「ここへ来てどうするつもりだったんです？　これ以上は近づけませんよ」

「様子を見るさ。相州連合の久々の集会だ。見物するのも悪くないだろう？」

ヘルメットにサングラスという交通機動隊の制服を着た警官が一人近づいて来て運

転席の窓をノックした。

高尾は窓を開けた。

「ここは駐車禁止だ」

交機隊の隊員は言った。高尾は頬をゆがめて笑った。

「へえ、そうかい？　あんたらも車を停めているじゃないか」

「すぐに立ち去れ。でないと検挙するぞ」

「面白いな。やってみるか？」

「免許証を出せ」

丸木は慌てて警察手帳を出した。

「すいません。県警本部の者です」

交機隊の隊員は丸木のほうを一瞥《いちべつ》したようだった。しかし、サングラスを掛けているのでどこを見ているかはよくわからない。

「手帳を出せとは言ってない。免許証を出せと言ったんだ」

丸木は驚いた。高尾がすっかり相手を怒らせてしまったと思った。

なにも、同業者にわざわざ嫌われるようなことをしなくても……。

丸木は出した警察手帳をしまうにしまえず、情けない気分になっていた。

「よせよ」

高尾が再び笑った。「俺の相棒は気が弱いんだ。あんまり脅かすな」

するとと、交機隊員もにやりと笑った。

「気が弱いくせにあんたと組んでいるのか？」

「俺に鍛えてほしいんだろう？」

丸木はぽかんと二人のやりとりを眺めていた。何が起きたのかわからない。

やがて、さきほどのやりとりは二人の冗談だということに気づいた。高尾とこの交機隊員は顔見知りだったのだ。

「交機隊の昭島《あきしま》だ」

高尾が紹介した。

「あ、どうも、丸木です……」

昭島はかすかにうなずいただけだった。丸木は疎外感を覚えた。警察に入ってしばしば味わう感覚だ。またしても、丸木は自分が警察官に向いていないのではないかと思ってしまう。

高尾が昭島に尋ねた。

「それで、どんな具合になってるんだ？」

「横浜の極楽鳥が真っ先にやってきた。地元なので気合いが入っている。続いて、川崎の黒天馬と闇天女がやってきた。横須賀のワイルドダンスと鉄騎兵がその次にやってきて、あとは大御所のルイードの登場を待つばかりだ」

「集会の目的は何だ?」

「はっきりしたことはわかっていない。だが、このところ全神連が勢力を広げつつあるから、このあたりで釘を刺しておこうということかもしれない」

「相州連合と全神連のバランスが取れているほうが何かと都合がいいんだがな……」

「やつら、警察の都合で動いてはくれないよ」

「まあ、そういうことだな……」

「今夜は実績を伸ばすいいチャンスなんでな。俺たちも張り切っている。最低二十人は検挙したいな」

「手こずるようだったら、いつでも俺を呼べ」

高尾はうれしそうに言った。「何人だろうがぶっ飛ばしてやる。おまえら、交通警察は手荒なことが嫌いらしいからな」

「そう思うか?」

昭島が不敵な笑いを浮かべたそのとき、ひときわあたりが騒々しくなった。けたたましい排気音にクラクションの音。新たな集団が近づきつつあるようだ。

昭島が顔を上げて言った。

「来た。ルイードだ。やつら、県警の阻止ラインを軽々と越えて来やがった」

「集会の総数はどれくらいになりそうだ？」

「五百と読んでいる」

「そいつはすごいな……」

昭島はうなずいた。

「久しぶりの赤岩の集会だからな」

そう言うと、昭島は高尾にさっと敬礼をして持ち場へ駆け戻っていった。もしかしたら、昭島が、高尾の情報源の一人なのではないかと丸木は思った。

「来るぞ。後ろだ」

高尾が言った。その直後、そのあたりは騒音に満たされた。野太い排気音。スロットルをあおる甲高いエンジン音。そして派手なクラクションの音。

高尾がその音に負けじと大声で言った。

「見ろ。あのガンメタリックのゼットが赤岩の車だ」

その車は車道の中央をゆっくりと進んでいる。こちら側が助手席だ。

その助手席を見て、丸木はおや、と思った。助手席には女性の顔が見えた。それは一瞬だった。周囲のライトの加減で、一瞬だけ人相が見て取れたのだ。

まさか……。

丸木は目を疑った。

集団はゆっくりとシルビアや県警のパトカーの脇を通り抜けていき、あたりは、ようやく落ち着きを取り戻した。

「高尾さん……」

「何だ？」

高尾は丸木のほうを見て言った。「どうした、幽霊でも見たような顔だぞ」

「あの車、間違いなく赤岩のものなんですね？」

「ガンメタのゼットか？　間違いないさ」

「あの車の助手席に、彼女がいたんです……」

「彼女？　誰だ？」

「水越陽子です」

「何だと？　あのナイスバディーの女教師か？　見間違いじゃないのか？」

「見えたのは一瞬でしたからね。でも、おそらく間違いないと……」

高尾は考え込んだ。しばらく無言だった。

丸木も混乱していた。

赤岩が久しぶりに集会を開いた。その車に水越陽子が同乗していた。これはいったいどういうことなのだろう。

長い沈黙の後、高尾が言った。

「あの女、最初に会ったときからどうも気になっていたんだ。賀茂晶が役小角《エンノオヅヌ》の生まれ変わりだのという話も、どうやら赤岩との関係を隠すためだったのかもしれねえ」

丸木は何だか傷ついた気分だった。

「赤岩や賀茂晶のことは、理解できないなんて言っていたんですよ」

「とにかく、攻めるしかないな。あの女が知っていることを洗いざらいしゃべってもらう。まあ、こちらとしては、とっかかりが見つかったということだ」

高尾は、エンジンをかけてギアをローに入れた。

「これからどうするんです？」

「様子を見ると言っただろう？　やつらが走り出したら、チャンスがあるかもしれない」

高尾はシルビアを勢いよく発進させ、車道の中央でブレーキターンを披露した。

それからしばらくして、県警と暴走族の追撃戦がほうぼうで始まった。

高尾はシルビアに警察無線を積んでいたので、それらの動きを刻々と知ることができた。

暴走族の主勢力は横浜横須賀道路を進んでいる。陽動攪乱《かくらん》をもくろむ小集団が各方面に散らばり、そこで県警との追いかけっこを演じているのだ。

昭島のパトカーが暴走族を追い込んだことを無線で知った高尾は、すぐさまその現場に急行した。横浜駅西口のそばだ。

交機隊の隊員が、二人の暴走族を検挙していた。二人とも同じ恰好をしていた。黒いズボンにさらしを巻いている。その上から丈の短い特攻服を羽織っていた。

高尾はシルビアを停めると昭島に近づいた。

「そいつらにちょっと訊きたいことがあるんだがな……」

昭島は腕を組み、高尾のほうを見ずに言った。

「五分だ。それ以上の時間はやれん」

「わかった」

高尾はパトカーに連行されようとしている少年たちに近づいた。そうして、そのうちの一人の腕を捕ると、二人を引き離した。丸木はただその後ろから付いていくしかない。

高尾は、少年の一人をパトカーの陰に引っ張って行くと言った。

「久々の集会は楽しかったか?」

少年は興奮している。血走った眼を高尾に向ける。敵愾心《てきがいしん》に満ちている。金色に染めた派手なリーゼント。最近では流行らないヘアスタイルだ。非行少年にも流行があって、このところは、ロンゲやなぜか坊主刈りが多く見かけられる。主流のファッシヨンは何といってもヒップホップだ。

こういう連中を見ると、何となくなつかしい気もしてくる。丸木はそんなことを考えながら高尾のやることを眺めていた。口を挟めないのだから眺めているしかない。

「集会の目的は何だ？」

若者はぺっと唾《つば》を吐いた。質問にこたえようとはしない。

高尾はうれしそうな笑いを浮かべた。

「なかなか見上げた態度だな」

高尾は相手の襟首をつかんだ。引き立てると、目をそらせないようにぐいと顔を近づけて言った。

「痛い目を見るだけばからしいと思わないのか？」

ただ襟首をつかんだだけではなかった。柔道の絞め技を使っている。相手は苦しさに目を剝《む》いた。

「目的なんてねえよ……」

暴走族の若者はあえぎあえぎ、ようやく言った。「た、ただ集まって走るだけだ」

「そんなはずはねえな……。赤岩から何かメッセージがあったはずだ」

「知らねえよ」

「本当のことを言わないと落ちちまうぜ。落ちたらそのまんま放っておく。活なんぞ入れてやらねえ。そのまんま死んじまうんだ」

高尾は絞めの手を緩《ゆる》めようとしない。彼の言うとおり、もうじき落ちてしまうだろう。その苦しみと恐怖に勝てるやつはそうそういないはずだ。

「あ、赤岩さんは、抗争を終結させると言ったんだ」

若者は慌てて言った。

高尾は少しだけ絞めを緩めたようだった。

「それは、全神連と決着をつけるということか？」

「そうじゃねえ。県内の抗争なんてもうどうでもいいってことだ」

高尾は絞めを解いた。若者はそのまま崩れ落ちる。大きく息を吸い込んだときに、唾まで一緒に吸い込み、激しく咳《せ》き込んだ。その様子を冷ややかに見下ろして、高尾は尋ねた。

「全神連との抗争がどうでもいいだと？　そりゃあ、納得できねえな。赤岩のやつは何を考えている？」

「し、知らねえよ……」

若者は咳の合間にそう言った。

「赤岩は抗争について、何か言わなかったのか？　全神連と話し合いがついたとか……」

「言わねえよ。ただ、相州連合はもっと大きな志のために結束を固めなきゃならねえって……」

「何だ、そのもっと大きな志ってのは？」

「俺たちみたいな下っ端が知るわけないだろう」

若者は自棄《やけ》になったように言った。

そのとき、背後から「もういいだろう」という声が聞こえた。振り向くと交機隊の昭島が無表情に立っている。

高尾は、ほんのわずかの間迷っていたようだが、やがてうなずいた。

若者は二人の交機隊員に連行されていった。彼らといっしょに立ち去ろうとした昭島を呼び止めて、高尾が言った。

「抗争終結だとよ」

「何だって？」

「この集会で、赤岩は全神連との抗争の終結を宣言したというんだ」

「信じられねえな。神奈川統一は赤岩の悲願だったはずだ」

「全神連のほうの動きはどうだ？」

「ない。この集会のことは知っているはずなんだがな……」

「赤岩が話をつけたということか……」

「しかし、何のために……？」

「あの下っ端の話だと、相州連合は神奈川制覇などよりもっと大きなことをもくろんでいるらしい」

「神奈川制覇よりもっと大きなこと？　何だそりゃあ……」

「俺にはわからねえな。いずれにしろ、しばらくは要注意だな」

昭島はサングラスの奥からしばらく高尾を見つめていたようだった。やがて、曖昧にうなずくと去っていった。

高尾は何も言わずに歩きだした。丸木は慌ててその後を追う。高尾は機嫌が悪そうだ。しかし、こういうときの高尾はそう見えるだけで本当は不機嫌なのではなく、何かを真剣に考えているのだということが丸木にもわかりはじめた。

高尾はシルビアに戻るとエンジンを掛けぬまま考え込んでいる。丸木は、助手席から話しかけた。

「よくわからないんですけど……、赤岩が神奈川を二分していた抗争を終わらせたということですか？」

高尾はフロントガラスから外を見つめたまま、唸った。返事をしたのだろう。おそらくその眼には外の風景は映っていないはずだ。

「そりゃ、こっちにとってはありがたい話じゃないですか」

高尾が丸木のほうを見た。

ばかやろう、そんな簡単なもんじゃねえ。そう怒鳴られるのを覚悟していた。しかし、高尾は真剣な顔でこう言った。

「本当にそう思うか？」

「抗争がなくなったんですよ。世の中少しは穏便になるってもんです」

「赤岩は、神奈川のゾクの半分以上を捨てちまったってことだぞ。いったいどういうことだ？　神奈川統一よりも大きなことっていったいなんだ？」

「関東の統一ですかね？　あるいは全国統一とか……」

「神奈川を統一できなくて、何で関東や全国が統一できるんだ？　千葉や埼玉のゾクは筋金入りだし、栃木や群馬の峠の走り屋だって一筋縄じゃいかねえ」

「そりゃまあ、そうですが……」

「手が着けられなかった南浜高校が、すっかりおとなしくなっちまった。それだけでも薄気味悪いってのに、今度は相州連合まで旗を下ろしちまうってんだ。こりゃ、ただごとじゃねえ。赤岩は腑抜《ふぬ》けになっちまったのか？　でなけりゃ、とんでもないことを考えているんだ」

「やはり、賀茂晶のせいでしょうかね？」

「そうとしか考えられねえ。そして、あの女教師だ……」

丸木は、心がちくりと痛んだ。

集会のときに、助手席に乗るということはただならぬ関係だということだ。

「あいつは何を知っているんだ……」

「まともにいっても、しゃべっちゃくれませんよ。高尾さんのやり方はきっと役に立ちません」

「俺のやり方？」

「ゾクの連中や、ツッパリたちを相手にするときのやり方です」

「ばかやろう。俺だって相手を見るんだ。一番効果的な方法を選ぶんだよ」

「じゃあ、水越陽子にはどうやってアプローチします？」

「賀茂晶だよ」

「賀茂晶？」

「すべての鍵は、賀茂晶が握っている。そっちからアプローチするんだ。賀茂晶について もっと詳しく調べて、それを水越陽子に突きつけるんだ。言い逃れができないくらいの実証を並べりゃ、あの女教師だってしゃべらざるを得なくなる」

「他の先生は、水越陽子と赤岩のことを知っているんですかね？」

「どうかな……。ただ、賀茂晶と赤岩のことを彼女に押しつけたがっていたのは明らかだな」

「人身御供《ひとみごくう》みたいなもんですか？」

高尾はしげしげと丸木を見た。

「な、何ですか？　僕が変なことを言いましたか？」

「おまえ、あの女教師に気があるのか？」

「そんな……、そんなことはありませんよ」

「あの学校の教師どもが、赤岩を鎮めるために、生け贄《いにえ》としてあのナイスバディーを差し出したとでも考えているんじゃねえだろうな？」

「いや……。僕は何も……」

「心配すんなよ。赤岩はそんな単純なやつじゃねえ」

「じゃあ、水越陽子は、自分の意思で赤岩に近づいたというのですか？」

「だから、勘違いするなと言っている。水越陽子が赤岩の女だとは限らないんだ。そんな簡単なことじゃねえ。あの賀茂晶が絡んでいるんだからな……」

「はあ……」

丸木は訳がわからないながら、少しだけ救われたような気分になった。

「おまえは、役小角についての調査を続けろ」

正直言って、これ以上役小角のことを調べて何の役に立つか疑問だった。

賀茂晶は、「我が神」と言いながら、明らかに新約聖書を引用したのだ。

ただの宗教マニアかもしれないと言ったのは、高尾のほうなのだ。

修験道の祖の生まれ変わりと言いながら、聖書を引用するのは、誰が考えてもあまりにいい加減だ。聖書の知識がない人をうまく煙《けむ》に巻くことはできるかもしれない。しかし、それがいつまでも続くとは限らない。

賀茂晶は、宗教に関する聞きかじりの知識を並べているだけなのではないだろうか？ それをうまくやることで大勢の信者を獲得した新興宗教の教祖は少なくない。

赤岩も賀茂晶の知識にうまく操られているだけかもしれない。丸木はそう思った。いくら百戦錬磨の猛者《もさ》といえども、弱点はある。それが宗教的な好奇心でないとは言い切れない。たまたま赤岩はその弱点にうまくはまったのかもしれない。

それを高尾に話してみようかと、顔をうかがった。だが、すぐにその気が失せてしまった。

高尾の言うとおりにするしかない。

突然、高尾が言った。

「まだ賀茂晶の両親に会ってないな」

「ええ」

「明日、訪ねてみよう。午後六時に本部で待ち合わせよう」

「両親を訪ねて何を訊くんです？」

「一般的な質問だ。最近、おかしな様子はないか、とか……」

「自殺騒ぎがあったんですよ。ちょっとばかりデリケートだと思いますが……」

「何とかうまくやるさ」

高尾は、シルビアのエンジンを掛けた。

退屈な衆議院の委員会を終えて、個人事務所に戻った真鍋不二人は、秘書の報告を受けた。

「久保井様からお電話がありました」

真鍋は、秘書から回ってきた郵便物をチェックしていたが、その手を止めて秘書を見た。

「何だと言ってきた？」

「また電話するとおっしゃってました」

「すぐに電話しろ」

秘書はうなずき、すみやかに隣の部屋に消えた。やがて、真鍋の机上の電話の内線で久保井が出ていると知らせてきた。

「久保井社長か？　真鍋だ。電話をくれたそうだな？」

「わざわざそちらからお電話をいただき、恐縮です」

「何があった？」

「『菊重』にやってきた二人の身元がわかりました」

「ほう……。早いな。警察ですら突き止められなかったんだ」

「神奈川県警は突き止めていましたよ。ただ、その知らせがどこかで滞《とどこお》っていたのだと思います」

真鍋は腹が立った。

「滞っていただと？　この真鍋が調べろと命じたんだ。それは怠慢以外の何ものでもない。警視庁に厳しく言ってやらねばな」

「警察にはいろいろと事情があるのでしょう。県警から知らせが届くより早く、先生のストップがかかったのかもしれません。それで、報告が宙に浮いたのです」

「まあいい。それで、その二人は何者なんだ？」

「やはり南浜高校の生徒です。一人は、神奈川県ではちょっとした有名人でしてね。先生の秘書が敵《かな》わなかったのもうなずけます。名前は、赤岩猛雄。昨夜、神奈川県で暴走族の大きな集会があったというニュースをごらんになりましたか？」

「そういえば、そんな記事が新聞に載っていたな……」

「相州連合という暴走族を集めた組織の集会でした。その相州連合のトップにいるのが、赤岩猛雄です」

「ほう……」

「極道もうかつに手を出せないというとんでもない輩《やから》でして……」

「もう一人は？」

「それが、わかったのは名前だけでして……。賀茂晶というのですが、その素性に関してはまったくわかっていません」

真鍋は、あのときの二人の様子を思い出していた。相州連合とかいう暴走族の元締めというのは、がたいがでかいガキのほうだろう。たしかに、あのガキはちょっとしたものだった。

「居場所がわかるか？」

「すぐに探し出せると思いますが……」

「ならば、つかまえろ。つかまえたら、俺に知らせるんだ。俺に楯突くとどういうことになるか、ちゃんと思い知らせておかねばならない」

「両方をですか？」

「その赤岩だ。もう一人はどうということはあるまい。手下か何かだろう」

「そうでしょうか……」

「なんだ？　どういうことだ？」

「私には、赤岩のほうが、賀茂に従っていたように見えましたが……」

「ばかな……。おまえが言っている赤岩というのは、あのでかいほうのことだろう？」

「そうです」

「もう一人はたいしたやつには見えなかった」

「先生が話をなさったのは、賀茂のほうでした」

「そうだったか……？」

真鍋は思い出そうとした。だが、そんなことはどうでもよさそうだった。何を話したかも覚えてはいない。真鍋ほどの政治家になると、一日に会う人が百人を超えることも珍しくはない。いちいち細かなことは覚えていないのだ。どう考えても、暴走族の元締めがあのひ弱な小僧の言いなりになるとは思えない。

「私は、何やら、あの賀茂という少年のほうが気になるのですが……」

「何が気になるというんだ？」

「たしかに先に先生の秘書の方々に立ち向かったのは赤岩のほうです。しかし、最終的に秘書の方々の相手をしたのは賀茂のほうです」

そうだったかもしれない。

あのとき、久保井は、賀茂が何か不思議なことをしたとしか思えないと言ったのだ。

だが、真鍋にとってはどうでもよかった。ただ無性に腹が立っただけだ。

少年たちの振る舞いにも、それに対処できなかった秘書たちのふがいなさにも、そして彼らの席まで少年たちを通した『菊重』のいい加減さにも腹が立った。

「たしかに、あの目立たない小僧は、何か特別のことをやったのかもしれん。だが、俺はそんなわけのわからんものより、現実的なことを問題にしたい」

「私も普通ならそうします」

「普通じゃないというのか？」

「この眼で見ました」

真鍋は溜め息をついた。

「だが、常識で考えろ。あのひ弱な小僧がどうして赤岩とかいうガキを思い通りに操れるというんだ？　とにかく、赤岩を何とかしろ」

「ご命令ならば従いますが……」

「なあ、社長。俺はあんたに命令できる立場じゃないよ。頼んでいるんだ」

「恐れ入ります。では、先生の仰せのとおりに……」

「それでいい。ときに、南浜高校の件はどうだ？」

「県の、最終決定待ちです。学校ひとつを廃校にするにはなかなか骨が折れるようで……」

「それは心配するな。根回しは充分だ。南浜高校は廃校。その解体と跡地にできる公営住宅の建設は久保井建設に落札される。すべて私に任せておけばいい」

「何とぞよろしくお願いいたします。この不景気の折、我が社といたしましても、今度の南浜高校の件が頼みの綱でして……」

「天下の久保井建設が情けないことを言うな」

「恥ずかしながら、事実でございます。負債は膨らむばかりで、今度の件が我が社の命運を左右することになるでしょう」

一時代前なら怖いもののなかった大建設会社が、このありさまか……。まったく、この不況は底なしだ。

「わかった。その代わり、例の件はよろしく頼むぞ。来年定年になる建設省の役人二人、おたくの役員のポストを何とかしてくれ」

「承知しております。しかし、そのようなことはあまり口外なさらないほうが……。どこに耳があるかわかりません」

「心配するな。俺のところは大丈夫だ。盗聴のチェックも定期的にやっている。しかし……」

「は……？」

「ちょっとばかり、決定が遅いな。神奈川県は何をぐずぐずしてるんだ」

それは、久保井に言ったわけではなかった。そんなことを久保井に言ったところでどうしようもないことはわかっている。独り言のようなものだった。

少し神奈川県の関係筋にプレッシャーを掛けてみるか。彼はそう考えていた。

「まあいい。じゃあ、赤岩とかいうガキの件は頼んだ」

「承知しました」

真鍋は電話を切った。

それからしばらく思案していたが、内線電話で秘書を呼び出して命じた。

「おい、警察に調べろと言っていた件だがな……」

「はい」

「実際に調べたのは誰か聞き出しておけ。おそらく神奈川県警のやつらだろうが、担当者の名前が知りたい」

「あの件は打ち切ったのでは……？」

「打ち切った。だが、担当の名前を知りたいんだ」

「理由をうかがってよろしいですか？」

感情の起伏にとぼしいその声音《こわね》に、思わずむかっ腹が立った。

「どこかの誰かが、仕事をさぼった。俺はそれが我慢ならないから、突き止めようというわけだ。いいから言われたとおりにしろ」

真鍋は受話器をフックに叩きつけた。

6

役小角《エンノオヅヌ》について、先日おおまかなことは調べた。これ以上どうやって調べていいかわからず、丸木は図書館で途方に暮れていた。

持ち前の記憶力で、あらかたのことは頭に入っている。だが、そこから先の手づるがない。

ぼんやりと窓の外を眺めていた丸木は、高尾の言葉を思い出していた。

鬼って何だ？

おまえ、見たことあるのか？

わからないのなら調べろよ。

正史に初めて登場したとき、役小角は罪人として記されていた。『続日本紀《しょくにほんぎ》』の記述だ。それが後におびただしい伝説や説話を残すことになる。今では修験道《しゅげんどう》の祖として奉《たてまつ》られているのだ。

罪人が聖人として奉られる……。時の為政者には罪人であっても、民衆には聖人だということか？

キリスト教の教育を受けたことがある丸木は自然にイエズス・キリストのことを思い出していた。

そういえば、役小角は処女受胎で生まれている。その点もイエズス・キリストと同じだ。

でもな……。

丸木は一人密かに失笑してかぶりを振った。

役小角はたしか、七世紀末から八世紀の初頭にかけての人物だ。日本にキリスト教が伝来したのが、一五四九年。これは中学生でも知っている。役小角とイエズス・キリストが関係あるはずがない。地理的にも文化的にも、時代的にもはるかに隔たっている。

もしかしたら、賀茂も同じようなことに気づいたのかもしれない。それは単なる思いつきに過ぎないだろう。それだけのことだ。だから、聖書を引き合いに出して語ったりしたのではないだろうか。

彼は面白い思いつきに、まったく歴史的な事実を無視して自ら飛びついたのかもしれない。

ならば、論破するのは簡単だ。丸木は、自分をそれほど愚かだとは思っていなかった。

為政者にとって罪人だが、民衆にとっては聖人……。それがどういうことかを知る鍵は、やはり、役小角が使役したという鬼が何であったかにあるような気がしてきた。

高尾もばかではない。理論立ってはいないものの、その洞察力はさすがだ。

丸木は鬼について調べはじめた。そして、たちまち熱中した。

「だからですね。鬼ですよ」

シルビアの助手席で、丸木は運転席の高尾に向かって言っていた。

「何で鬼のことなんか調べたんだ？」

丸木はあきれるのを通り越して驚いてしまった。

「高尾さんが調べろって言ったんですよ。役小角がこき使っていた鬼って、いったい何なんだって……」

「そうだっけな……」

「そうだっけなって……」

「調べたんなら、さっさと話せよ」

丸木は腹が立ったが、相手が高尾ではどうしようもない。

「役小角は、人々を幻惑するという罪状で伊豆大島に流されたわけですが、実際に里の人々に何かをしたわけではありません。ただ、鬼に薪を集めさせ、水くみをさせていたという記述があるだけなんです。後に金峯山《きんぷせん》と葛城山《かつらぎさん》の間に橋を作れと、一言主《ひとことぬし》に命じて、その無理な要求にたまりかねた一言主が役小角は天皇を倒そうとしていると告げ口して罪を着せられるというエピソードが生まれるわけですが、これはもしかしたら、『続日本紀』には書けなかった事実を暗に示しているのかもしれず……」

「おい、わかりやすくしゃべってくれねえか？」

「事実が複雑なんですよ。これでも精一杯わかりやすく話しているつもりです」

「わかったよ。つまり、こういうことか？　役小角が罪に問われたのは、他でもない鬼たちをこき使っていたからだということか？」

「そうです。それが、時の権力、つまり朝廷にとって問題だったのです。何が問題だったのかは、鬼の正体がわかれば自然とわかってくると思います」

「役小角は呪術を使ったんだろう？　その呪術で鬼を思い通りにしていたんだ。ならば、その呪術が問題なんじゃないのか？　今で言やあ、妖しげな新興宗教みたいなもんだ」

「呪術も要点の一つです。でも、後世の伝説を見ても、役小角は鬼と関わりが深い。晩年、小角は熊野《くまの》の山々を巡って修行をしますが、あの時代、熊野というのは死者の世界で鬼が支配する国と考えられていました。紀州のキは、もともとは鬼の字だったといわれています。義覚、義元という二人の弟子も、いつしか前鬼《ゼンキ》、後鬼《ゴキ》や、善童鬼、妙童鬼などの鬼に置き換わっています」

「置き換わっている?」

「そう。鬼を使役した役小角だから、弟子にしたのも鬼だろうということで、後世に置き換えられたのです。『役小角本記』という書物では、役小角、前鬼、後鬼は顕の三尊、役小角、義覚、義元は密の三尊などという苦しい言い訳までしています。いや、あるいは、ひょっとしたら、義覚、義元というのは本当に鬼だったのかもしれませんが……」

「何を言ってるんだ?」

「つまり、鬼のことを知らないと役小角の権力というか、本当の姿が見えてこないのです」

「そこまではわかった。先に進めよ」

「そもそも鬼とは何か。その語源は、陰陽《おんみょう》の陰の字や隠れるという字のオンから来ているといわれています。つまり、隠れた存在です。それに中国から来た鬼という字を当てるようになったのですが、この中国の鬼は実体のない霊魂のことです。中国では、鬼のキは、帰るという字のキに通じ、人が死ぬとその霊魂や肉体は、その生命を生んだ大地の底に帰するという意味で、キと呼ばれたのだといいます。日本には多くの中国文化が朝鮮半島経由で入って来ましたが、朝鮮半島の鬼は明らかに中国と似通っているそうです。ただ、単なる霊魂ではなく、天変地異の元凶となるのが鬼神だという伝承があったそうです」

「つまり、霊魂や姿の見えない恐ろしいものが鬼だと……」

「そう。中国や朝鮮半島ではそういうことになっています。しかし、日本ではちょっと違うのです。日本の鬼には姿形がある」

「角を生やして、金棒持って、虎の皮のパンツをはいたやつらか？」

「そう。その鬼のイメージがいつ頃できあがったのかはわかりませんが、けっこう重要なのです。それは後で説明します。とにかく、日本にはおびただしい数の有形の鬼がいます。これが中国や朝鮮半島と決定的に違っている点です。『出雲国風土記《いずものくにふどき》』には、農民が一つ目の鬼に食われるという話が記されています。酒呑童子《しゅてんどうじ》や、その元になった伊吹童子《いぶきどうじ》の伝説。おとぎ話にも鬼は頻繁に登場します。桃太郎や一寸法師、こぶとり爺さん……」

「だが、俺は鬼なんて見たことはないぞ」

「見ても鬼だと思わないだけかもしれません」

高尾はひどく苛《いら》ついたようで、赤信号で車を停めると、丸木のほうを見て嚙みつくように言った。

「その判じ物みたいな言い方はやめろ。いいか、もう一度言う。わかりやすく、要点だけを言え」

それは無理な注文だった。丸木もどこからどういうふうにたどっていけばわかりやすい話になるのか迷っているのだ。手探りで話をしているのだった。

「わかりました。努力します。日本の鬼について、ある明確な定義があります。柳田《やなぎた》国男《くにお》の説なのですが、日本において鬼というのは、渡来した農耕民族に追われた土着の狩猟民族だというのです。柳田国男は農耕民族に対する縄文人をイメージしていたのですね。柳田国男はこう考えました。農耕民族が大陸から渡ってきて里に田畑を作りやがて国を作る。そうして、土着の狩猟民族を山へ追いやるわけです。追われた先住民は、農耕民族の天《あま》つ神に隷属して国《くに》つ神となった。しかし、どうしても天つ神に従わない者たちがいて、それが鬼となり、律令時代に時の権力を苦しめます。鎌倉時代代になると鬼はあらかた退治され、そのなれの果てが天狗となります。さらに時代が進み徳川の時代になると、天狗も零落してついに猿になるのです。国つ神、鬼、天狗、猿。これは同じものを指していると柳田国男は言うのです」

「じゃあ、役小角がこき使っていた鬼というのは、里を追われて山に入った狩猟民族のことなのか？」

「それならば、朝廷が警戒心を抱く必要はないでしょう」

「ならば、何なんだ？」

「柳田国男の論旨は明快です。彼は山人《やまびと》のことを念頭に置いていたのです。役小角が山人と縁があるのはほぼ間違いありません。小角は晩年熊野の山々で修行したといわれていますが、紀伊半島は山人の文化が色濃く残っています。熊野の火祭りなどもその名残だといいます。でも、柳田論はあまりに二元的なのです」

「二元的？」

「そうです。権力を握るものとそれに追われたもの……。柳田国男は鬼を山に追われた者と考えました。それを狩猟民族の縄文人と考えていたのです。でも、もともと山を生活の場としていた人々もいたのです。それも狩猟民族だけではなく……」

「狩りじゃなければ、山で何をしていたというんだ？」

「冶金《やきん》です」

「ヤキン？　鬼は警察官の第二当番みたいに夜勤をしていたというのか？」

「そうじゃありません。金属を作ることですよ。山から鉱石を掘り出し、それを製錬するのです」

「鉄とか銅とかか？」

「そうです。日本の鬼伝説というのは、驚くほど製鉄の文化と結びついているのです」

「鉄と？」

「おそらく鉄だけではないのでしょうが、古代において鉄を生産できるというのは軍事的にも意味があったので、その点にスポットが当たったのでしょうね。鳥取県と島根県の県境から二つの川が流れ出ていて、その両方がヒの川といいます。今は別の字をそれぞれに当てていますが、もともとは燃える火の火の川だったといわれています」

「川が燃えるのか？」

「このあたりは砂鉄の産地で、上古、古代には、川の畔《ほとり》にタタラの火が燃えていて、それで火の川と呼ばれたのだといわれています。つまり、鉄の産地だったのです。川のほとりにタタラの火が燃え、鉄鉱石の滓《かす》、つまりカナグソが積み上げられ、半裸の男たちが作業をしている……。それを夜中に見た里の人々はさぞかし恐ろしい思いをしたでしょう。それが、後々の地獄の風景の原型になったという説もあります。鬼は金棒を持っているでしょう？　それも鉄工と関係あるのだそうです。鉄を産出する人々のシンボルです。タタラの火に照らされた赤銅色の半裸の人々。それは里の人たちから見れば、赤鬼のように見えたでしょうね」

「つまり、何か？　鬼というのは、鉄を産出していた人々だったというのか？」

「鉄が代表的ですが、鉄だけではなく冶金すべてに携わっていた人々でしょうね。この二つの川の一つ。日野川……これはお日様の日に野原の野と書きますが、その上流に日野郡というところがあり、楽々福《ささふく》神社というのがあります。このあたりには、この楽々福という神を奉った神社が何ヵ所かあるそうで、この楽々福神が鬼伝説と密接な関係があるのです。なんでも、このあたりには、孝霊《こうれい》天皇が鬼退治をした伝説が残っているそうで……」

「鬼退治ね……」

「そして、この楽々福神は一つ目だといわれています。一つ目です。『出雲国風土記』に出てきた鬼も一つ目ですよ」

「それがどうした」

「上古の鍛冶に関わる神は片目だという説があるんです」

「まあ、いい。鉄を作っていた人々が里の連中に鬼だと思われていたとしよう。それから？」

「この鳥取と島根の県境のあたりというのは、実は、須佐之男命《すさのおのみこと》の八岐大蛇《やまたのおろち》退治の場所なのです。八岐大蛇は鉄工をしていた人々のシンボルだといわれています。八岐大蛇が人を食うために川が血の色に染まったといわれているでしょう？　あれは、川の底に鉄分がたまり酸化して赤くなったのを指しているらしいです。そして、須佐之男命は八岐大蛇の体から天叢雲剣《あめのむらくものつるぎ》を取り出します。これは、八岐大蛇をシンボルとする人々から良質の鉄を手に入れたということなのだそうです。つまり、須佐之男命と八岐大蛇の戦いは、上古の大きな戦争の記録だったということなのです」

「戦争だって？　いったい、誰と誰が戦争をしていたというんだ？」

「出雲民族と大和朝廷ですよ。出雲系の民族は、間違いなく採鉱・冶金の先進技術を持っていたんです。大和朝廷は、その技術力を我がものにしたかった。時の権力者としては当然の要求です。つまり、須佐之男命の八岐大蛇退治は、大和朝廷の出雲民族に対する侵略戦争だったと考えられます」

「縄文人だ、山人だ、出雲民族だって……。俺はこれまで、日本人てのは単一民族だって思っていたぜ」

「民族という言葉の定義にもよります。同じ言語をしゃべり、同じ宗教を信じていれば単一民族と認められますが……」

「宗教か。俺は無神論者だ」

「日本人の多くがそう言うでしょう。でもそれは間違いですよ。僕たちは驚くほどの迷信に縛られています。それは、多くはまったく間違った宗教解釈による俗説なんですが、仏教的なもの、神道的なもの、そして、道教《どうきょう》などの影響も見られます。さらには、縄文時代のあの世の思想や祖先崇拝による迷信もあります。つまり、日本人は長い歴史の間に、幾重にも宗教の覆いを掛けられて、もともとの信仰がわからなくなっているのです。たとえば、出雲系民族は竜蛇、つまりウミヘビなんかを信仰の対象にしていたといいます。これは、琉球の人々と共通しています。アイヌの人々は熊を奉ります。そして、須佐之男命は牛頭天王《ごずてんのう》と呼ばれるように、牛を奉った民族だったのです」

「日本にはそんなにたくさんの民族がいたというのか？」

「民族というより、部族といったほうが正確かもしれませんね。日本というのは地理的にもそういう場所なんです。つまり、四つの海流が交差する島国。大陸から舟に乗れば九州に流れ着く。朝鮮半島から舟を出せば日本海沿岸に流れ着く。また、フィリピンなんかを経由してミクロネシアやインド、東南アジアの舟も琉球や九州南端に流れ着く……。言葉も違えば奉る神も違う。そうした多くの部族が入り乱れていたのです。日本語はきわめて複雑な構造を持っていて、他の言語に例を見ないといわれますが、それはいろいろな系統の言語が絡み合ってできあがっているからなのでしょう」

高尾は唸った。

どういう気持ちでいるのかわからなかった。ひょっとしたら訳のわからない話に苛立っているのではないかと、丸木はおそるおそる運転中の高尾の顔を盗み見た。

高尾は真剣に考えているようだった。ほっとして丸木は説明を続けた。

「とにかく古代の日本には、さまざまな部族がいたのです。縄文系、百済《くだら》系や新羅《しらぎ》系、そして中国系……。大和朝廷だって王権の交代があったというのは今や通説になっています。そして、そうした部族の中で出雲系はひときわ勢力を誇っていました。『出雲国風土記』は勅令によって作られた今で言う地誌ですが、その中で、本来ならば天皇にしか許されないはずの『天《あめ》の下造《つく》らし大神』という呼称が、何度も大国主命《おおくにぬしのみこと》に対して使われているのです。朝廷も一目置いていたということでしょう」

「大国主ってのは須佐之男命の息子じゃなかったか？　須佐之男は、つまり、おまえの言い方をまねすれば、侵略者の息子だ。ならば、大和朝廷とも関係が深い」

「でも、大国主命は国つ神なのです。つまり、被征服民として記述されているのです。おそらく、侵略した須佐之男命は出雲の国で思うところあって独自の国造りを始めたのです。つまり、独立ですよ。それが、大国主の国譲りまで続くことになります。ちなみに、大国主は須佐之男命の息子とも六世の孫ともいわれています」

「まあ、出雲のことはだいたいわかった。それがどうした？」

「覚えてませんか？　役小角は大国主の系統なんです。母親は白専女《しらとうめ》あるいは都良女《とらめ》とか呼ばれていますが、その祖先をさかのぼれば大国主に行き着きます。そして、父親の大角も出雲の加茂の富登江《ふとえ》の息子、つまり出雲系なのです。父親は高賀茂真影麻《たかかもまかげま》呂《ろ》と名乗り、小角もまた賀茂役君《かものえのきみ》小角《おづぬ》と呼ばれますが、このカモという名は大国主系の名前なのです」

「つまり、小角は被征服民だったというわけだな。胸に一物持っていてもおかしくはないということだ」

「事実はもっと複雑だと思います。賀茂役君というのは、使役を司《つかさど》る朝廷の公的な役職を表すのだそうで、一説によると賀茂氏というのは古代には製鉄を生業としていたので、採鉱に関わる使役を管理していたともいわれています」

「なるほど……。筋は通るじゃないか。だが、それがどうして流刑になったんだ？　仕事でもさぼったか？」

「採鉱・冶金を司るということは、当時の権力者にとっては脅威の的なのです」

「どうしてだ？」

「最新の科学を手にしているということだからです。現代人には想像しがたいのですが、もともと採鉱・冶金というのは、ただ単に器具を製造するために発展したわけじゃないのです」

「じゃあ、何のために発展したんだ？」

「錬金術です」

「錬金術だあ……？　あの鉛を金に変える魔術のことか？」

「古代のエジプトやギリシャ、あるいはインド、中国では不老不死の妙薬を調合するために冶金が行われたのです」

「不老不死の妙薬……」

「そう。古来、中国では、丹《たん》などの鉱物薬が最高ランクなんです。その次が動物から採取する薬。鹿の角などです。最低ランクが薬草です。そして、錬金術はタントラ仏教、つまり密教や道教と関わりが深いということを何人かの学者が指摘しています。道教の陰陽の思想は、錬金術によって培《つちか》われた化学反応の知識から来ていると主張する学者もいます。つまり、プラスイオンとマイナスイオンですね。たしか、J・ニーダムという学者だったと思います。そして、密教も同様です。密教は多くのヒンズー教の神々を取り込んで、それを釈迦の化身や眷属《けんぞく》としているところに特徴があります。そして、そのヒンズーの神々に錬金術の秘密を暗号のように隠したのです。たとえば、帝釈天《たいしゃくてん》はヒンズー教のインドラ神のことですが、このインドラ神は活力を得るためにソーマという飲料を飲みます。このソーマというのは、ベニテングタケのエキスだとかいろいろな説があるのだそうですが、カリヤナラマンというインドの科学史学者は、それが金銀鉱のことだと指摘しています。密教というのは仏教やヒンズー教の教義を利用して錬金術の秘法を伝えるためのものだとまでいう人もいます」

「出雲系の人々もその技術を持っていたというのか？」

「古代インドでは採鉱・冶金とナーガ、つまり蛇神が深い関わりがあるといいます。出雲民族は竜蛇を奉りましたからその点から考えても、出雲民族が採鉱・冶金に関わっていたのは明らかですね。ただ、古代出雲族が錬金術を行ったかどうかはわかりません。でも、役小角はやったような気がします」

「なぜだ？」

「役小角は後に修験道の祖といわれます。そして、修験道には明らかに道教や密教の影響が見られます。道教や密教を再構築して日本的にしたものが修験道と言ってもいいと思います。そして、修験道は山を聖地とし、山の精気を修行に生かすのです。山の精気というのは鉱石に凝縮されると道教や密教では考えられていました。そして、採鉱をする者たちの活動の場は山です。凝縮した山の精気を取り出すのが、古代の冶金の最大の目的だったのです」

「その錬金術だが……、どうしてわざわざ密教なんぞという形で秘密にしなければならなかったんだ？」

「錬金術というのは最高の科学技術です。そして、不老不死の妙薬を作ることが究極の目的です。その技術を知ることで最高の権力と富が約束されるのです」

「役小角は、採鉱・冶金の技術を持つ被征服民を使って、冶金の使役を司っていたということか？」

「そうです。そして、その技術集団は次第に里の人々から忌み嫌われ、人目を避けて暮らすようになります。つまり、鬼となったわけです」

「なぜそうなるんだ？」

「同じことが古代のインドでも起きました。インドにはカースト制という厳しい身分制度があるのは知ってますね。その最高位はバラモンで最下位はチャンダーラです。チャンダーラは一般的には宗教的な理由で最下位にされたと説明されていますが、何だか根拠がはっきりしません。実は、チャンダーラは採鉱・冶金に携わる技術者集団だったのだそうです。権力者は、金貨の製造や武器を独占するためにも冶金の技術を厳しく管理しました。そして、その管理を任されたのがバラモンだったのです。バラモンは、単に採鉱・冶金を事務的に管理しただけではありません。技術者を管理するだけの知識があったのです。その知識とは宗教に隠された科学技術、つまり錬金術だったという説があります」

「つまり、役小角がバラモンで、役小角に使われていた鬼というのが、そのチャンダーラとかに当たるというわけか？」

「そう。かつては最新の技術を持った技術者集団です。それが、不可触民にされ、山に隠れ住むようになった。そして彼らもまた鬼と呼ばれたのです。役小角は、鬼たちに命じて薪を集めさせ、水を汲ませたと『続日本紀』に記録されています。そして、盛んに護摩《ごま》を焚《た》いたといわれているのですが、これは水銀作りの作業のことだと指摘する学者もいます。そして、金峯山から葛城山まで鬼に石の橋を作らせようとしたという伝説もありますが、当時、金峯山は採鉱の現場だったのです。葛城山は小角の地元、つまり領地です。金峯山の採鉱場から領地へルートを築こうとしたのではないかと思います。修行のための橋などというのは意図的に事実が隠されたとしか思えません。修行のための橋ならばわざわざ朝廷に密告したりはしないでしょうし、朝廷だって問題視はしないと思います。役小角の呪術というのも、実は錬金術にまつわるものなのではないかと思うのですが……」

「なるほど……」

高尾はブレーキを踏み、車を停めた。「ようやく、役小角というやつの実体が見えてきた。だが、それと賀茂晶のつながりはわからない」

話に熱中していた丸木は、なぜ高尾が車を停めたのかわからなかった。

「ええ。それはまだこれから……」

また、文句を言われるのかと思った。

「だが、まあ、役小角が何者かわかっているのはこっちの強みだ。俺にはできねえ仕事だ。助かったぜ」

丸木は驚いた。初めて高尾が仕事を評価してくれたのだ。何のために調べものをやらされているのかわからず不満に思っていた丸木は、報われた気分になった。

高尾が言った。

「このへんだろう？」

「え……？」

「賀茂の家だよ。降りて探すんだ」

丸木は慌ててあたりを見回した。大きな集合住宅が並んでいる。まったく同じ形をした巨大な建物が列をなしている。古いタイプの団地だった。

「あ……」

そうだ。僕たちは、賀茂晶の両親に会いに来たんだ……。丸木は車を降りた。

四階建ての建物が、広大な敷地内に整然と並んでいる。その風景はきわめて生活臭いにもかかわらずどこか寒々とした感じがした。

建物にエレベーターはなかった。賀茂の住所はその団地の、ある棟の三階だった。高尾は軽々と階段を昇っていく。丸木は高尾より若いにもかかわらず、三階まで来ると息が弾んでいた。

廊下に鉄の扉が並んでいる。賀茂という表札を見つけ、高尾がドアの脇のボタンを押した。旧式のブザーの音がした。

ドアの向こうから「はい」という女性の声がして、しばらくするとドアが開いた。中年の女性が丸木と高尾を交互に見て、不安げな表情を見せた。

「賀茂さんですね」

高尾は警察手帳を取り出した。

「はい」

「賀茂晶君のお母さんですか？」

「そうですが……」

「息子さんのことで、ちょっとうかがいたいことがあるんですが……」

相手の女性はますます不安そうな顔をする。髪をショートカットにしている。四十代の半ばから後半というところだろうか。生活にどっぷりつかった典型的な中流家庭の主婦という感じだ。

こういう団地にいると、どうしてもそうなってしまうのだろうな、などと、丸木は余計なことを考えていた。着ているセーターは決して安物ではなさそうだが、新しくもない。

地味な千鳥格子柄のスカートをはき、グレーのストッキングをはいている。ストッキングというよりタイツというべきか……。

「あの……、息子のことというのは……」

「ご主人はご在宅ですか？」

「ええ」

「できれば、お二人にお話をうかがいたいのですが……」

賀茂晶の母親は、しばし呆然としていたが、やがてはっと気づいたように言った。

「どうぞ、中へ……。主人を呼んできます」

狭い玄関までは入れてくれたが、上がれとは言われない。

一度奥へ引っ込んだ賀茂晶の母親は、夫を伴って戻ってきた。

高尾は、また同じように警察手帳を見せて言った。

「賀茂晶君のお父さんですね？」

「そうですが」

母親は不安そうだったが、父親のほうはまったく違っていた。挑むように高尾を見つめている。その態度には怒りすら感じられた。

「県警本部の高尾といいます。こちらは、丸木」

「息子のことだそうですが……。自殺未遂のことなら、もう何度も話しましたよ」

「ええ、まあ、そのことも含めてあらためてうかがいたいわけでして……」

たしかに高尾は、不良少年を相手にするときとはやり方が違う。それなりに心得ているということだ。

父親の態度がさらに硬化した。

「今さら、何を言えというのです。息子はひどい目にあったんです。警察が今さらやってきたところで、息子の心の傷は癒えませんよ」

「そうですね」

高尾はあっさりと言った。「私も息子さんの心の傷を癒そうなどとは思っていません」

丸木はびっくりした。

自殺未遂をした少年の親に言う言葉ではない。父親は、一瞬何を言われたかわからないような顔をしていた。次の瞬間、怒りを露《あら》わにした。今にも何かを喚《わめ》きはじめそうだった。しかし、高尾はそれよりも早く言った。

「それは、ご両親の役割だと思いますんでね。私は、息子さんに何があったのかを知りたい。それだけです」

その言葉で、父親の怒りはたちまち消え去った。恥じるように目をそらした彼は言った。

「知ってどうなさるんです？」

高尾は、その質問にはこたえなかった。警察官は、質問する側であってされる側ではないということを態度で示していた。

「自殺未遂をされたのは、たしか半年ほど前のことですね？」

「そうです」

「学校の屋上から飛び降りたのですね？」

「そうです」

「三ヵ月ほど入院され、さらに一ヵ月、自宅で療養された。その後に、学校に復帰されたんですね？」

「そうです」

父親はまったく同じ返事をしたが、すべて口調が違っていた。だんだん語調が強くなる。

「原因は何です？」

「そんなことわかるもんですか。自殺の原因なんて……」

「その事件の前、息子さんの様子はどうでした？」

「普通でしたよ。いつもと変わりありませんでした」

「何か思い詰めたような様子もなかったんですか？」

「刑事さん……」

父親の怒りが再燃してきた。「そんなことを今さら尋ねてどうしようというのです？」

「どうだったんです？」

高尾は冷静に質問を続ける。決して相手に合わせたりはしない。冷静というより冷淡と言ったほうがいいかもしれない。「思い詰めたような様子もなかったんですか？」

「ありませんでした」

父親は憤然と言い、それからふと自信なげに目をそらした。「少なくとも、息子は何も言いませんでした」

丸木は母親の様子をうかがった。母親は、ずっと不安げな表情だ。どこか困惑したような様子も見える。

おそらく、この親子はあまり会話がなかったのではないだろうか。丸木は想像した。水越陽子は、賀茂晶に対するいじめをにおわせていたが、両親はいじめを知らなかったのかもしれない。

賀茂晶が自殺を図り、心底うろたえたに違いない。息子がどれだけ苦しんでいたか、まったく知らなかったのだろう。

事件に直面して、彼らははじめて息子の苦しみと直面することになった。それから今日まで、二人はどういうふうに賀茂晶に接しているのだろう。丸木は、その点に一番関心があった。

高尾が言った。

「さいわい晶君は一命を取り留めた。そして、学校に戻るまでに回復された。最近の晶君はどうです？」

父親は一瞬、母親とまったく同じような不安げな表情になった。

「どうといいますと……？」

「元気でやってますか？　以前と比べてどうです？」

　父親は、目をそらして高尾の足元を見つめた。母親はさらに緊張の度を増して、斜め後ろから父親の様子を見守っている。

「以前と変わらないと思いますよ……」

　その口調には明らかに迷いのようなものが感じられた。あるいは何か隠しているための後ろめたさか……。

「学校を変えようとは思わなかったのですか？」

「え……？」

　父親は意外そうに高尾を見た。

「自殺を図った原因はいじめとかじゃないかと思いましてね……。カツアゲにあったり、暴力を振るわれたり……。なんせ、南浜高校ですからね……。普通なら別の学校に移りたいと考えるんじゃないですかね」

「私も学校を変わろうかと言いました。しかし、晶が……。晶が南浜高校に戻りたいと言ったのです」

「ほう……」

　高尾は不審げな声を出した。「晶君はなかなか腹が据わっているということですね」

　父親は何も言わない。

「そもそも、どうして南浜高校に進学されたのですか？　お見受けしたところ、晶君はあの高校には合っていないように思いますが……」

父親の顔に驚きが走った。

「晶に会ったのですか？」

「ええ。会いましたよ」

「何か話をしたのですか？」

「こちらの質問にこたえてください。晶君はなぜ南浜高校に進まれたのですか？」

「どこの高校へ進もうと自由でしょう。特に理由などなかったと思いますよ」

「そう。それが南浜高校でなければね」

「あの高校は公立高校で、ここはあの高校の学区なんですよ。それに、あの高校の生徒すべてが不良なわけじゃない」

「まあ、それはそうですが……。たいていの生徒は、もっとましな高校を選びますよ。拝見したところ、晶君は学力の面では、他の高校でも問題ないような気がしましたが……」

「とにかく、晶が選んだのです」

「水越陽子さんをご存じですか？」

この質問は唐突だった。

丸木も意外に思った。だが、父親と母親の反応はそれ以上だった。彼らは一様に驚きうろたえた。それはほんの一瞬だったが、警察官の眼を逃れることはできなかった。丸木が気づいたくらいだから、抜け目のない高尾が気づかぬはずはない。

父親が言った。

「ええ。晶の担任の先生ですね」

それはいかにも取り繕ったという感じだった。丸木は、高尾の意外な質問、それに対する両親の意外な反応に驚いていた。

「ええ。なかなか魅力的な女性です。彼女は、晶君の自殺未遂について何か言っていましたか？」

父親は下を向いたままおろおろと視線をさまよわせた。こたえを探しているようだ。

丸木にも高尾が何を意図して質問したのかはわからない。しかし、駆け引きが始まったことははっきりとわかった。

駆け引きで警察官に勝てる一般人はほとんどいない。

私たちは知っているんだ。そう相手に思わせるだけでたいへんなプレッシャーになるのだ。

「申し訳ないと……」

父親は下を向いたまま言った。

「何です？」

高尾に訊かれて、父親は顔を上げた。

「彼女は申し訳ないと言ったのですよ」

「申し訳ない……？　それは、何に対して申し訳ないという意味ですか？」

「もちろん」

父親はすがるようにそこまで言うと、また目を伏せた。「もちろん、担任としての責任でしょう」

「担任としての責任ね……」

高尾は故意に意味ありげなしゃべり方をしている。「それだけでしょうかね？」

父親は、目を伏せたまましばらく黙っていた。母親は、眉間に皺を刻み心配そうに父親を見つめている。

長い沈黙だった。高尾も何も言わない。父親が話し始めるのを待っているのだ。

やがて、父親はうつむいたまま一つ溜め息をついた。

「刑事さんはご存じなのですね？」

高尾は、沈黙を守っている。今、父親は何かを話そうとしている。それを邪魔すまいとしているのだ。

父親は顔を上げると言った。

「そう。たしかに、水越先生はかつて晶の家庭教師をしていました。晶が小学六年から中学一年にかけてのことです。彼女は大学生でした。大学四年になった彼女は、就職活動やら何やらで家庭教師を辞めたわけです。やがて、彼女が教員試験を受け、南浜高校に赴任しました。晶はそれを知って、南浜高校に進むことにしたのです」

「晶君は、水越先生に憧れていたというわけですか？」

「どうやらそのようです。二年になったとき、その水越先生が担任になったのです」

「晶君と水越先生は個人的な付き合いがあったのですか？」

父親と母親は心底驚いた表情で高尾を見た。

「まさか……」

その表情のままで父親が言った。「相手は先生で、晶はまだ高校生ですよ……」

「男女の仲は何が起きても不思議はありませんよ。実際、信じられないことが起きるもんです。今時の高校生はませてますからね」

「い……、いや、それはなかったと思います。いえ、ありませんでした」

「では、単に晶君が憧れていただけというわけですか？」

「そう思います」

「その水越先生が自殺を図ったことと何か関係があるのですか？」

丸木は話の成り行きにすっかり驚いていた。考えてもみなかったことだ。だが、高尾は気づいていたのだろうか？　気づいていたとしたら、いったいいつから……。

父親が言った。

「そういうことについてはわからんのです」

今までと違い、その言葉には真実の響きが感じられた。父親は本当に困惑しているのだ。

「本当にわからない。何があったか……。情けないことに、何もわからないのです。突然、晶が学校の屋上から飛び降りたという知らせを受け……。ただただ仰天して、私たちはただおろおろとしていただけでした。刑事さん。親がもっとしっかりしていれば、ああいうことは防げたとお考えでしょう。でも、どうすりゃいいかわからんのです。息子くらいの年になると、親と話をしようともしません。不景気で会社も厳しい。そんなときに息子と話をする努力を続けるのはとてつもなく疲れるのです。私ら、いったいどうすりゃいいというんですか？」

高尾は、父親の訴えかけをあっさり無視してさらに質問した。

「赤岩という少年をご存じですか？」

父親は鼻白んだように、一瞬押し黙った。恥じ入るように下を向いて視線をさまよわせ、それから気を取り直したように顔を上げて言った。

「赤岩ですか？　いえ、知りません」

「晶君のクラスメートなんですがね」

「晶は学校の話をほとんどしませんでしたから……」

「クラスの名簿とかは配られないのですか？」

「ありますが、よく見たことはありません」

「お母さんはどうです？」

突然話を振られ、母親はうろたえ、それからなぜか恥ずかしそうに言った。

「いいえ、知りません」

「赤岩という名前を聞いたことはないのですね？」

「ありません。いや、ないと思います」

高尾はしばらく両親を見つめていたが、やがてうなずいた。嘘ではないと判断したのだろう。

「おたく、故郷はどちらですか？」

「は……？」

これも唐突な質問だった。

「故郷です」

「私は横浜で生まれましたが、父親は関西です」

「関西のどこです？」

「奈良です。葛城山という山がありまして、その麓に新庄《しんじょう》という町があります。そこの出身でした」

「役小角《エンノオヅヌ》を知ってますね？」

葛城山は役小角の出身地だ。高尾は、それを忘れていなかったということだ。

高尾が質問すると、賀茂晶の両親はみるみる蒼《あお》ざめていった。丸木は、またしてもその反応に驚かされた。

「役小角ですって……。刑事さん。いったい何を知っているのですか？」

「そいつは奇妙な質問ですね……。私は、役小角を知っているかと尋ねただけなんですよ」

賀茂晶の父親は、必死に落ち着きを取り戻そうとしているようだった。

「役小角は知っていますよ。父親の故郷は役小角のゆかりの土地ですからね」

「なんでも、役小角も賀茂という名前だったそうじゃないですか。おたくも、役小角と関係があるのですか？」

「父がそのようなことを言っていたような気もしますが、どうですか……。賀茂という名前だって何代前まで遡れるのかわかりませんよ。ひょっとしたら明治維新で名前をもらったのかもしれません。祖父の代までは農業だったそうですから。よくあるでしょう。格式をつけるために、有名人の系統を名乗るというのが……」

「晶君に役小角の話をしたことはありますか？」

「私はありませんね。家内もないはずです」

「あなたのお父さん、つまり晶君のおじいさんはどうです？」

「父は晶が生まれる前に亡くなりました」

「その他のご親戚とか……」

「記憶にはありませんね……」

父親は緊張を高めている。それは母親も同様だった。

「晶君はまだお帰りではないのですか？」

賀茂晶の父は怪訝《けげん》そうな顔で高尾を見た。

「いいえ。晶は帰ってきませんよ」

「どういうことです？」

「一人で暮らしたいからと、家を出ました」

「どこかに部屋を借りたということですか？」

「刑事さんはご存じないのですか？」

「知らないから訊いているのですよ」

「高校のそばに小さなアパートを借りました。今時珍しい風呂もないアパートですが、晶はそれで充分だと言って……」

「ほう。アパートを……。それは家計がなかなかたいへんでしょうな」

「それはもう……」

「自殺未遂の後です。一人暮らしなどさせるのはご心配じゃないですか？」

父親はそう言われて、うなだれた。

母親がたまりかねたというふうに言った。

「もちろん、心配です。私たちは反対しました。でも……」

「でも？」

母親は、明らかに感情が高ぶっていた。自分が抑えきれなくなってきている。緊張の限界がきたのかもしれない。

「私はもう晶のことがわからなくなりました。晶は変わってしまったのです。以前の晶じゃなくなったのです」

「よさないか！」

父親が厳しい声で言った。

母親は、下を向いた。泣き出したようだった。父親もうつむいている。高尾はその様子をじっと見つめていたが、やがて言った。

「そのアパートの住所を教えてもらえますか？」

父親は、躊躇《ちゅうちょ》していたが結局、教えた。高尾は、どうもと言い、質問を打ち切った。

ご協力ありがとうございましたという決まり文句を言い、高尾と丸木は賀茂家を後にした。

「たまげましたね」

丸木は、賀茂の家のある団地の棟を離れると言った。「水越陽子と賀茂晶のこと、いつから気づいていたんです？」

「ふん。当てずっぽうさ。あの父親がはったりにひっかかっただけだ」

「それにしても、よくあんな質問を思いつきましたね」

「水越陽子ってやつは、何かあると思ったんだ。それだけだ」

「賀茂晶は水越陽子に憧れていた。そして、昨日、彼女は赤岩の車の助手席にいた。これ、賀茂晶の自殺未遂に関係あると思いますか？」

「どうだかな……。まだ、わからねえよ」

高尾は、不機嫌そうにぼそりと言った。

「役小角の名前を出したときの、両親の反応を見ましたか？」

「両親も賀茂晶が、役小角を名乗っていることを知っているということだな」

「賀茂晶は変わってしまったと母親が言いましたね？　あれ、どういうことでしょう」

「自殺未遂をして生死の境をさまよったんだ。変わりもするさ……」

高尾はしきりに何かを考えている。丸木はそれ以上話しかけることができなかった。

シルビアのところまで来ると、高尾が言った。

「今日は帰るとしよう。家まで送るよ」

それから二人は、ほとんど口をきかず、丸木は、自宅のそばでシルビアを降りた。

高尾が何を考えているのか知りたい。自宅への道を歩きながら、そんなことを考えていた。


翌日の朝、県警本部に出勤すると珍しいことに高尾がすでに来ていた。真っ先にやってくるはずの課長がいない。周囲が何やらざわついている。

丸木は高尾に尋ねた。

「何かあったんですか？」

高尾は厳しい表情だった。

「南浜高校が生徒に占拠された」

「占拠……？」

「詳しいことはまだわかっていない。今、課長が警備部長に呼ばれて行っている」

「相州連合が全神連との抗争を終結したことと何か関係があるんでしょうか？　つま

り、赤岩が言ったという、神奈川統一よりも大きな計画というやつが……」

「俺もそれを考えていた。そして……」

高尾は言った。「もし、そうだとしたら、あの賀茂晶が無関係ではない。そうは思わねえか？」

7

課長が席に戻ってくると、高尾はすぐに近づいていって尋ねた。

「どういう具合になってるんです？」

「わからん。朝、教師が出勤してみると、生徒たちが校門の周辺に集まり、完全に封鎖しているのだという。誰も中に入れようとしない」

「生徒たち……？」

高尾の表情が危険な感じになったのを、丸木は見た。険しくなったのではなく、むしろその反対だ。猛獣が獲物の臭《にお》いを嗅《か》ぎつけたときのように、うれしそうな気配をのぞかせたのだ。

「それは、赤岩たちという意味ですか？」

課長は顔をしかめた。たしかに、高尾は少年の補導や更生に並々ならぬ実績を収めている。しかし、周囲の非難が絶えないのも事実だ。警察官ははみ出しものを嫌う。それを管理するのが課長の立場だ。課長は高尾を持て余しているのかもしれないと、丸木は思っていた。

「首謀者が赤岩かどうかはわからん」

「行ってみりゃわかることです」

高尾はそう言うと、出入り口に向かおうとした。

「待て」

課長は言った。「どこへ行く?」

「決まってるでしょう。南浜高校ですよ。顔見知りに会えるかもしれない」

「だめだ。君は行っちゃいかん。ここにいろ」

「どういうことです?」

「警備部の仕事だ」

「そりゃあ、変だ。騒ぎを起こしているのは少年たちでしょう。俺たちの仕事でもありますよ」

「もちろん、少年課からも人を出す。育成課の連中に行ってもらう。君はここにいろ」

高尾は訝《いぶか》るように課長を見据えると、机の正面に戻った。課長は居心地悪そうに眼をそらした。

「納得できねえな。ヤクザに凄まれているような感じだった。どういうことです？」

「とにかく……」

課長は明らかに不機嫌になっている。「言うとおりにするんだ」

高尾は、小さく何度かうなずいた。

「わかりましたよ。課長は俺に行くなと言った。それを俺はたしかに聞きました」

課長は、不安げに高尾を見た。

「だから、俺がどうしようと課長の責任じゃありません。俺が言うことを聞かなかっただけだ」

丸木はこのやりとりをはらはらしながら見ていた。

高尾が丸木に言った。

「おい、行くぞ」

丸木があわてて立ち上がったときには、すでに高尾は出入り口に向かって歩きはじめていた。

「待て、高尾。待たんか」

課長が大きな声を出した。丸木は、どちらに従えばいいかわからずおろおろしていた。

「丸木、何してる。さっさとしろ」

高尾に怒鳴られ、丸木はその後を追うしかなかった。

「いいんですか？」

高尾が運転するシルビアの中で、丸木が尋ねた。

「何がだ？」

「課長は行くなと言ったんですよ」

「課長には課長の立場がある。本当に行かせたくないわけじゃない」

「どういうことです？」

「赤岩が絡んでいるんだ。俺が行かなきゃ始まらねえ。課長だってそれはわかってるんだ。俺とおまえは南浜高校についていろいろと調べている。課長はもちろんそれを知っている。そして、その南浜高校で騒動が起こった。なのに課長は行くなという。不自然じゃねえか？」

あんたの行動を見ていると、不自然とは思えないけどな……。

丸木はそう思ったが、もちろん口に出すことなどできない。

「じゃあ、どうして課長はあんなことを言ったんですか？」

「何度か経験がある。だから、課長がああいうもののの言い方をするときはどういうときなのかわかっている」

「どういうときなんですか？」

「圧力がかかったのさ」

「圧力……？」

「そう。どこからの圧力かはわからない。本部内の上層部かもしれない。あるいは、もっと上かもしれないな」

丸木は背筋が寒くなるような気がした。警察官にとって上からのお達しは絶対だ。丸木などは課長に何か言われるだけで、縮み上がってしまう。そのはるか上から圧力がかかっているという。それでも高尾は平気な顔をしているのだ。

まったく信じられない神経だった。

高尾の自信がうらやましくもあった。高尾は警察の規律とは違った自分のルールを持っている。決して無鉄砲なだけではない。そのルールを守り続けているから、彼はある人々から信頼されるのだ。高尾はただ周囲から疎《うと》まれているだけの乱暴者ではない。たしかに彼を信頼し、好意を持っている人はいる。

それは理解しているのだが、とてもついていけないと思うことが多すぎる。

「もっと上って……。管区の局ですか？」

「さあな。それはわからねえ。だが、面白くねえな。この俺に圧力を掛けようなんざ……」

車が角を曲がると、南浜高校の正門が見えてきた。

手前に機動隊のバンが停まっている。すでに機動隊員が正門前を固めていた。人数はそれほど多くはない。大学紛争ははるかに過去のもので、丸木はそうした光景をテレビなどの映像でしか見たことがない。おそらく、県警の多くの警察官がそうで、すでに学園紛争の危機感などは遠い記憶となっているのかもしれない。

高尾の車は、正門のはるか手前で停められた。高尾は車を降りると、機動隊の制服に身を固めた警察官に尋ねた。

「どういうことになってるんだ？」

機動隊員はこたえた。

「あんたは？」

「県警本部、少年捜査課の高尾だ」

機動隊員はうなずき、正門を指さした。

「生徒が正門にバリケードを作った。中の様子はわからない。どうやら、十数名の生徒が占拠しているようだ」

「何か要求は？」

「今のところない。だが……」

「だが？」

「この高校は、近く廃校になることが検討されているそうだ。それに反対する生徒たちじゃないかと推測されている」

「うれしいじゃねえか？」

機動隊員は不思議そうな顔をした。

「うれしい？　何がだ？」

「最近珍しい愛校心だ。そうは思わねえか？」

機動隊員は、それをどうとっていいかわからぬといった顔つきで丸木のほうを見た。

丸木は、曖昧な態度で肩をすぼめただけだった。

「どうして突っ込まねえんだ？」

「無茶言うなよ。中はどうなっているかまったくわからないんだ。へたに刺激すると危険だ。しばらく様子を見るしかない」

「そんな必要はねえよ。中にいる連中がどんなやつかだいたい想像がつく。突っ込んで、どんどん検挙しちまえばいい」

「学校側の要請がないと、校内には立ち入れないよ」

「なるほどね……」

高尾は、正門のほうを見た。そのまま、そちらに歩きだした。

「あ、ちょっと……。だめだよ、勝手に近づいちゃ……」

機動隊員があわてて引き留めようとした。だが、高尾は構わず進んだ。

「とにかく、どうなってるか見せてもらうよ。丸木、来いよ」

丸木は、なるべく機動隊員と目を合わせないようにしてその場を通り過ぎた。正門が見えてくる。ついこの間、不良たちに囲まれ、命からがら逃げてきた場所だ。近づくにつれ、あのときの恐怖がよみがえってきた。

正門の幅は約三メートル。コンクリートの塀に挟まれ、下に滑車がついた鉄の格子がスライドして門を閉ざすようになっている。その鉄格子の扉が今は固く閉ざされていた。そして、その向こうに机や椅子が積まれているのが見えている。

机はぎっしりと積まれて、その向こうは見えない。バリケードの隙間から何とか中をうかがおうとしている紺色の背広の男がいた。その男に見覚えがあった。教頭の国森だ。目が大きくひょろりとした男だ。隙間をのぞこうと首を前に突き出しているので、鶏のような印象がいっそう強調されている。

その後ろに、何とかして威厳を保とうとしている石館校長の姿があった。その後ろに控えている集団は教師たちだろう。そして、さらにその背後には生徒たちが人垣を作っていた。

教師たちは、生徒たちを帰宅させようとしている。解決の目処《めど》が立たない以上、休校にするしかない。

丸木は、教師たちの中に水越陽子の姿を探したが、彼女はいなかった。

「ちょっと失礼」

高尾は人垣をかき分けて正門の前まで進み、国森教頭に声を掛けた。

「中が見えますか?」

国森教頭は、苛立った様子で振り返ったが、声を掛けた相手を見ると、大きな目をさらに見開いた。緊張と恐れ、そして嫌悪が同時にその顔に現れた。

「あなた、たしか……」

「少年捜査課の高尾です。誰が中にいるかわかりますか?」

「いや、それは……」

教頭は、鶏のようにきょときょとと周囲を見回し、最後に校長を見た。高尾も、校長に眼をやった。

石館校長は、ひどく顔色が悪い。ストレスのせいだろう。もうじき定年を迎える教師にとってたしかにこの手のトラブルはこたえるだろう。

校長は、高尾に言った。

「おそらく、あなたが想像しているとおりですよ」

「校長先生。警察官は、そういう返事じゃ納得しないんですよ」

「私たちにだって、それ以上のことは言えませんよ。確かなことは何もわかっていないのです」

「誘導尋問になるかも知れませんがね、中にいるのは赤岩とその仲間たちじゃありませんか？」

石館校長は、眼をそらした。周囲の教師たちが半ば不安げに、半ば好奇の眼で二人のやりとりを見ている。

「そのとおりですよ」

校長は言った。「その点は間違いありません。だが、正確な人数はわからない……」

丸木は、先日の件を思い出していた。高尾と丸木の前に現れた少年たちは、少なくとも三十人はいた。それが学校を占拠するために充分な人数なのか、それとも少ないと考えるべきなのか、丸木には判断がつかなかった。

「その中に、賀茂晶はいますか？」

それまでなんとか無表情を保っていた石館校長は、ショックを受けたように高尾を見た。

「なぜそんなことを訊くんです？」

「赤岩と賀茂晶はつるんでいるんでしょう？　先日、いっしょにいるところを見ました。大勢の仲間に囲まれて、彼らが俺たちの前に現れた」

「いるでしょうね」

高尾はうなずいた。

「ここ以外に、校内に入る入り口は？」

「裏門がありますが、そこにもバリケードが築かれています」

高尾は、正門のバリケードを見上げた。丸木は、気が気ではなかった。高尾がまた無茶なことをしでかすのではないかと恐れていたのだ。

丸木が成り行きを見守っていると、高尾は唐突に正門に背を向けた。

「丸木、行くぞ」

ぼそりとそう言うと、高尾は来たときと同様に人をかき分けながら歩き始めた。丸木には訳がわからなかった。人垣を抜け、ようやく高尾に追いついて尋ねた。

「どこへ行くんです？」

「引き上げるんだ」

「本部にですか？」

「課長がおとなしくしていろって言ってることだしな……」

高尾は機動隊員たちの脇を足早に通り過ぎ、シルビアに戻った。助手席に乗り込んだ丸木は、なぜ急に高尾が引き上げようと言いだしたのか訝しく思っていた。もしかしたら、周囲の制止を聞かず、バリケードを蹴散らして突入していくのではないかと恐れていたのだ。

高尾がシルビアを発進させると、丸木は恐る恐る尋ねた。

「どうして急に引き上げる気になったんです？」

「いい質問だ」

高尾は相変わらず不機嫌そうだった。「おまえもようやく頭を使うことを覚えはじめたというわけだ」

「高尾さんの行動が不可解なだけですよ」

「俺が引き上げる理由はな、あそこにいてもできることはないからだ」

「じゃあ、なぜ南浜高校へやってきたんです？」

「何が起こりつつあるのか確認したかったんだ」

「本部にいたって情報は入ってきますよ」

「俺はこの眼で何が起こっているのか確かめたかったんだ」

「それで、いったい何がわかったんです？　僕には課長が説明してくれたこと以上に何かがわかったとは思えないんですが」

「いろいろわかったさ。まず、学校を占拠しているのが、赤岩のグループだということがほぼ明らかになった」

「校長も認めていましたね」

「俺はな、赤岩のやつが相州連合と全神連の抗争に終止符を打ったことと、この学校占拠が無関係だとは思えねえんだ」

それについては、丸木もある程度納得ができた。相州連合の大集会。そこで発表されたという全神連との抗争終結宣言。赤岩は何かもっと大きなことをやろうとしているということだ。そして、南浜高校の占拠事件が起きた。

「でも、赤岩は学校なんか占拠してどういうつもりなんでしょうね？」

「さあな……」

高尾はじっと考え込んでいる。「わからねえが、なんだか俺は気に入らねえ」

「何が気に入らないんです？」

「何もかもだ。赤岩は明らかに賀茂晶と付き合いはじめてから変わった。この学校占拠は賀茂晶が言いだしたことかもしれねえ」

「どうしてそう思うんです？」

「前に会ったときに、やつが何を言ったか思い出してみろ」

「何を言いました？」

「ここは自分たちの土地だと言っていたんだ。俺たちは勝手にやつの土地に入り込んで、狼藉を働いた。だからこらしめられそうになったってわけだ」

「いったい、何を考えているんでしょう」

「さあな。だが、南浜高校の廃校問題が関連しているという話、まんざらでたらめでもないような気がする」

「賀茂晶が廃校計画を撤回させようとしているというのですか？」

「そいつはどうかわからない。だが、そういう類のことをやろうとしていると考えれば、いくつかのことの辻褄《つじつま》が合いそうな気がする」

丸木はそっと高尾の顔を盗み見た。高尾はまっすぐ正面を向いて運転をしている。その顔は、今まで見たことがないほど厳しいものだった。

「辻褄が合う……？」

「まず、第一にやつが東京で何をやらかしたか、だ。ちょっとした少年犯罪ならば警視庁から調査の依頼など来ない。そして、その調査を始めたところ、急にストップがかかった。そして、今度は俺におとなしくしていろという。おかしいとは思わないか？」

「たしかに妙ではありますが……」

「命令・指揮に一貫性がない。これは、指揮系統のどこかに不自然な圧力がかかっていると考えれば説明がつく」

「そうですね」

「そして、それがもし、賀茂晶と関係があるとすれば、やつが警察に圧力を掛けられるほどの誰かを怒らせたと考えられないか?」

「どうでしょう……」

「廃校計画だ。それを調べれば、きっと何かがわかる」

丸木は、不意に恥ずかしさを覚えた。

高尾の論理は一貫している。さまざまな出来事を組み合わせて、その背後にあるものを見つけようとしているのだ。それに引き替え、自分はただおろおろしているだけに思える。

口惜しいが、高尾は実に警察官らしい頭の使い方をしているのだ。

「わかりました」

丸木は言った。「調べてみましょう」

「いや、それは俺がやる。おまえはまだやることがあるはずだ」

「何です?」

「役小角《エンノオヅヌ》についてはまだ途中だろう」

丸木はもう逆らうまいと思った。修羅場に付き合わされるより、調べもののほうがずっといい。

「そうですね。まだ、調べたいことはいろいろとあります」

「おまえが調べてくることが、何だかわからねえこのもやもやした状況に風穴を開けるきっかけになるかもしれねえ」

「役小角について調べることが……」

「そうだ。おい、俺が無駄なことをやらせていると思うか？」

「いえ」

丸木は、確信を持てぬまま迎合するように言った。「そうは思いません」

「頼むぞ。俺はそういう調べものは苦手なんだ」

「このまま、また図書館に向かいます」

「そうだな。おまえは、本部でおとなしくしていろと言われたわけじゃない。俺は本部に戻る」

丸木はふと思い出して言った。

「正門の前には、先生らしい人たちが集まっていましたね」

「当然だろう」

「その中に、水越陽子がいませんでした」

「ああ、俺もそれに気づいたよ」

高尾は言った。「そいつも気に入らないことの一つだよ」

8

ぎっしりと書き込まれたノートがすでに二冊たまっていた。丸木は三冊目のノートを用意して図書館に向かった。これまで、調べたことを、ノートを眺めながら頭の中でまとめていった。

役小角が、出雲系であり、上古・古代の日本では金属の生産に出雲民族が深く関わっていたことはわかった。出雲民族は、特に鉄の生産にたずさわった民族であり、賀茂氏も古くは製鉄に関わった氏族であるという記録もある。その作業の様子が里の人々にとっては地獄の鬼のように見えたということも容易に想像がついた。

オズヌは修験道の祖と言われる。修験道には密教の影響が多く見られる。共に護摩を焚き、あがめる神仏にも共通点がある。そして、修験道の特徴は山を修行の場とすることだが、密教僧もさかんに山で修行をする。

火と山。これは、密教の本質に関わっている。密教というのは、もともと錬金術であると主張する学者たちがいる。火は金属を精錬するための重要な要素であり、山は鉱物を掘り出す場所だ。古代インドのさまざまな聖典の最も重要な秘密は錬金術だということだ。カーマスートラというのは性的な教典とされているが、あれは男女の交わりになぞらえた金属の化学反応、つまりプラスイオンとマイナスイオンの交わりが隠されているのだと述べる学者もいる。

そうした技術を役小角が持っており、鬼、つまり出雲系の民族を使役してさかんに錬金術を行っていたとしたら、時の権力者からはきわめて危険な人物に見えただろう。金峯山から葛城山に橋を架けさせようとしたという伝説があるが、これも採掘の現場から自分の領地である葛城山に鉱物資源を運ばせるルートを作らせようとしたのだと解釈すれば納得できる。

役小角の呪術というのは、一般に思われているような霊的なものではなく、錬金術であったと考えたほうが合理的だ。朝廷を脅かすほどの呪術というのは、錬金術を基本とした薬学や一般の人々には魔力としか見えない化学の知識であると解釈したほうが納得がいく。

古代のことと言うと、人々は迷信深く、霊的なものが支配しているような錯覚を起こしがちだが、実際にはそうでもないのだろうという気がする。政治というのはいつの時代でもドライなものだ。伝説を細かく読み解くと、明らかに役小角は政治犯だ。それは役小角が、朝廷に対して現実的な脅威となる何かを行っていたことを意味している。鬼と呼ばれた人々を使役したくらいで政治犯となるとは思えない。

そう考えると、やはり、錬金術やそれに関わる化学の知識を持っていたというのは説得力があるような気がする。

ここまでは大まかな推論だ。役小角が正史に登場するのは、人々をその呪術によって惑わしているという韓国連広足《からくにのむらじひろたり》の密告によって罪に問われ、伊豆大島に流されたということだけだ。それをさまざまな角度から補ってみたに過ぎない。

小角という人物に迫ったという実感はない。彼は賀茂氏であったことはわかったが、その賀茂氏のこともはっきりとしない。

そこで、丸木は、賀茂氏について調べてみることにした。

賀茂氏あるいは加茂氏はともに、古くは鴨《かも》族だった。

鴨族は、もともと古代大和の豪族で、その祖先はどうやらきわめて古い時代に出雲から渡ってきたらしい。賀茂一族の先祖神は、須佐之男命《すさのおのみこと》の息子である饒速日《にぎはやひ》だ。

そして、一説には、神武《じんむ》東征の際、激しく抵抗をした土蜘蛛《つちぐも》と呼ばれる部族や長髄彦《ながすねひこ》も鴨族の一派だったという。

出雲の国を治めていた須佐之男命は、息子である饒速日を大和に遣《つか》わせし国造りをさせた。饒速日は、出雲民族の特徴である採鉱と製鉄の技術を駆使して山や野を開いて国を造っていった。

それが、葛城・金剛山系の麓だ。だが、やがて、そこに葛城一族が侵入してくる。葛城は朝廷の権威を巧みに利用しながら、賀茂一族の領土と権利を侵していく。河内《かわち》王朝が誕生すると、葛城氏は朝廷と婚姻を結んで力を伸ばす。さらに、雄略《ゆうりゃく》天皇の時代になると、葛城氏による賀茂一族への弾圧はいっそう強まる。以来、賀茂一族は被支配階級である役民《えだちのたみ》となった。そして、隷属を嫌った一部の者は、生地を捨てて葛城山から吉野・熊野の山に入り、漂泊の民となったのだ。雄略天皇の時代に賀茂一族が葛城氏に弾圧されながらも、勢力を保持していたことを示唆するエピソードが『古事記《こじき》』や『続日本紀』に見られる。まず『古事記』によると、狩りに出た雄略天皇は、自分とまったく同じ恰好をしている人物に出会う。雄略天皇は、「この倭国《わこく》には、自分のほかには王はいない。おまえは何者だ?」と問う。すると、相手はこうこたえる。

「私は悪事《まがこと》も一言、善事《よごと》も一言で言い放つ、葛城の一言主《ひとことぬし》だ」

それを聞いた雄略天皇は、百官が持っていた弓矢や剣、衣服までも差し出し、ひれ伏した。

一言主というのは、饒速日の神霊で、つまり賀茂一族を象徴しているのだという。このエピソードは、当時、賀茂一族は、まだ天皇すらうかつに手を出せないほどの勢力を誇っていたことを意味している。

あるいは、それも古来彼らが持っている採鉱・製鉄の技術のおかげだろうか。

だが、『続日本紀』には、雄略天皇がいつも自分と狩りの成果を競おうとする一言主に怒り、一言主を土佐《とさ》に流したと記されている。

葛城一帯に勢力を誇っていた賀茂一族も、ついに雄略天皇の時代に滅ぼされたということだろう。役民を直接支配していたのは、葛城一族だ。その支配は、蘇我《そが》氏がこの土地にやってくるまで続く。そして、小角が生まれたのは、蘇我氏の全盛時代で、賀茂一族は蘇我氏の支配下にあったという。

丸木は混乱した。

『続日本紀』によれば、小角の行いを朝廷に密告したのは韓国連広足だとされているが、『日本霊異記《にほんりょういき》』などに見られるように、密告者は一言主だったとする記録も多い。それは、小角が金峯山から葛城山へ石の橋を架けろという無理難題を一言主に強いたからだったと言われている。

その一言主が同じ賀茂一族だったという。これはどういうことなのだろう。

さらに、小角の一族についてもさまざまな説がある。小角の氏姓は、賀茂役君《かものえのきみ》だと言われている。役は家柄を意味し、君は役職を意味する。そして、役というのは使役に従事する役民のことで、賀茂氏は零落して葛城氏や蘇我氏に隷属する使役の民であり、小角の家はその中の族長のようなものだったという説がある。

また、一方で、君というのは公職であり、かなり身分が高かったという者もいる。何かの役割を担って、世襲的に宗家の賀茂氏を援助する家柄だったと主張する学者もいるし、葛城の賀茂氏の先祖の霊を祀《まつ》ることを職能とする役だと言う者もいる。

賀茂氏はもともと製鉄に長けていたので、採鉱の役を意味しているという説もある。つまり、奴隷的な身分から政府の役人まで諸説あるわけだ。

正確なところはわからない。だが、かつては葛城のあたりに広大な領土を持っていた大豪族の賀茂氏は、葛城氏、蘇我氏、朝廷の三重の侵攻に遭い、零落して離散した。土地に残った賀茂一族は使役に従事する身分に落ちぶれており、小角が生まれた家はその賀茂一族の族長のような立場にあったのだろう。

丸木はそう理解した。葛城山もかつては賀茂山と呼ばれていたという。

一言主を使役したというのは、一言主を祀っている一族を使役したと解釈することができる。一族を指導して使役に付かせる小角の立場のことを言っているのかもしれない。賀茂氏は皆等しく一言主を祀っていたはずだ。

もし、一言主が小角を密告したという説を信じるのなら、それは同じ一族でありながら、何らかの重い使役を強いる小角に対する同族の反感から生じた出来事なのかもしれない。

たしかに、そういう説もある。

小角を密告したのが、『続日本紀』に書かれているように韓国連広足であったのか、それとも一言主を祀る同族の者であったのか、丸木には判断することができなかった。いずれにしろ、小角の罪状は謀反《むほん》の計画だったに違いない。

賀茂一族は、葛城氏に支配されたが、その背後には朝廷があった。蘇我氏の支配を経て、蘇我氏断絶の後は、直接朝廷の支配下に置かれる。土地と権利を奪われた先祖代々の怨みが、賀茂一族の中に脈々と伝えられていたことは容易に想像できる。

役小角は、賀茂氏の復権を密かに計画していたのかもしれない。製鉄の技術を持ち、さらに錬金術という科学力を持っていた小角は、それを拠り所《よりどころ》に、山野を開拓し賀茂一族の領土を獲得しようとしたのかもしれない。金峯山と葛城山の間の石の橋というのは、その一環だったとも考えられる。

だが、同族の中にもその行いを恐れる者はいたはずだ。朝廷に対する謀反に荷担しているという恐れだ。長年の隷属の生活で、賀茂氏の復権など不可能だと考える人々もいただろう。そういう人々が、謀反に荷担することの恐れに耐えられず、密告するということはあり得ないことではないような気がした。

そう考えると、宗教人としての小角ではなく、同族を辛い立場から解き放とうという一種の革命家のイメージが浮かんでくる。人々を動かすにはカリスマ性が必要だ。

それは、古代においては宗教的なものと密接に結びついていたはずだ。もともと、小角の家系は優秀なシャーマンを生む家柄だったらしい。陰陽道《おんみょうどう》が、中国から三韓《さんかん》を経て日本にやってきたのは推古《すいこ》天皇十年（六〇二）のことと言われるが、六三一年頃にはすでに陰陽寮《おんみょうりょう》ができている。さらに、七五七年、孝謙《こうけん》天皇が発した養老律令《ようろうりつりょう》では、陰陽頭《おんみょうのかみ》の下に陰陽博士、暦博士、天文博士、漏刻《ろうこく》博士などが置かれ、それぞれその下に学生《がくしょう》が配されることが定められている。

その陰陽頭は大体、賀茂氏が世襲していたという。その賀茂氏から稀代《きたい》の陰陽師《おんみょうじ》、賀茂保憲《やすのり》が出ている。有名な天文博士、安倍晴明《あべのせいめい》は、保憲の父、忠行《ただゆき》から二代にわたる弟子だった。

役小角の賀茂役君家と、保憲の家系は直系ではないが、同じ賀茂氏だ。こう聞くと、賀茂一族は何か霊的な血筋のように思えるが、実は、そうではないと丸木は気づいた。当時の陰陽道というのは、宗教というより科学なのだ。もともとは中国の道教《どうきょう》なのだが、道教は宗教というより科学だった。そこで、丸木は思い出した。密教と錬金術の関わりだ。密教というのは、錬金術の秘密を象徴的に伝えるためのものだという説がある。

そして、道教も同様なのだ。道教における陰陽の思想は、錬金術における化学変化、つまりプラスイオンとマイナスイオンから来ていると説く学者もいる。

古代中国では、道教を修めた人を方士《ほうし》というが、方士は宗教家というより科学者であり技術者だった。

つまり、日本における陰陽寮も今で言うと気象庁と科学技術庁をプラスしたような役所だったわけだ。その陰陽寮を代々賀茂氏の系統が担っていたというのはうなずける。それは、役小角の錬金術にもつながる。

さらに、丸木はさまざまな本を読み進むうちに、奇妙な記述を見つけた。

賀茂氏つまり、鴨一族というのはもともと渡来人で、各地に集落を作ったが、イズモとイズは同様に彼らの一大集落であり、聖地だったというのだ。これを記しているのは学術書の類ではない。たぶんにセンセーショナリズムの感じがする、どちらかというとエンターテインメントに属するような本だ。

この類には眉唾ものが多い。しかし、丸木はこの本に魅力を感じた。無視できない記述があるように感じたのだ。

例えば、古代、伊豆に集落を作っていた賀茂氏は、伊豆七島そのものをご神体としていたという。これは、役小角が伊豆大島に流されたことと関係があるような気がする。もし、伊豆七島、聖地云々が事実なら、役小角は同族が聖地とする島に流されたということになる。これでは刑罰ではない。朝廷はそのことを知らなかったのだろうか？

　また、賀茂氏は身分を明らかにしないために、多くの姓を作ったという。松平《まつだいら》もその一つでその中には徳川家康《とくがわいえやす》も含まれている。家康は賀茂氏の末裔《まつえい》だったというのだ。賀茂氏の集落の一つに岡崎があり、家康はそこの出というわけだ。

　京都で祭りと言えば葵《あおい》祭のことだった。葵祭は、賀茂神社、つまり賀茂氏の神社の祭りだ。そして、徳川家の紋章は葵だった。そして、この葵の紋というのは、もともと葵巴紋《あおいともえもん》だ。巴紋というのは蛇を祀る民族のシンボルだという。蛇は鉄を産出する民族に共通するトーテムで、インドでも蛇神ナーガの像に巴のシンボルが刻まれているそうだ。出雲神族は竜蛇、つまりウミヘビをトーテムとしていた。

　丸木は、役小角が出雲系であり製鉄の技術を持っていることをすでに知っていた。この本の著者は、賀茂氏、古くは鴨族は、出雲神族であり、日本史は後世に書き換えられたものだらけだというのだ。

　丸木は、日本の歴史の暗く深い淵をのぞき込むような気分になった。その本の表紙をあらためて眺めた。

『出雲神族・怨念のネットワーク』というタイトルだ。中堅どころの出版社から出されている。著者の名前は、更木衛。さらき・まもると読むのだろうか？

　調べれば調べるほど確かなことがわからなくなり、丸木は誰かの助けを借りたくなった。第一、丸木には古代日本の歴史に関する知識がそれほどなかった。今から勉強し直している暇はない。

この著者に尋ねれば、賀茂氏や小角について詳しいことがわかるかもしれない。そう思い、丸木は『出雲神族・怨念のネットワーク』という本の出版社と更木衛《さらきまもる》の名前をノートにメモした。

9

自由民政党の真鍋不二人は、個人事務所で久保井昭一からの電話を受けた。

「南浜高校での騒動をご存じですか？」

「ああ」

真鍋は、苦々しく言った。「テレビで見た。あれはいったいどういうことなんだ？」

「一部の生徒が学校を占拠したということなのですが」

「『菊重』に現れたガキどもと関係があるのか？」

「間違いなくやっているのはあの連中ですよ。学校側では表だって発表はしていませんが、県のほうに、密かにそういう情報が流れていました。首謀者は、赤岩だろうと……」

「やはり、赤岩か」

「私は、本当の首謀者は赤岩ではなく、賀茂のほうだと思っておりますが……」

真鍋は舌打ちした。

「どっちだっていい。つまり、あのガキどもがやっているということなのだろう？　何とかならんのか？」

「機を待ってケリをつけますよ」

「機を待つ？」

「騒ぎが起きたばかりで、警察や報道陣も緊張しています。膠着《こうちゃく》状態が続けば、気もゆるみます」

「それで、どうするというのだ？」

「極道のやり方は昔から変わりませんよ」

「おまえはとっくに足を洗ったものと思っていたがな……」

「もちろん。私は堅気ですよ。だが、私のために動いてくれる連中はまだいくらでもいます」

その口調は、実にさりげなかったが、それだけにかえって自信を感じさせた。真鍋は一瞬、久保井という男の恐ろしさを感じ取り、複雑な気分で言った。

「とにかく、うまくやってくれ。こんなことで計画に支障をきたすとも思えんが、蟻の一穴から堤も崩れるという喩《たと》えもある」

「心得ております。私は、この騒動はチャンスだと考えているのです」

「チャンスだって？」

「そうです。騒ぎに乗じて、赤岩と賀茂を始末できれば……」

さすがの真鍋も眉をひそめた。

「おい。始末するだと……？　二人を消すというのか？」

「申しましたでしょう。極道のやり方は昔から変わりません」

真鍋は言葉を失い、ただ唸っただけだった。

「では、失礼します」

電話が切れた。受話器を置いた真鍋は、その姿勢のまま、しばらくじっと正面の壁を見つめていた。


「どうも、腑《ふ》に落ちねえ……」

丸木が県警本部に戻ると、高尾が自分の席で背もたれに体を預けてうめくように言った。席に着いたばかりの丸木は驚いた。

「何がです？」

「赤岩は何を考えているんだ？」

「さあ……」

「それに、あのナイスバディーの女教師だ」

「水越陽子ですか?」

「あそこにいなかったというのは、どういうことだと思う?」

「えーと、どういうことなんでしょう……」

「おまえ、あのナイスバディーが赤岩のガンメタのゼットに乗っていたと言っていたな」

「見たのは一瞬です。確かなことは言えませんが……」

「はっきりしてくれよ」

丸木は、あのときの驚きと衝撃を思い出した。たしかに見たのは一瞬だった。しかし、丸木が衝撃を受けたのは事実だ。それは、間違いなく水越陽子だったことを物語っている。

丸木はうなずいた。

「ええ、間違いないと思います」

「おまえ、車の運転はできるか?」

「はい……」

高尾はポケットからキーホルダーを取り出した。その鍵の束から一つのキーを取り外した。それを丸木に差し出す。丸木は訳がわからず、キーと高尾の顔を交互に眺めた。

「俺の車を貸してやる。水越陽子の家へ行ってこい」

「行ってどうするんですか？」

質問してから丸木は、しまったと思った。警察官がする質問ではない。怒鳴られる、と反射的に首をすくめた。

だが、高尾は体を背もたれにあずけたままの姿勢でじっと考えていた。

「とにかく、水越陽子が自宅にいるかどうか確かめるんだ。いたら、何でもいいから尋問しろ。赤岩の車に乗っていたかどうかを質問してもいい。それは、彼女にプレッシャーをかけることになる。いなかったら、すぐに戻ってこい。居場所を探す必要はない」

丸木は複雑な気分だった。水越陽子に会いに行くのは、正直言って悪い気持ちはしない。しかし、赤岩のガンメタに乗っていたという事実を考えると、気分が落ち込むのだった。

しかも、高尾が何を考えているのかよくわからない。子供が使いに出されるようなものだ。だが、ここで逆らっても意味はない。丸木はキーを受け取って、立ち上がった。

「悪いな」

高尾が言った。「俺もいっしょに行きたいんだが、どうやら課長は本気のようだ。これ以上好き勝手はできそうにない。ここでしばらくおとなしくしているしかない」

珍しく神妙な物言いに、丸木はかえって恐縮してしまった。何を今さら、と思わないでもないが、あらためてこういう言い方をされるとどうしていいかわからなくなる。

「行ってきます」

丸木は言った。午後二時になるが、まだ昼食をとっていなかった。出かけたついでに昼飯でも食おうと思った。「途中で連絡を入れます」

高尾は返事をしなかった。すでに別のことを考えているようだった。丸木は、肩すかしを食ったような気分で部屋を出た。

ぶつけたら何を言われるかわからないと思うと緊張して、運転がぎこちなくなった。しかもマニュアル車を運転するのは久しぶりで、交差点で発進するたびに細心の注意をもってクラッチをつながなければならなかった。

車を降りて、水越陽子の部屋に近づくと、少しばかり心臓がどきどきした。

だが、水越陽子は留守だった。

丸木はまたしても拍子抜けしてしまった。携帯電話を取り出し、高尾に連絡した。

「水越陽子は留守ですね」

「だろうと思った」

高尾は言った。

「どういうことです？」

「これは、俺の想像だから笑うなよ」

「え……？」

「おそらくな、水越陽子は南浜高校の中にいる」


横浜駅西口からそれほど遠くない一等地に、久保井建設のビルはそびえ立っている。地上二十六階、地下二階の近代的なビルだ。その最上階の社長室も、ビルの外観以上に堂々としたたたずまいだった。

グレーのカーペットが敷き詰められている。部屋の一方は一面の大きな窓になっており、横浜の街を見下ろすことができる。町並みの向こうに港が見えていた。

その窓を背にして、久保井昭一は両袖のおそろしく大きく重厚な机に向かっていた。広い社長室には、十人は楽に座れる柔らかな革張りのソファがコの字に並んでいる。ホテルの最上級のスイートを思わせる部屋の中で、大きな神棚だけが場違いな感じを与えた。

久保井昭一は、机の前に直立不動の姿勢を保っている男に視線を注いでいた。冷ややかに底光りする眼だ。その眼は表情の柔和さとは裏腹に、久保井の本来の素性を物語っている。

「行方《なめかた》、面倒を掛けるな」

久保井は言った。

行方と呼ばれた男は、恐縮したように心持ち頭を下げた。気を付けをしたままだった。

髪をオールバックにしている。年齢は四十代の前半。淡い色の付いた眼鏡を掛けている。着ている背広は黒で、ズボンはゆったりとしていた。いかにも高級そうなプレーントゥの革靴をはいており、身だしなみは悪くないのだが、どこか崩れた感じが隠せなかった。

肩幅が広く胸板も厚いのだが、腹が出ており不摂生を物語っていた。

その男は頭を心持ち下げたまま、きっぱりとした口調で言った。

「あとは、この横浜覇龍会《はりゅうかい》の行方俊蔵《としぞう》にお任せください」

「どのくらいの人数を動かせる?」

「命知らずを十人ほど……」

「十人……?」

久保井の表情が曇った。行方は、その顔を上目遣いに見ると、むちで打たれたように身を固くした。

「間違いのない仕事をする連中です」

「おまえは相手が誰なのかわかっているのか?」

「相州連合の赤岩猛雄です」

「極道者も手を焼く相手だとわかっているのだな?」

「充分に心得ております。相州連合は、たしかに侮れませんが、今、あの学校に立てこもっている人数は二十人から三十人……。こちらは頼りになる人間をそろえます。プロがアマチュアに後れをとるはずがありません」

「その油断が命取りになるかもしれん。いいか? 相手は赤岩だけではない。周囲には警察もいる。騒ぎを起こせば、ただでは済まぬぞ」

「お任せください。その点も考慮してあります。おそらく、事の後には、突っ込んだ若い衆全員が検挙されるでしょう。それは覚悟の上です」

「赤岩を始末できるか?」

「もちろんです。突入するのは選ばれた連中です」

「銃を用意できるか?」

「は……?」

横浜覇龍会の行方は、不意を衝かれたように、久保井の顔を見た。久保井はあくまで無表情だった。

「できれば、銃を持って行け。そして、人数を二十人に増やせ」

「そこまでする必要がありますか？　相手は高校生です」

「おまえは、あの連中に会っていない」

「はい」

「赤岩の後ろに、賀茂晶という少年がいる。おそらく、赤岩を動かしているのがその賀茂晶だ」

　行方は、訝しげに眉を寄せて言った。

「あの相州連合総長の赤岩を……？」

「会った者でなければ、わからぬ。どうせ、警察に捕まるのは覚悟の上なのだろう？　ならば、言われたとおりにしろ」

　行方は一瞬躊躇していたが、すぐに姿勢を正した。

「わかりました。おっしゃるとおりにします」

「何としても、南浜高校の解体とその後の造成、そして公営住宅の建設は、この久保井がやらなければならない。恥を言うようだがな、真鍋先生に対する面子《メンツ》だけではない。この仕事が、久保井建設の命運を分かつのだ」

「そんな……」

「事実だよ。建設業界にとって、今は厳冬の時代だ。我が社も巨額の負債を抱えておる。いい時代は過ぎ去ったのだ。我々も生き残りをかけた戦いに打って出ねばならないのだ」

行方は、複雑な表情だった。ゼネコンには無尽蔵の金があると、誰もが信じていた時代があった。それから十年も経っていない。

行方は言葉を失ったように、ただ直立していた。

「すまんが、この年寄りを助けてくれ」

そう言われた行方は、何も言わずただ深々と頭を下げた。

丸木は、ハンバーガーショップで遅い昼食を十分間で済まし、本部に戻った。高尾は席にいなかった。あちらこちら、探し回ったあげく、取調室の一つにいることがわかった。その居心地の悪い狭い部屋で、スチールの机に向かい、高尾はうずくまるようにしてじっとしていた。

その姿は打ちひしがれているようでもあり、一心に祈りを捧《ささ》げている聖職者のようでもあった。丸木は、半ば開いた扉の前で、声を掛けられずに立ち尽くしていた。

高尾が眼を上げ、戸口にいる丸木を見た。丸木は、何か言わねばならないと思ったが、言葉が出てこない。今まで見たこともない高尾の姿に戸惑っていた。

「おう、ごくろうだったな」

高尾の声を聞いて、呪縛を解かれたような気分になった。

「こんなところで何をしてたんです？」

「考えてたんだ」

高尾は両手の指を組み、それを額に当てたまま上目遣いに丸木を見ていた。丸木はその眼が意外にも思慮深さと理性を感じさせるのに気づいた。

「考えてたって、何を……」

「いったい何が起きつつあるのか、だ」

丸木は、不思議な気分だった。なぜかはわからないが、一人取調室の中で思索していた高尾の姿に感銘のようなものを感じていたのだ。それはたしかに犯しがたい雰囲気だった。

「何が起きつつあるか……？」

「あるいは、赤岩や賀茂が何を考えているか……」

「学校を占拠したことですか？」

「それは、ほんの一部に過ぎねえ」

「一部？」

「いいか？　赤岩と賀茂は、東京で誰かを怒らせるようなことをやった。それはどうやら南浜高校の廃校問題に関係あるらしい。俺は調べたよ。あの学校をつぶして、その後に公営住宅を建てるという計画がある。その入札が近々行われるらしい。いくつかの業者が名乗りを上げているんだが、こういう大きな公共事業には談合や汚職が付き物だ」

「それが、赤岩や賀茂晶とどういう関係があるんです？」

「わからねえよ。だから考えていたんだ。だがな、警視庁を動かして俺たちに赤岩や賀茂晶のことを調べさせたり、俺が動けないように圧力をかけたり……。そんなことができるのは、かなりの大物だ。そして、公共事業やそれに匹敵するような大きな事業で上前をはねたりして汚え金《きたね》を稼ぐことができるやつは限られている。建築業界に顔が利く保守政党の大物政治家くらいのもんだよ」

丸木は、高尾の言うことに論理の飛躍や思い込みがないか慎重に検討していた。話の筋は通っている。

「つまり、南浜高校の廃校問題には、誰か大物政治家が絡んでいて、そこに汚職の疑いがあるということですか？　賀茂晶や赤岩は、それを防ごうとしていると？」

「やつらは汚職なんざどうでもいい。南浜高校を廃校にしたくないだけだ。仲間を連れて俺たちの前に現れたとき、賀茂晶が何と言った？　ここは自分の土地だと言ったんだ」

「彼らは、東京に行って南浜高校の廃校とそれに伴う公営住宅の建設に関わりのある政治家に会ったということですか？」

「会ったというのは控えめな言い方だな。そいつを怒らせるようなことをしたんだ」

「でも……」

丸木は言った。「それと学校の占拠がどう繋《つな》がるんです？」

「廃校にしたくないという一心で立てこもったのかもしれない」

「それって、あまりに子供じみていませんか？　そんなことをしたって、計画がなくなるとは思えませんよ」

「騒ぎを起こすのが目的なのかもしれねえ。学校で騒ぎが起きれば、計画を推進したいやつが動き出す」

丸木は、かぶりを振った。

「動くのは、県とかの自治体の連中でしょう。黒幕は絶対に姿を見せませんよ。もし、この事業を巡って、大物の政治家が暗躍しているとしたら、そいつは誰かを動かすだけです。自分では決して動きません」

高尾は、じっと同じ姿勢で上目遣いに丸木を見つめていた。

「俺もその点が引っかかっている。いかにも高校生の考えそうなことだと言っちまえばそれまでだが、おまえの言うとおり、あの赤岩がそんな子供っぽいことをするとは思えねえ。もし、赤岩が大物政治家に会ったのだとしたら、少なくともやつは汚職の構造を知っていたということだ」

「そうですよ」

「学校を占拠するというのは、赤岩のやり方じゃねえ」

「赤岩のやり方じゃない？」

「そう。賀茂晶が言いだしたとすれば、俺は納得する」

「なぜです？」

「あのときの賀茂を思い出していたんだ。あいつは妙なやつだった。覚えているか？俺が、少年が煙草を吸うのは法律違反だと言ったときのことだ。あいつはそんな法律は知らないと言ったんだ。ふざけたことを言うと思ったが、今思えば、あいつは本当に戸惑った様子だった。ひょっとしたら、本当にそんな法律のことを知らなかったのかもしれねえ」

「そんな……。未成年者の喫煙が法律違反ということは誰だって知ってますよ」

「だが、あいつは知らないのかも知れねえ。妙に世間離れしたところがあった」

「そうでしたか？　実をいうと、僕はあまりよく覚えていないんです」

「あいつは、今の政治の仕組みだとか法律だとかということを知らないのかもしれない」

「それ、どういうことです？」

「わからねえよ。だが、直接、政治家に会いに出かけたんだとしたら、そんなことを考えつくのは、世の中の仕組みを知らないからこそできることだ。そんな気がする」

「あるいは、時の政府のことを何とも思っていなかったか……」

「何だそりゃ」

「小角ですよ。彼は、朝廷に対して密かに謀反の計画を練っていたようなのです。彼が生まれた大和の賀茂氏は、朝廷や蘇我氏、葛城氏などに弾圧されて、その領土と権利を奪われ、奴隷のような生活を強いられていたようなのです」

「だから、役小角は謀反を計画したと……？」

「それほど事情は単純じゃなさそうです。もっと複雑に入り組んだ事情がありそうなのですが……。一説によると、その謀反を朝廷に密告したのは、一言主《ひとことぬし》だといわれていますが、一言主というのは、もともと賀茂氏が祀っている神です。これは、一言主を祀っている一族が小角を密告したと解釈することもできます」

「おいおい……」

高尾はようやく組んでいた指を解いて、パイプ椅子の背もたれに寄りかかった。

「俺は賀茂晶の話をしているんだ」

「賀茂晶はオズヌと名乗っています」

「おまえまで、賀茂晶が役小角の転生者だなどと言いだすんじゃねえだろうな?」

「そうだとしたら、賀茂晶の行動も説明がつくんじゃないですか? 役小角が賀茂晶に乗り移っているのだとしたら、現代の政治や社会のことをよく知らないというのもうなずけます」

「転生者か……」

高尾は、椅子にもたれたまま、思案顔で天井を見つめた。「そういうふうに見えるちゃんとした理由があるはずだ。飛び降りたときの衝撃は半端じゃなかっただろう。そして、あいつは生死の境をさまよった。そういうことが原因で記憶喪失になったとも考えられる。現実的なことを忘れちまったのかもしれない。そして、どこからか、役小角の知識を仕入れて、第二の人格を自分で作った。そういうことも考えられる。母親が言っていただろう。あいつはすっかり変わってしまった、と。俺にはそういう説明のほうがぴんと来る」

「賀茂晶が記憶喪失だと証言した人間は一人もいませんよ」

「俺たちがそういう質問をしなかったからだ。ま、いずれにしろ、専門家の意見を聞かなけりゃならないな……」

「そうですね……。あ、それで思い出しました。役小角のことを知るには、賀茂氏のことを知らなければならないと思い、いろいろ調べたのですが、どうも素人には手に負えないことが多くて……。古代出雲の氏族について書かれている本を見つけまして、その出版社と著者をメモしてきました。その著者に連絡を取って会ってみようと思うのですが……」

「古代出雲の氏族だって？」

「ええ。『出雲神族・怨念のネットワーク』という本なんですが……」

「何だ、そのシンゾクっていうのは？」

「神の一族と書きます。おそらく、神話に登場する一族ということなんだと思いますが……」

「それが、賀茂氏のことだというのか？」

「そうじゃありません。賀茂氏は、出雲出身の部族の一つなんです」

「ああ……。そういう話だったな……」

「あの……。ひとつ気になるんですが……」

「何だ？」

「国や自治体の公共事業にまつわる汚職……。こういう話は、僕たち少年課の担当じゃありませんよね」

「ああ、そうじゃねえ。捜査二課やそれこそ警察庁《サッチョウ》の仕事だ」

「それに、学校の占拠事件もどちらかというと、警備部の仕事ですよ」

「言いたいことはわかる。だがな……」

高尾はゆっくりと身を乗り出し、丸木を見据えた。「赤岩や賀茂晶が何かをやろうとしている。それがどういうことなのか見極める必要がある。あいつらは少年だ。間違ったことならば罰する。言うことを聞かなければ叩きのめす。だが、もしかして正しいことなら、褒《ほ》めてやらなけりゃならん。そして、正しいことをするために苦しんでいるのなら、いっしょに戦ってやらなければならねえんだ。俺はな、それが少年課の仕事だと思っている。ずっとそうやってきた」

丸木は言葉を失った。もしかしたら、今日一日で、高尾に対する評価が劇的に変わるかもしれない。そんな気がしていた。

高尾は言った。

「さしあたって、その何とかいう本を書いた人物に会ってみようじゃねえか。すぐに連絡を取れ」

丸木は、今までとは違った気分で高尾の命令を聞いた。

「はい。出版社に連絡してみます」

返事をする自分の声にいつもより張りがあるのを自覚していた。

10

南浜高校に立てこもっている生徒たちは、警察や教師の呼びかけにこたえようとはしなかった。依然として何の要求もない。

中の様子がまったくわからず、警備部では苛立っているようだった。本部内を情報と噂が飛び交った。どうやら、強行突入を検討しているらしい。

このままでは、授業もできず、他の生徒に対する影響も懸念される。警備部ではそう言って、学校を説得しているらしい。

高尾はそういう本部内の話を、まるで聞いていないようなそぶりだった。しかし、聞き耳を立てていることは明らかだ。それが丸木にはわかる。

丸木はまず、『出雲神族・怨念のネットワーク』の出版元に電話した。この本が出版されたのは数年前で、担当者は異動になっており、見つけだすのに時間がかかった。

さらに、その担当者から著者の、更木衛の電話番号を聞いたはいいが、なかなか連絡が取れなかった。何度かけても留守番電話だった。県警本部の電話番号を教えたが、こういう場合、向こうから電話がかかってくることはあまり期待できない。

警察と聞いて、あわてて電話してくる一般市民も多いが、更木衛はどうやらそういう人間ではないらしい。

結局、連絡が取れたのが、終業時間の五時十五分間際だった。

「警察が、いったい何の用かね？」

甲高い声が受話器から響いてきた。

「ええ……。先生は『出雲神族・怨念のネットワーク』という本をお書きになりましたね？」

「書いた。あれが問題なのか？　まさか戦前のように不敬罪に当たる、などと言わんだろうな？」

「いえ、捜査上、ちょっとわからないことがありまして、お教えいただければと思いまして……」

「どんなことだね？」

「実は、賀茂氏についてなんですが……」

「お、賀茂氏」

更木衛は、驚いた様子だった。「なあるほどなあ……。現実に警察が動くとは思っていなかったな……。昔は内閣調査室あたりが、調べておったという話を聞いたことがあるが……。ということは、あんたは公安なのか？」

内閣調査室？　公安？

丸木は訳がわからなかった。

「いえ、私は少年課です」

「少年課？　それがまた、何で賀茂氏を……」

「ここで事情を説明するわけにはいかないのですが、実は役小角について調べておりまして……」

「役小角か……。賀茂役氏だな……」

「お会いして、お話をうかがうわけにはいきませんか？」

「逮捕状を持ってきたりはせんね？」

「……しません」

「あんたは運がいい。私は、地方に取材に出かけることが多くてね、明日からまた出かけねばならない。一週間ほど帰らない。今日のうちなら会えるが……」

「ちょっと待ってください」

丸木は受話器の送話口を掌《てのひら》でおおい、隣の高尾に尋ねた。

「例の本の著者ですが、明日から地方へ出かけるようです。今日のうちなら会えると言ってるんですが……」

「行こうじゃないか。幸い、勤務時間も終わる。課長の縛りが解けるからな……」

丸木はうなずき、受話器に向かって言った。

「では、今からうかがわせていただきます。どちらへうかがえばいいですか？」

「私の自宅に来てくれ。住所は……」

丸木はメモした。

更木衛は、東京都狛江《こまえ》市に住んでいた。多摩川を渡ってすぐだ。幸い横浜からそれほど遠くない。

「これから、夕飯を食わなきゃならん」

更木衛は言った。「八時頃でどうかね？」

「けっこうです。では、八時にうかがいます」

丸木は電話を切り、住所を書いたメモを高尾に渡した。高尾は、それを眺めると立ち上がった。

「帰宅する時間だ。夕飯でも食いに行こうぜ」

行方俊蔵は、久保井昭一に言われたとおり、二十人ほどの人数をそろえようとした。とても横浜覇龍会の若い衆だけでは手が足りない。準構成員もかき集めなければならなかったが、準構成員は、横浜の暴走族や不良たちで、彼らには赤岩の名前が浸透しており、南浜高校と聞いたとたん二の足を踏むのだった。

それでも何とか人数を確保すると、段取りを説明した。構成員は、九寸五分の匕首《あいくち》を持ち、準構成員たちは金属バットや鉄パイプを持つ。

また、一番の兄貴分に拳銃を持たせた。

行方俊蔵は、あまりぐずぐずしてはいられないと思った。

警察だっていつまでも、睨めっこを続けているとは思えない。打開策を見つけようと必死になっているはずだ。

行方の手の者たちより早く、警察が突入してしまっては、元も子もないのだ。

事務所にその連中を集めた行方は、一同を見回して言った。「やることは単純だ。ダンプカーで正門から突っ込む。そして、中にいる連中を叩きのめして、赤岩と賀茂を消すんだ。久々の戦争だぞ。警察にぱくられた後のことは気にするな。何とか軽い刑で済むように手を打ってやる。行って、ハク《ヒネ》を付けてこい」

「いいか、おまえら……」

誰もがぎらぎらと眼を光らせている。闘志というよりも、追いつめられた獣を感じさせる。どの眼も血走っていた。

行方は、拳銃を渡した相手を見た。韮崎怜治《にらさきれいじ》という名で、まだ二十代だが若い衆をよく束ねていた。度胸が据わった男で、普段はおとなしいが、逆上すると何をするかわからない。

酒場の喧嘩《けんか》で、何度も相手を半殺しにしている。半年前の喧嘩で病院送りになり、未《いま》だに退院していない相手もいる。もちろん警察沙汰になったが、現場の店の従業員は決して怜治に不利な証言はしない。後でどんな目に遭うかわからないからだ。それで、警察もたいした手が打てず、じきに怜治は戻ってきた。

怜治は、髪をぴしっとセットしており、一見ホストのような優男《やさおとこ》に見える。それが曲者《くせもの》なのだ。彼は、顔色ひとつ変えずに倒れた相手のあばらを踏み折り、顔面に硬い靴の先を叩き込む。

行方が最も信頼している組員だった。

「頼むぞ、怜治」

行方は言った。「思う存分、暴れてこい」

韮崎怜治は、冷ややかな眼差しでかすかにうなずいただけだった。

行方は、もう一度一同を見回し、大声で言った。

「さあ、行け」

韮崎怜治は、ダンプの助手席に座って、ヘッドライトに照らし出される景色を見つめていた。荷台に乗った連中は残らず興奮している。彼らを捉えているのは恐怖かもしれなかった。それでもいい。恐怖に我を忘れたやつらは、けっこういい仕事をしてくれる。怜治は、一人、冷静に考えていた。

もともと腹の据わった男だが、今はベルトに差したオートマチック拳銃のずっしりとした重さがさらに彼を落ち着かせていた。

学校の周りはまだそれほど開発が進んでいない。周囲は住宅街だが、古い家は少なく、アパート・マンションといった集合住宅が多かった。

道の先に、警察の集団が見えてきた。その外に報道関係者が陣取っている。どちらにも緊迫感は感じられない。長い睨めっこが続き、集中力が低下している。学校の周囲を固めている機動隊員たちにしてみれば、退屈な時間なのかもしれない。

現在、仕事のほとんどは上層部による学校側との話し合いだ。

韮崎は、唇をかすかに歪《ゆが》めて笑った。すると、吸血鬼のような犬歯がのぞいた。

「おい、一泡吹かせてやろうぜ」

運転手はハンドルにしがみつくようにして身を固くしている。

「そう固くなるな。簡単なことだ。アクセルを目一杯踏み込めばいいんだ。さあ、突っ込むぞ」

「はい」

運転している若者は、憑《つ》かれたように正面を見据えている。ダンプのエンジンが吼《ほ》えた。ヘッドライトの光の中、警官たちや報道陣が何事かと振り返った。彼らは、背後にはまったく無警戒だった。

機動隊員や報道陣を蹴散らすようにダンプは突っ込んだ。鉄格子の門に激突した瞬間、激しいショックと金属がきしむ音がした。ダンプはそこでいったん停止していた。

運転手は、ギアを激しく動かし、ダンプをバックさせると、再度突っ込んだ。机や椅子のバリケードが崩れ落ち、ダンプはその残骸に乗り上げた。何かがダンプの底を激しく擦《す》る音がする。二度三度と巨体を震わせた後に、ダンプは再び前進を始めた。校庭に乗り入れると、ダンプは急停止した。韮崎は、激しく体を揺すぶられたが、相変わらずフロントガラスからまっすぐ正面を見据えていた。

「さあ、ガキどもに遊びと本当の喧嘩の違いを教えてやろうじゃないか」

韮崎は、ドアを開けると校庭に飛び降りた。ダンプのフロントはすっかりひしゃげている。鉄格子の門の残骸を引きずっているのが見えた。

荷台から次々と若者が降りてくる。韮崎は、彼らの前に立ち、校庭から校舎を見つめた。突然、野太いエンジン音がとどろき、直後に目の前がまばゆく光った。韮崎は、とっさに手を掲げて目をかばった。しかし、明かりを見てしまった後で、目がくらんでいた。

どうやら、明かりはバイクのヘッドライトのようだった。四基のライトが見える。その後ろの闇に、集団が隠れていた。

さすがに赤岩……。喧嘩慣れしてやがる……。

韮崎が心の中でつぶやいたとき、背後がにわかに騒々しくなった。警官隊が突入してくるのだ。

「行くぞ」

韮崎は叫んだ。「後れをとるな!」

警官隊と赤岩の仲間に挟まれる形になった横浜覇龍会の集団は、その号令で一気に前進した。

バイクのアクセルをあおる音が響き渡り、四台のバイクがその集団に突っ込んできた。

韮崎は、集団の後ろのほうから駆けていった。

ガキどもの相手は下っ端に任せればいい。俺の仕事は、赤岩と賀茂という二人のガキを消すことだ。

周囲はとたんに怒号とうめき声に満ちた。肉と骨を殴打する鈍い音が響き、悲鳴を上げる者もいる。それに、バイクの爆音が混じり、騒然とした。激情とすさまじいエネルギーがぶつかり合う。韮崎のすぐそばを何かが通り過ぎていった。それは空気を切る凶悪な音を立てていた。鉄パイプだとわかった瞬間に、韮崎の残忍な血に火がついた。

二撃目を加えようとする相手に体当たりを食らわせ、ひるんだところにパンチを見舞った。正確にコントロールされたパンチで、左が鼻を捉え、右が横から顎《あご》を捉えていた。

相手がすとんと目の前に膝をつく。そのこめかみに肘を叩き込んだ。相手は地面にうつぶせに倒れる。それでも韮崎は容赦しなかった。倒れた相手の顔面を、まるでサッカーボールのように蹴った。

足の甲に、したたかな重みと顔面がつぶれる感触が伝わり、性的な興奮にも似た快感を覚えた。

韮崎は、そいつが持っていた鉄パイプをもぎ取った。握りの部分にアスレチックテープがまいてある。滑り止めだ。

体は火照《ほて》り始めたが、逆に頭の中はしんと冷えていくようだった。目の奥がちかちかと光るような気がする。そうなった韮崎はもう止まらない。金属バットをかざして突っ込んでくる相手に対して、まっすぐに鉄パイプを突き出した。その先端が顔面を捉える。闇の中でも歯が飛び散るのが見えた。

悲鳴を上げて棒立ちになった相手の脛《すね》を、鉄パイプで容赦なく殴りつける。相手はひとたまりもなく転がった。さらに、韮崎は鉄パイプを振り上げては、倒れた相手に振り下ろした。当たるを幸いに殴りつける。肉を打ち、骨を折る感触がはっきりとわかる。

その感触が伝わるたびに、胸の中にどす黒い快感がわき上がる。

これがヤクザの喧嘩だ。わかったか。

韮崎は、無言で啖呵《たんか》を切ると、さらに前進した。周囲は、すさまじいありさまだった。闇の中でときおり、冴え冴えと光るのは匕首だ。それが機動隊の特殊警棒とぶつかり合い、さらに、南浜高校の生徒の鉄パイプや金属バットと交差する。

校庭はたちまち血の染《し》みだらけになった。闇の中でそれは黒々と見える。

すでに四台のバイクは転倒しており、エンジン音は聞こえなくなっていた。それに代わって大きくなるのは、機動隊員の雄叫《おたけ》びと怒号だった。

韮崎は、じきに機動隊によって制圧されてしまうことを悟っていた。機動隊に捕まる前に、赤岩と賀茂を見つけて銃弾を撃ち込まなければならない。

韮崎は、校庭を突っ切り校舎に向かった。行く手を遮《さえぎ》るやつは、誰であろうが鉄パイプで叩きのめした。韮崎も肩や腰に打撃を食らい、そのつどひどい衝撃を受けて足がもつれそうになったが、結局は相手をなぎ倒していた。こういうときは勢いに勝るものはない。韮崎はそれを知っている。

やがて、韮崎は校庭の修羅場を抜けて校舎に到達した。玄関は閉ざされていたが、かまわず鉄パイプを叩きつけ、戸口を破って侵入した。明かりは点いていない。非常口の緑の表示が光っているだけだ。

「赤岩！　賀茂！　どこにいる。出てこい」

韮崎は怒鳴りながら、廊下を進んだ。

突然、廊下が明るくなった。照明が灯ったわけではない。明かりは窓の外から来ていた。機動隊の大型投光器だった。校庭が照らし出されている。その光が窓から差し込んだのだ。すでに、校庭はおおかた機動隊によって制圧されていた。

韮崎は、はっと立ち止まった。窓から差し込む明かりに人の姿が浮かび上がった。

人影は三つ。

一人は、大柄の少年で顔に凶悪そうな傷があった。学生服を着ている。彼が赤岩であることはわかった。人相を知っていたし、噂も聞いていた。そして、一人はまったく場違いな感じの少年だった。やはり学生服を着ているが、こちらは、きちんとボタンをはめており、見るからにおとなしい感じがした。顔立ちは端正だ。

あとの一人は女だった。かっちりとしたスーツを着ている。モスグリーンのパンツスーツだった。青白い光に照らし出されたその顔は怪しいほどに美しく、スーツを着ていてもその肉体の豊かさははっきりとわかった。

「赤岩、それに賀茂だな……」

韮崎は言った。女は計算外だ。だが、構うことはない。この二人の少年は赤岩と賀茂に違いない。ならば、さっさと仕事を片づけるだけだ。

韮崎は拳銃を抜いた。

赤岩は銃を見ても顔色を変えない。さすが、噂の赤岩だな……。韮崎は思った。だが、驚いたのは、賀茂のほうもまったく表情を変えなかったことだ。女も少しばかり表情を固くしただけだった。

何なんだこいつらは……。

ほんの一瞬だが韮崎は戸惑った。その一瞬を衝くように、賀茂が口を開いた。

「いかにも、われらの姓《かばね》は、赤岩に賀茂だが……」

韮崎はさっさとスライドを引いて二人に弾丸を撃ち込むつもりだった。こういうときにテレビドラマのように決め台詞を吐いたり、相手と会話をするものではない。ただ引き金を引けばいいと思っていた。

しかし、どうしたわけか、賀茂の声を聞いた瞬間に、彼の話を聞かなければならないような気がしてきた。

「わが名はオズヌだ」

その言葉が、静寂を破る鹿威《ししおど》しの音のように響き渡ったような気がした。賀茂の眼が光って見えた。その眼が、まるで映画のズームのように迫ってくる気がする。二人の位置は変わっていない。だが、たしかに眼だけが近づいてくるような気がする。

くそっ。俺は何をやっているんだ……。

また、賀茂の声が聞こえてきた。

「名は何と申す?」

「名前?」

韮崎は、まるで別人がしゃべっているような感覚で自分の声を聞いていた。「名前だって? 俺の名前か? 俺は韮崎だ」

「それは氏か姓であろう? 名は何と申す?」

「怜治だ。俺は韮崎怜治」

何で、俺は名乗っているんだ。話などしていないで、撃たなければ……。

「怜治!」

賀茂の声が響いた。とたんに、韮崎は、意識がどこか別のところに行ってしまったような気がした。

「怜治。我らを撃つことはならん。銃を降ろせ」

眼だ。あの眼を見てはいけない。

そして、あの声を聞いてはいけない。

そう思ったときはもう遅かった。拳銃を持つ韮崎の手はゆっくりと下がりつつあった。韮崎は、意識のはるか遠くでけたたましい怒号とおびただしい足音を聞いた。

ああ、機動隊がやってきた……。

赤岩が動こうとしたのを見たような気がする。

そのとき、賀茂の声が聞こえた。その声だけがはっきりと聞こえる。

「よい。後鬼。控えておれ」

次の瞬間、韮崎は何が何だかわからないまま、大勢の人間にもみくちゃにされた。


更木衛の家は、古い一軒家だった。世田谷通りからやや奥に入ったところにあり、壊れかけた板塀に囲まれている。

玄関に現れた更木衛は、小柄な老人だった。年齢は六十を過ぎているだろう。髪は白く、さらに額の髪の生え際がかなり後退している。残った脇の髪はもさもさと横に広がっていた。目が大きく、それがよく動く。

彼は甲高い声で、丸木と高尾の二人を迎えた。

「警察が賀茂氏のことを聞きに来たか。これは、穏やかではないな。もしかしたら、彼らは日本の動乱の火種になるかもしれない。それを知ってやってきたのか?」

玄関でいきなりそう言われた丸木は面食らった。

「しかも、役小角のことを調べているという。これはきわめて興味深いな」

「いえ、私たちは、ただ役小角の家系である賀茂一族がどういう家柄だったか知りたいだけで……」

そう言い掛けたとき、高尾の携帯電話が鳴った。

「失礼……」

高尾は、電話に出てほとんど無言で相手の話を聞いていた。やがて、「知らせてくれて恩に着るぜ。すまねえな」と言うと電話を切った。

丸木は、何事かと高尾を見た。高尾は、丸木に言った。

「南浜高校にヤクザ者が突っ込み、騒ぎになったんで機動隊が制圧した。そして、その場にいた全員が検挙された」

「全員……?」

「ああ。赤岩に賀茂、それに……」

高尾は大きく息を吸うと、それを吐き出してから言った。「それに、水越陽子もだ」

ある程度予想していたことだが、やはり丸木は衝撃を受けた。

「何事か知らんが」

更木が甲高い声で言った。「どうするんだ? 話を聞くのか、聞かんのか?」

高尾は、丸木を見たままで言った。

「賀茂たちの身柄は押さえているんだ。とにかく、この先生の話を聞かせてもらおうじゃねえか」

丸木はうなずくしかなかった。

「ならば、ぐずぐずしてないで、上がりなさい」

更木が二人に背を向けて言った。「役小角に、賀茂氏だって？　警察が？　こりゃ、本当に面白い」

丸木は、それがどういう意味なのかまったくわからず、無言で更木に付いて行くしかなかった。

11

「男所帯なのでな、愛想はないぞ。まあ、茶くらいは出すが……」

更木衛は、高尾と丸木をリビングルームらしい部屋に案内すると、湯を沸かしに台所へ行った。

家の中はどこもかしこも本と資料の山だった。案内された部屋も、いちおう応接セットが置いてあるものの、テーブルの上にもソファの上にも本があふれている。床にも書物が積まれており、その隙間を歩くといったありさまだった。

そのうちに、この古い家は本に押しつぶされてしまいそうだと丸木は思った。片づけようにも、これだけの量だとどうしようもないのだろうと、他人事ながら絶望的な気分になる。しかし、その一方で、丸木はこの家の雰囲気を好ましく思っていた。妙に居心地がいい。

更木は、高尾と丸木に茶を出すと、自分もうまそうにすすった。

「男やもめにウジがわくというがな、男の一人暮らしなど見てのとおりだ。だが、わしは男やもめではないぞ。なにしろ、一度も結婚しておらんからな」

丸木は驚いた。更木衛はどう見ても六十歳を過ぎている。それで一度も結婚したことがないというのは、丸木の常識とはかけ離れていたのだ。

だが、高尾にとってはどうでもいいことのようだった。丸木は高尾が苛立たしげに自分のほうを見ているのに気づいた。

丸木は慌てて言った。

「夜分に恐れ入ります。明日、ご旅行だそうで、時間も限られていると思いますので、さっそくお話をうかがいたいのですが……」

更木は、また茶をすすった。大きな目を丸木に向けた。まるでいたずらっ子のような眼だと丸木は思った。こちらに隙があればなにかいたずらを仕掛けようと狙っているような眼だ。それでいて邪気がない。

「賀茂氏の何が訊きたい？」

そう尋ねられて、丸木は困った。どこから尋ねていいかわからない。

「まず、賀茂氏というのはどういう位置づけなのかを知りたいのですが……」

更木は、いっそういたずらっ子のような顔になって、にっと笑った。

「芸のない質問だな。そういう質問なら、大学に勤めている学者にでもするんだな。芸のない質問には、芸のないこたえで充分だろう。賀茂氏はもともとは出雲の出身といわれる、大和の豪族だ。古代豪族の一つで、蘇我氏の台頭でその勢力を奪われた。こんなこたえでいいかな？」

「かなり力のあった豪族なのですか？」

「あった。宗教的な影響力もあったと指摘する学者も多い。賀茂氏は渡来系といわれているが、大陸系のシャーマンの伝統を受け継いでいたといわれている」

「それで、陰陽頭を世襲したわけですね？」

「ふん。ちょっとは勉強しているらしいな」

「有名な安倍晴明は、賀茂忠行、賀茂保憲の二代にわたる弟子で、賀茂保憲は稀代の陰陽師といわれたそうですね」

「そのとおりだ」

「そのあたりがちょっとわからないのです」

「何がだ？」

「陰陽寮というのは、朝廷の公式な役所でしょう？　今でいえば科学技術庁と気象庁をいっしょにしたような……」

「もっと力があっただろうな。古代の日本においては、暦や天文は重大な政策を決定する際にもおおいに利用された。伝染病が流行れば、その対処にも追われただろう。水害や干ばつといった天災の際も駆り出されただろうし、朝廷が何か建物を建てるという際にも呼び出されただろう。旅行の日取りを決めるにもお声がかかった。その上、ちょっとした医者のようなことまでやらされていたんだ」

「つまり、陰陽頭を世襲していた賀茂氏というのは、朝廷の要職についていたわけですよね」

「そういうことになるな」

「でも、賀茂氏というのは、葛城氏・蘇我氏さらに大和朝廷に弾圧され、勢力がそがれて一族の多くは山に離散したといわれていますね」

「古代豪族の宿命だな」

「弾圧されて、勢力を失ったにもかかわらず、朝廷の要職に就いているというのはちょっと納得できませんね」

「利用されていたのさ」

「利用？」

「大和朝廷はよくそういうことをやるんだよ。まあ、大和朝廷と一言で言っても一つの系統なわけじゃない。いくつかの王朝が入れ替わっている。新羅系の王朝もあれば、百済系の王朝もあった。それらは微妙に戦争の仕方も支配の仕方も違うのだが、まあ、おしなべて言えるのは、力のある豪族には、実質を取り上げて名誉を与えるということをよくやる。賀茂氏だけじゃない。秦《はた》氏を知っているか？」

「やはり、渡来系の豪族ですね？」

「そう。山城《やましろ》の国の大豪族だ。あのあたりの治水工事をやり、恭仁京《くにきょう》や長岡京、そして平安京と遷都するたびに誘致して造成を行ったのが秦氏だ。しかし、その勢力は表立ったものではないという印象がある。平安京では大蔵省のようなことを任されていたが、やはり役人に過ぎない。朝廷の仕事を言いつけられてはいるものの、その一族の多くはやはり賀茂氏と同じく、郷里を追われて山に離散した。そう。賀茂氏と秦氏は、約百年ほどの時を経て、よく似た運命をたどっているのだ」

丸木の横で高尾が腕を組んだ。気になってちらりと様子をうかがうと、高尾はじっと更木衛を見つめていた。真剣に話を聞こうとしているようなので、丸木はほっとして質問を続けた。

「大和朝廷は、ただ賀茂氏を利用していただけだというのですか？」

「懐柔策でもあるし、人質でもある」

「それはどういうことですか？」

「一言主《ひとことぬし》という神がおってな……」

「知っています。賀茂氏が祀る神ですね」

更木衛は、初めて丸木が何かを言ったかのような顔をしてみせた。つまり、丸木がそこそこに知識を持っていることをようやく認めたのだろう。

「ならば、雄略天皇と一言主の話を知っているか?」

「知っています。雄略天皇が狩りに出たときに一言主と出会ったエピソードですね」

「そう。一言主は、誰何されて堂々と名乗り、雄略天皇は、恐れて自分の持っていた武器はおろか、部下のものまで集めて一言主に差し出したと伝えられている。これがどういうことかわかるかね?」

「神話や伝説に出てくる神というのは、それを祀る氏族や部族を表しているといわれますね? ということは、一言主を祀る賀茂一族が、雄略天皇が恐れるくらいの勢力を持っていたということではないですか?」

更木衛の機嫌がよくなりはじめた。それが、表情でわかる。

「そうだ。雄略天皇の時代、つまり五世紀頃には、賀茂氏は葛城山を中心におおいに栄えていたのだろう。雄略はその様子を見てこれはまずいと思ったのかもしれない。だから、懐柔したり、人質のような恰好で朝廷で働かせたりというような必要があったんだ」

「その後、雄略は、一言主を四国の土佐に流しています」

「そう。それは、おそらく賀茂氏の中でも祭祀を司る要職にあった者を土佐に流したということだろう。つまり、一種の宗教弾圧だ。一族のアイデンティティーを奪ったわけだ」

「どうにも、そうした記述が矛盾しているように思えて仕方がないのです。簡単に、島に流すことができる相手なら、恐れる必要はないじゃないですか」

「記紀《きき》の記述なんぞをまともに受け取るからだよ。あんなものは、時の為政者によって都合のいいように何度も書き換えられている。ある意味で、日本人ほど歴史を大切にしない民族はいない。それにも理由があるのだがな……」

「理由……？」

「上古・古代の日本はさまざまな民族の吹き溜まりだからな。祀る神もさまざま、言語もさまざまだ。大和朝廷ですら、幾つかの民族が交代している。もちろんその政権交代のたびに言語も変わったことだろう。めまぐるしい民族の交代。そのたびに、歴史が書き換えられる。日本には、中国における漢民族のような絶対多数の民族がいなかったのだ。だから、それぞれの歴史が細切れになっていった。後に中央集権を築いた皇室は、さまざまな民族の断片的な歴史を寄せ集め、新たな歴史を作らねばならなかったんだ」

「言語がさまざま……？」

「当然だろう。新羅系の人間は新羅の言葉をしゃべり、百済系の人間は百済の言葉をしゃべる。その他、少数民族系の渡来人はまた別の言葉をしゃべっただろうな。奈良の正倉院はシルクロードの終点といわれているのを知っているだろう。シルクロードを伝わってきたさまざまな宝物が納められていた。だが、伝わってくるのは物だけではない。文化も宗教も言語も伝わってくる。君、スメラ学塾というのを知っているか？」

「聞いたことがあります」

丸木は記憶をまさぐった。「たしか、日本語のルーツは、メソポタミアのシュメール語だと唱える戦前の学者集団ですね」

「そう。あるいは、ユダヤの学者の中には、ヘブライ語と日本語が共通していると主張する者もいる。たしかに、人名などはヘブライ語と共通するものが多い。オノ、カノウ、ナオミ、エリ、シバ、フルタなどという人名や地名はイスラエルにも多く見られる。また、日本語はウラル・アルタイ系の言葉だと主張する学者もいれば、古代インドのドラヴィダ語やタミール語だと言う学者もいる。古代朝鮮語が一番日本語に近いという者もいる。それは、どれも当たっており、同時にどれも外れている。上古の日本の状態を知らないから、そういう主張をするのだ。おそらく、縄文時代は大きく分けて二つの言語が話されていたはずだ。一つはウラル・アルタイ語、一つは南方から入ったドラヴィダ語・タミール語などの南方系の言葉。その基本の上に、メソポタミアあたりの古代語が乗っかった。ウル・シュメールの言葉などだ。さらに、その上に古代朝鮮語が乗るわけだ。そうして日本語ができあがった。だから、日本語を分析すれば、これらの言語の痕跡が見られるのは当たり前なんだ」

丸木は、再び心配になって高尾の顔を盗み見た。だが、高尾はじっと更木衛の話に耳を傾けていた。

「古代日本に、そんなにいろいろな言葉があったなんて、考えたこともありませんでした」

「君、不思議に思ったことはないかね？」

「は……？」

「平城京で、どんな言葉が話されていたか……」

「いえ……」

「例えば、舒明《じょめい》天皇の葬儀は、百済川のほとりにある百済宮で、百済式に行われていた。おそらく、すべて百済語で執り行われたに違いない。それが、天武《てんむ》天皇の時代になると、新羅の言葉が使われる」

「日本語ではなかったのですか？」

「少なくとも、公用語はな。だから、公用文はほとんど漢文で書かれている。そのほうが通りがよかったんだ。大和言葉といわれる日本語の原型もできつつあったのだろうが、共通語としては使いにくかったに違いない」

「でも『古事記《こじき》』は日本語で書かれているんでしょう？」

「それにもさまざまな異説がある。解釈できない言葉がたくさん出てくる。覚えていないか？『古事記』は韓国語で解釈したほうがわかりやすいという説を唱えた女流の学者がいて話題になったことを……。また、『古事記』はヘブライ語で解釈できるというイスラエルの学者もいるし、シュメール語で解釈したほうがわかりやすい訳ができると今でも主張している学者もいる。だいたい、あの記述は何だ。漢字を使っているのだが、あるところでは音読み、あるところでは訓読み。あんなでたらめな記述があるものか。あれは、もともと音だけを頼りにそれに無理やり漢字を当てたからあいうことになったわけだ。さっきも言ったように、適当な書き換えも行われているしな……。もっと思い切ったことを言えばだな、書き換えられた部分だけが、解釈しやすいんだ。もともとの記述の部分は現在でも謎のまま残されている」

「大昔、日本にはいろいろな民族がいたということはわかった」

高尾が言った。丸木は何を言いだすのかひやひやしていた。

「……いろいろな言葉で生活していたということも理解した。だが、肝腎の賀茂氏はどこへ行ったんだ？　お互いに時間を無駄にはできない立場だと思うが……」

「あんたはせっかちだな。研究にせっかちは禁物だ」

「俺は研究をしに来ているわけじゃない。ただ、賀茂氏のことを知りたいだけだ」

「だから、焦るなと言っておるのだ。上古、古代の豪族は、それこそさまざまな言葉を使っていたが、それでも互いに通じないわけではなかった。古代朝鮮の公用語が中国語だから、中国語を中心に、新羅語、百済語などを理解できれば、話は通じたのだ。だが、そうでない豪族もいた。それが出雲系だ。わしはそう思っている」

「出雲系が？」

「そう。出雲系は、明らかに朝鮮半島系、大陸系の豪族とは違った文化と言語を持っていた。もちろん、時代が下れば言語も混じり合っていく。おそらく、陰陽寮を世襲した家柄の賀茂氏は時代的にも中国語を話すことができただろう。しかし、雄略天皇が出会った頃の賀茂氏はまったく違う言葉を話していたに違いない。出雲系は古い民族だ。日本土着の縄文人ではなく、やはり大陸から渡ってきた民族だろうが、その時代がおそろしく古い。縄文時代の前期だろうか……。やがて、彼らが倭人《わじん》と呼ばれるようになる。倭人は中国人から見ると独特の言語を話していた。それは、日本に渡来する以前に持っていた言語と、縄文人の言語が融合したものだろう。それが最も古い大和言葉と言えるかもしれない。さて、話を戻すが、雄略天皇は、狩りをしていて賀茂氏の領土まで入り込んだ。そこでは、自分たちと異なった言語と文化を持つ人々が栄えていた。雄略が恐れたのは、賀茂一族の軍事力ではない。その文化と技術力だ」

丸木はうなずいた。

「冶金の技術ですね?」

「ほう……。おまえさんは、なかなか勉強しておるな。そう。金属の発掘と精錬、そして鉱脈を発見する能力だ」

「鉱脈を発見する能力?」

「そう。鉱脈を見つけるために山々を巡る人々を山師《やまし》というだろう。一流の山師は、山から立ち昇る色合いによってどんな金属の鉱脈があるかわかるのだそうだ。例えば、山から赤色が立ち昇っていれば、そこには鉄の鉱脈がある。青ければ銅、紫色ならば金……。これはどうやらイオンの色らしい。一流の山師は山から立ち上る金属イオンを見分ける能力があるらしい。これは重要な能力だ。金属の精錬の技術などは比較的簡単に身につけられるかもしれないが、この鉱山を発見する能力はそうはいかん」

丸木は、頭の中がめまぐるしく回転してくるのを感じていた。

「……つまり、雄略天皇は、そうした賀茂一族の技術力に気づいたというわけですね。技術集団だった賀茂一族は、軍事力では雄略天皇には及ばない。それで、後に祭祀の要職にある者があっさり四国に流されてしまうことになる……」

「なかなか呑み込みが早いな。金属に関わる技術は、当時では先進の技術だった」

「そして、時の権力者はその技術を独占したがった……。朝廷に対して大国主《おおくにぬし》系の出雲が、大きな勢力を持ち続けたのも、製鉄の技術のおかげだといわれていますが……」

「鉱脈を見つける技術は出雲人の伝統だったろうからな」

「密教の真の奥義は金属の精錬だという本を読んだことがあるのですが……」

「これはますます驚いた。少しは君のことを見直さなければならないようだ。そう。密教には冶金の技術にまつわる要素が多いことは多くの学者も指摘している。まず、密教修行は山と深く結びついている。そして、さかんに護摩《ごま》を焚く。火だ。さきほど、山師たちは金属イオンを察知すると言っただろう。金属の酸化・還元に最も激しく関与するのは、火だ。さらに、火は金属を溶かして精錬するためにも不可欠だ」

「賀茂氏である役小角《エンノオヅヌ》が、修験道《しゅげんどう》の祖と言われるのは、その金属精錬の技術がおおいに関係しているのですね？」

「役小角か。そういえば、役小角について調べているというようなことを言っておったな」

「はい。それで、まず彼の出自である賀茂氏について知りたいと思ったわけです」

「君の言うとおり、修験道というのは密教と共通点が多い。修行の場は山だし、やはり火を尊ぶ。それは、出雲人の特徴でもあるわけだ」

突然、高尾が質問した。

「今、賀茂氏ってのはどうなってる？」

丸木は怪訝そうな顔で高尾を見た。

この質問は、あまりに突拍子もない。古代の豪族が今どうなっていると言われても、こたえられる者はいないだろう。これは、藤原氏が今どうなっていると尋ねるのと同じことだ。

更木衛はさぞあきれるだろうと思ったが、驚いたことにそうではなかった。彼は、不敵ともいえる笑みを浮かべて訊き返した。

「どういうこたえを期待しているのだ？」

「別に……。訊いたとおりだ」

「簡単にはこたえられないな。国家権力に関わる人間がそういう質問をする……。危なくってかなわん」

丸木は、更木衛が何を言おうとしているのかわからなかった。

「国家権力？」

高尾が鼻で笑った。「認識を改めてもらおう。俺たちはただの地方公務員だ。神奈川県の職員に過ぎない」

「賀茂氏は全国に散らばった。そして、それぞれの土地に居着いて、多くの枝葉を生んだ。日本各地に、火に関する古い祭りがあるが、それに賀茂氏が関与していると考えてまず間違いない。一説には、徳川家康が賀茂一族の末裔だと言われているが、これもうなずけんことはない。そして、賀茂氏は、多くの呪いの伝説に関わっている。まあ、このへんでかんべんしてくれ」

「呪い……？」

「例えば、だ。四国は、一言主が流されたという土地だ。そこに、後に弘法《こうぼう》大師・空《くう》海《かい》が八十八ヶ所の霊場を開いた。空海は言わずと知れた真言宗《しんごんしゅう》の開祖、つまり、密教僧だ。どうだ？　繋がるだろう？　四国は曰《いわ》く付きの土地なんだ。そこにはさまざまな呪いが封じられているといわれるが、その呪いにはおそらく賀茂氏が関与しているはずだ。また、徳川幕府の最大の秘密は、賀茂氏に関する事柄だったという者もいる」

「あんた、『怨念のネットワーク』とかいう本を書いているな？　それは、現代でもその怨念が生きているという意味なのか？」

「さあ、どうかな……。だが、怨念とか呪いというものをばかにしちゃいけないよ」

「例えば……」

高尾は、じっと更木衛を見据えて言った。「誰かが、俺は役小角の生まれ変わりだと言いだしたら、あんたはどう思う？」

「いかれていると思うだろうな」

高尾はさらに更木衛を見つめ続けた。まるで、容疑者に尋問をしているようだと、丸木は思った。

やがて、高尾が体の力を抜くのがわかった。張りつめていた部屋の空気が和らいだ。

「まあ、そうだろうな」

「そんな者が実際におるのかね？」

「気になるか？」

「興味深いね。役小角は、日本の歴史上でも有数の霊能力者といわれている。その役小角を名乗るのだから、さぞかし立派な人物なんだろうな」

「だが、正史に残っている役小角は、鬼をこき使って謀反を企てたらしいということだけだろう？　あとは、後の世の人々が伝説をくっつけたに過ぎない。例えば、仏教のPRのためにその名が利用されただけだろうと、この丸木が言っていた」

丸木は、慌てて補足した。

「役小角が使役した鬼というのは、おそらく製鉄に従事していた出雲系の人々でしょう。たぶん、同族の賀茂一族のことかもしれません」

「ふん。役小角が大きな影響力を持っていたことは事実だ。その影響力はどこから来るものだと思う」

「冶金の技術力でしょう。当時の最新の技術力と言い換えてもいいです」

「そう。だが、それは当時の日本においてはきわめて霊的、宗教的な力と不可分なのだよ。インドの例を考えてみるといい。冶金や錬金術の技術は宗教的な最強の秘法とされ、後に密教となった。例えば、だ。呪術《じゅじゅつ》と称して金属性の薬物や毒物を自由自在に操ったとしたら、その人物は呪術者として恐れられるようになるだろう。それにな、山師の話をしただろう？　山のイオンを見分ける能力だ。いわば山の精気を感じ取る力。こうした能力を磨くためには、修行が必要で、それは当時においては宗教的な修行となんら変わらなかったに違いない。優秀な山師の能力というのは、霊能力と言ってもいいのだ」

「役小角は単に技術だけではなく、実際に霊能力を持っていたということですか？」

「……というより、当時は霊能力というのは科学技術の延長上にあったものと考えたほうがいい。陰陽道などがいい例だ」

「その霊能力が、現代に蘇《よみがえ》るというようなことはあり得ますか？」

「それは私の専門外だな」

更木衛は、丸木に尋ねた。「それで、その役小角を名乗っているというのは、何者なんだ？」

丸木は高尾を見た。高尾は、さっと肩をすくめて言った。

「気にせんでくれ。ガキのたわごとだ」

「ほう、ガキのたわごと……？」

「神奈川県に住む高校生なんだがね……。名字が賀茂という。奈良に親戚がいるらしいから、自分が賀茂氏の末裔で、それなら役小角の生まれ変わりかもしれないなどと思いこんだんだろう」

丸木ははらはらしていた。高尾が、賀茂晶のことをぺらぺらとしゃべりだしたその真意がわからない。

更木衛はにっと笑った。

「どこにでも頭のおかしいやつはいる。それにしても、役小角とはな……。妙な思い込みをしたものだな……」

「まったくだ。言うことがでたらめなんだよ」

「まあ、高校生では無理もあるまい」

「役小角になりきろうとしているから、偉そうなことを言ってみたくなったりするんだな。それで、聖書の言葉を引用したりして馬脚を現す……」

更木衛の顔からゆっくりと笑いが消えていった。

「聖書……？　キリスト教の聖書か？」

「ああ、本人は気づいていないのかもしれないがね……。役小角が聖書を引用するかい？　どこかで聞いた話、くらいにしか思っていなかったのだろうな。普通のやつなら、煙に巻かれていたかもしれない。だが、たまたま、この丸木はミッションスクールに通っていて、聖書にかなり精通していたんで、それに気づいた」

更木衛は、今までにない真剣な表情を見せた。高尾はその変化を怪訝そうに眺めている。丸木は、その二人のやり取りを不思議な思いで見つめていた。

更木衛は、油断のない顔つきになっていた。

「こいつはたまげたな。それが本当だとしたら、その高校生は驚くほど研究をしているな……」

「どういうことだ？」

高尾が尋ねた。

「いや、あんたの言ったとおり、たまたま知っていた聖書の知識をしゃべってみただけなのだろう。そうだ。偶然に決まっている」

「何を言ってるんだ……？」

更木衛は、再び愉快そうな顔になった。

「役小角がキリスト教徒だったかもしれないという話だ」

丸木は更木の顔を見つめた。彼は冗談を言ったのかもしれない。ここは笑わなければならないところなのだろうか……。だが、更木は冗談を言ったという態度ではなかった。

「役小角がキリスト教徒だった……？　そんなばかな……」

丸木は言った。「キリスト教の伝来は、一五四九年でしょう？　役小角が生きていたのは七世紀です。キリスト教徒のはずがありません」

「一五四九年に伝来したのは、ローマ・カトリックだ。それ以前にも、その他のキリスト教が入ってきていてもおかしくはない。何せキリスト教の歴史は二千年もあるのだからな。さっきも言ったが、日本にはいろいろな民族が大陸から渡って来ていた」

「でもそれは、中国や朝鮮半島系の人々でしょう？」

「そうとは限らない。琉球には遠くインドや東南アジア、ミクロネシアなどから南方系の人々がやってきていただろうし、朝鮮半島を足がかりに船で渡って来た民族にしても、遠くシルクロードを旅して来た民族がいたかもしれない。事実、日本にはスキタイ文化の痕跡が見られる。騎馬民族征服王朝説というのを知っているかね？」

「はい。東大名誉教授の江上波夫《えがみなみお》が唱えた説ですね。たしか、朝鮮半島南部の加羅《から》を拠点に日本に渡ってきた騎馬民族が征服王朝として樹立したのが大和朝廷だという説ですね」

「そう。そして、その加羅を拠点にして日本にやってきた民族というのはおそらくスキタイ系の遊牧民族を指しているんだ」

「しかし、七世紀にキリスト教というのは……」

「古代の日本にキリスト教徒がいたというのは、今ではそれほど突飛な説ではない。かなり受け入れられつつある説なんだよ」

「本当ですか？」

「そう。それも、かなり有名な氏族がキリスト教徒だったといわれるようになってきた」

「有名な氏族？　それはいったい……」

「秦氏だよ」

「秦氏……」

「そうだ。秦氏の先祖は、キリスト教徒だったという説は、最近ではかなり有力になってきている。キリスト教徒というより、キリスト派に改宗したユダヤ教徒というほうが正確かもしれない。もっとも、正式な学会では無視されているがね……」

「秦氏というのは、中国系じゃないのですか？」

「どうしてそう思う？」

「あの始皇帝《しこうてい》がいた秦《しん》からやってきたのではないですか？」

「徐福《じょふく》伝説だな？　不老不死の薬を求めて蓬莱《ほうらい》の国を目指すと、秦の始皇帝をだまし、大勢の男女を連れて日本にやってきた。それが秦氏となったという説だ。しかし、それは俗説に過ぎない。秦氏というのはもともと、朝鮮半島の辰韓《しんかん》に住んでいた。馬韓《ばかん》、弁韓《べんかん》、辰韓の辰韓だ。しかし、辰韓にもともと住んでいたわけではない。辰韓においてはよそ者だったという記述が、『三国志』の東夷伝《とういでん》にある。中国から辰韓に渡り住んだのだと言われてはいるが、実は漢民族ではなく、中国の中でもよそ者だった。秦人という言い方だが、これは中国では柵の外の人という意味になるらしい。まあ、細かい論証をしているときりがない。結論から言うと、秦氏の先祖はシルクロードを渡り、遠くユダヤの土地からやってきた民族だという説が有力になっている」

「ユダヤ人だったのですか？」

「チベット人説、ホータン人説などいろいろあるが、わしはユダヤ人だったと思う」

「ユダヤ人なら、ユダヤ教なのではないですか？」

「その質問はきわめて的を射ている。彼らは自らをキリスト教徒とは言わなかっただろうからな」

「どういうことです？」

「おそらく、秦氏の先祖がユダヤの地を離れたのは一世紀の終わりから二世紀にかけてだ。つまり、イエズス・キリストが新しい教義を唱えたばかりでまだキリスト教などという言い方はないからな。彼らは自分たちの教義を完成されたユダヤ教と考えていたに違いない。あんた、ミッションスクールの出だということだな？」

「はい」

「ならば、ユダヤ教からキリスト教が生まれたという言い方は間違いだということを知っているだろう。イエズス・キリストは、ユダヤ教の隠された奥義であるカバラを公開したのだ。つまり、完全なユダヤ教を説いたのであり、現在ユダヤ教と呼ばれている宗教がむしろそこから分裂したと考えていい。つまり、イエズス・キリスト自身、彼の教えはユダヤ教だと考えていたんだ」

その考えには納得できた。イエズス・キリストは旧約聖書に預言されていたことが実現することを証明していった。そうした中で、戒律よりも信仰が、形式よりも心のありようが重要であることを説いたのだ。

「つまり、秦氏の先祖は原始キリスト教団の一員だったということですか？」

「そういうことになる。景教《けいきょう》、つまりネストリウス派キリスト教徒だったという説もあるが、ネストリウス派が生まれたのは四三一年のエフェソス会議において異端とされたからだ。そして、セレウキア・クテシフォンを本拠地と定めるのが四九八年。年代が合わない。その時期にはすでに秦氏は日本に渡って来ていた」

丸木は、高尾がどう思っているだろうと思い、そのにわかには信じられない話だ。

顔をそっと見た。高尾は、難しい顔をして考え込んでいる。

「納得していないようだな。ならば、幾つかの例を上げてみよう。広隆寺《こうりゅうじ》は秦氏が作った寺だ。別名が太秦寺《うずまさでら》。この広隆寺のそばに、蚕《かいこ》の社《やしろ》と呼ばれる秦氏ゆかりの神社がある。正式の名前は、木嶋坐天照《このしまにますあまてる》御《み》魂神社《たまじんじゃ》。ここに三本柱の鳥居がある。上から見ると正三角形をしている鳥居だ。こんな鳥居は日本全国を探しても、ここにしかない。これは、一説には、父と子と聖霊という三位《さんみ》を表しているといわれているし、正三角形というのは、ダビデの紋章である六芒星《ろくぼうせい》を略したものとして広く使われる」

「こじつけじゃないですか？」

「この蚕の社のそばに池がある。元糺《もとただす》の池と呼ばれている池なのだが、この池をイスラエル人が見ると、例外なく洗礼を受けるための池だと思うそうだ。まったく同じ池がイスラエルにもあるんだよ」

「それも偶然と考えられるんじゃないですか？」

「さらに、この神社のそばに、やはり秦氏が作ったオオサケ神社がある」

更木衛は、脇の書物の周りをごそごそとかき回して一枚の紙を取り出し、テーブルの上に転がっていたボールペンで、「大酒神社」と書いた。

「だが、もともとはこういう字を書いてオオサケと読んだ」

さらに、彼は紙に「大辟神社」と書いた。

「この大辟という字は不吉なので大酒と後世に改められたのだろう。大辟とはな、死刑のことだ。どうして、秦氏は神社にこんな名をつけたかわかるか？」

「さあ……」

「景教の中国語の教典に、こういう表記をする人物が登場する」

更木は、紙に「大闢」と書いた。さらに、大辟と大闢をボールペンの先で交互に指し示した。

「どうだ？　似ているだろう。ちなみに漢字というのは、つくりが音を表し、構えや偏《へん》が意味を表す。中国で略字を作るときは、たいていつくりで表す。音がいっしょだからそのほうがわかりやすいのだ。そう考えると、大辟と大闢は同じと考えてもいい」

「では、秦氏は、その神社に、その字で表される人物の名を付けたというわけですか？」

「それならば、死刑神社などという名を付けた理由も説明がつくだろう」

「その人物というのは誰なんです」

「ダビデだ。景教の経典に出てくるこの字はダビデの音訳だ。つまり、オオサケ神社はダビデ神社なのだ」

丸木は、言葉を失った。

驚く丸木を満足げに眺めながら、更木は言った。

「秦氏は、朝廷のために次々と都を誘致する。莫大な費用と労力をかけて都の造成をする。たいした見返りを求めた様子もない。これは不思議な行動だが、彼らが原始キリスト教徒だとしたら説明がつく。それは、平安京という名が物語っている。平安をヘブライ語に直すとシャローム、都はエル。平安京はエル・シャローム。つまり、エルサレムのことなのだ。秦氏はエルサレムを作ろうとしていたのだよ。彼らにとって、日本こそが、約束の地、カナンだったのかもしれんな。京都府の紋章は六葉花だ。これは平安京のシンボルだったそうだ。これは、明らかにダビデ紋の六芒星をアレンジしたものだし、太秦の京都撮影所のマークはそのものズバリ、ダビデ紋だ」

丸木は、こうした話を聞くと常に落ち着かなくなってくる。常識が覆されていくというのは、不安なものだ。彼は、何とか理性を保とうとして言った。

「秦氏が原始キリスト教団の信者だったかもしれないという話はわかりました。もし、そうだったとしても、それと役小角はどういう関係になるのです？」

「まず、秦氏と賀茂氏は密接な関係を持っている。秦氏と賀茂氏は同じ神様を祀った神社を建てている。松尾神社の総本山と言われる京都の松尾大社《まつのおたいしゃ》を作ったのは秦一族の秦都理《とり》だが、ここに祀られている松尾大明神は、下鴨神社に祀られている火雷《ほのいかずちの》命《みこと》と同一の神なんだそうだ。そして、上賀茂神社に祀られているのは、その息子の別《わけ》

雷　命《いかずちのみこと》だ。ちなみに、上賀茂・下鴨両神社に祀られているのは、いずれも雷神だが、旧約聖書に記されているように、ユダヤ教・キリスト教の神が姿を現すときは雷神の性格を持っている」

その話は、丸木も知っていた。賀茂氏と秦氏は、かなり古い時代に姻戚関係にあったようだ。

「さらに、さっき言った元糺《もとただす》の池のことがある。イスラエルの洗礼の池にそっくりだと言ったが、おそらくもともとはやはり洗礼のために作られたものに違いない。その習慣はそのまま下鴨神社に受け継がれた。下鴨神社には御手洗《みたらし》池というのがあり、ここで土用の丑《うし》の日に、今でも『御手洗祭』というのが行われている。文字通り手足を洗う祭りだ。さらに、だ。賀茂氏と秦氏の関係は、近世にも垣間見られる。徳川家康と服部半蔵《はっとりはんぞう》の関係だ。家康が堺を見物中に本能寺の変が起こった。家康は山中の伊賀路を通って、異例の早さで三河《みかわ》の岡崎に帰ることができたが、このとき案内をし、また伊賀・甲賀の地士《じざむらい》に話をつけて便宜を計らせたのが服部半蔵だ。徳川家康が賀茂氏の末裔なら、服部半蔵は秦氏の末裔だ」

更木の口調は自信に満ちている。丸木はなんとか批判的に考えようとしていた。だが、更木の話には説得力があった。

「秦氏と賀茂氏の関係もわかりました。でも、それだけじゃ役小角がキリスト教徒だったということにはならないでしょう？」

「役小角の出生譚を知っているか？」

「ええ、書物によっていろいろですが、一般的には、母親が……」

そこまで言って丸木は気づいた。「あ……、処女受胎……」

「そう。イエズス・キリストと同じだ。もちろん、役小角を神格化あるいは聖人化しようとする誰かによって作られた逸話だろうが、その伝説を作った人間はイエズス・キリストの出生譚を知っていたとは思わんか？」

丸木は再び言葉を失った。

「それに、賀茂氏が祀ったという一言主《ひとことぬし》だ。妙な名だ。わしはその名から聖書の一説を連想した。君は、ヨハネの福音書の冒頭を覚えているか？」

「はじめに御言葉があった。御言葉は神とともにあった。御言葉は神であった……」

「そのヨハネの書き出しの文句は旧約聖書・創世記の一章一節から来ている。聖書を学んだのなら、その御言葉というのが何のことか知っているだろう」

「神の三位《さんみ》の第二の位格……。つまり救い主のことです」

「一言主という名、わしはそこから来ていると解釈しておる」

丸木は否定する言葉が見つからなかった。更木が続けて言った。

「古代日本におけるキリスト教的な痕跡の陰には必ずといっていいほど、秦氏がいる。

聖徳太子は厩戸皇子《うまやどのみこ》と呼ばれるが、それは厩で生まれたからだといわれている。これはイエズス・キリストを連想させるが、知ってのとおり、聖徳太子の参謀役は、秦河勝《かわかつ》、つまり秦氏だ。役小角がイエズス・キリスト的な側面を持つのは、秦氏の影響かどうかはわからない。あるいは、賀茂氏が秦氏と姻戚関係を結んだ後に影響を受けたのかもしれん。何せ、役小角はキリスト的であると同時に、明らかにゾロアスター教的でもある」

「ゾロアスター教の拝火信仰と二元論……」

「そうだ。そこで、わしは考えた。もし、賀茂氏が単に秦氏の影響を受けたのではないとしたら、古代ペルシャでゾロアスター教からキリスト教に改宗した人々がいた可能性はないか、とな」

「可能性はあったのですか？」

「パルティアだよ。イエズスがいた時代、ローマ帝国と争っていた国で、中国語では安息国と書く。ローマ帝国と対立していたパルティアは、ローマ人に弾圧されているユダヤ人に好意的だった。弾圧を避けてパルティアに逃げ込んだユダヤ人も多かったに違いない。事実、パルティアのバグダッドにはユダヤ人がたくさん住んでいたといわれている。そして、このパルティアはペルシャ人の国だ」

「その中に原始キリスト教団もいたと……？」

「そう唱えるのはわしだけではない」

「では、秦氏の先祖が原始キリスト教徒のユダヤ人であったように、賀茂氏の祖先は、原始キリスト教に改宗したパルティア人だったと……？」

「わしはまだそれを否定する論拠を見つけていない」

高尾は、長い沈黙の後に言った。

「役小角がキリスト教徒だったかもしれないというのは、どの程度一般的なんだ？」

更木は肩をすぼめて見せた。

「実を言うと、かなりの部分がわしの私論だ。他にはまだ聞いたことがない」

更木は、高尾を見据えた。「だから、わしは驚いたのだ」

12

更木衛《さらきまもる》の家にいたのは一時間あまりでしかない。だが、丸木はもっとずっと長くいたように感じていた。帰りの車の中で、高尾が言った。

「偶然だと思うか？」

物思いに耽《ふけ》っていた丸木は、不意を衝《つ》かれた気分だった。

「は……？　何のことです？」

「賀《か》茂《も》晶《あきら》だ。やつが俺たちのまえで、聖書に出ていた言葉を引用したことだ。やつは、役小角《エンノオヅヌ》がキリスト教徒だったということを知っていたのか？」

「待ってください。キリスト教徒だったと決まったわけじゃないですよ。その可能性があるというだけです」

「そんなことは問題じゃない。つまり、そういうことを知っていたのかどうかということだ」

高尾は苛立《いらだ》たしげに言った。

「そんなはずはありません。更木さんも言っていたでしょう。役小角キリスト教徒説は、私論でしかない、よそで聞いたことはない、と」

「なら、どうして、賀茂晶は……」

高尾はさらに苛立った様子だった。

「わかりませんよ。ただ……」

「ただ、何だ？」

「役小角本人なら知っていたでしょうね」

ハンドルを握る高尾は、さっと厳しい眼で丸木を一瞥《いちべつ》した。

「どういう意味だ？」

なぜだか、丸木も苛立っていた。落ち着かない気分が苛立ちを誘っている。つい、声が荒くなった。

「高尾さんだって、気づいているんでしょう？　もし、賀茂晶が本当に役小角の転生者なら、理屈が通るって……」

神奈川県警本部は、夜の十時を過ぎてもあわただしい雰囲気だった。南浜高校の事件の後始末に追われている。高尾は、課長の眼を盗んで賀茂晶たちの身柄がどこに勾《こう》留《りゅう》されているかを同僚から聞き出し、その所轄署へ出かけた。丸木はただ、その後をついて行くだけだった。

「わからないことは本人に訊《き》くのが一番だ」

所轄署に向かうシルビアの中で、高尾は言った。その口調は独り言のようだったので、丸木は何もこたえなかった。

南浜高校を管轄内に持つ港北署の騒ぎは、本部どころではなかった。検挙された人間を収容したところ、てんやわんやの大騒ぎだった。とてもすべてを収容しきれず、一部を本部に送ったのだった。

取調室や留置場からあふれた連中が、大部屋で取り調べを受けている。ヤクザ者もいれば、不良少年もいる。

丸木はその中に、水越陽子の姿を見つけた。

「高尾さん、あれ……」

丸木がそちらを指さすと、高尾はすぐに気づいて言った。

「やっぱり学校の中にいたようだな」

高尾は、ずかずかとそちらに近づいていった。水越陽子が高尾と丸木に気づいた。まっすぐに高尾を見つめている。取り調べをしていた係員が、振り向いて高尾たちを見た。

高尾は、相手が何かを言う前に尋ねた。

「南浜高校の教師だな？　占拠された高校の中にいたのか？」

港北署の係員は、気圧《けお》されたようにこたえた。

「そうだが……」

高尾の勢いが勝っている。こういうときは、先手必勝だということを、丸木も学びはじめていた。

「名前は水越陽子。そうだな？」

「ああ……」

「尋問は終わったか？　その人から話が聞きたいんだが……」

「ちょっと待て。あんたは？」

「本部少年捜査課の高尾だ。名前くらいは聞いたことがあると思うが……」

「あんたが……」

「話、聞かせてもらっていいか？」

港北署の係員は座ったままうなずいた。

「いいよ。あらかた話は聞いた。この人は、立てこもった生徒たちを説得しに校内に入ったということだ。話し合っているところに、ヤクザたちが突っ込んできた。そして、それを見た機動隊が突入した。その騒ぎに巻き込まれて、いっしょに検挙されてしまったというわけだ。もう帰ってもらってもいい」

高尾はその係員に言った。

「他のやつを尋問しに行ったほうがいいんじゃないのか？　どう見ても手が足りているようには見えんぞ」

「あ、ああ」

係員は、慌てて席を立ちその場を離れていった。

丸木は、水越陽子を見て心が騒ぐのを感じていた。長い髪は、騒動の名残でわずかに乱れている。顔に疲れがはっきりと表れているが、それでも充分すぎるほどに美しかった。モスグリーンのパンツスーツがよく似合っている。

高尾は今まで港北署の係員が座っていた椅子に腰を下ろして水越陽子と向かい合うと言った。

「立てこもった生徒を説得しに校内に入ったって？」

「そうです」

陽子は毅然《きぜん》としてこたえた。

「それで、あんただけ無罪放免か？」

「それはあたしが言ったわけではありません。警察の人が決めたことです」

「学校は、バリケードで固められていた。どこから入ったんだ？」

「バリケードが作られる前から校内で彼らを説得していたのです」

「……ということは、彼らの計画を知っていたということになる」

「偶然、知ったんです。学校にいると、いろいろな話が耳に入ってきます」

「他の先生は気づかなかったのか？」

「さあ、他人のことは知りません」

「先日の、『相州連合』の大集会のときも、説得していたのか？」

陽子は、眉をひそめた。

「何の話です？」

「あんた、赤岩の車に乗っていただろう。ガンメタのゼットだ」

陽子はまっすぐに高尾を見つめていた。

「これは、バリケード事件の尋問じゃないんですか？」

「そうとんがるなよ。世間話だよ。赤岩の車に乗っていたな?」

「こたえる必要はないと思います」

「あんた、女子大生時代に賀茂晶の家庭教師をしていたんだよな」

陽子はこたえなかった。丸木は、彼女の反応をじっと観察していた。心のざわめきが激しくなった。

「賀茂晶の自殺未遂には、あんたも関係があるんじゃないのか?」

「どういう意味です?」

「賀茂晶は、家庭教師をしていたあんたに憧れていた。だから、あんたが働いている南浜高校に進学したんだ。賀茂晶ってのはおとなしくひ弱な生徒だったんだろう? 南浜高校はそんなやつが通う高校じゃない。賀茂晶はあんたにぞっこんだったんだよ。だが、あんたは、赤岩とは、車の助手席に乗るような仲だ。族のヘッドの助手席ってのは、特別なんだよ。おいそれと人を乗せるところじゃねえ。あんたは、赤岩にとっては特別な人だってことなんだ。まあ、そういういきさつが賀茂晶の自殺未遂と何か関係があるんじゃないかという意味だ」

陽子の表情は固かった。明らかに緊張している。しかし、彼女は急に体の力を抜いた。そして、驚いたことにほほえみを洩《も》らしたのだ。

「想像力がたくましいですね」

「ただの想像じゃねえ。事実に基づく推測だよ」

「あたしは何かの事件の容疑者なんですか？」

丸木は、陽子の変化に気づいた。今、目の前にいる陽子は、最初に学校で会ったときの清楚《せいそ》な彼女ではなかった。警察官に尋問されて、平然と聞き返す一般人はそれほど多くはない。スネに傷がなくても、たいていの人間は緊張するものだ。

たしかに、陽子は先ほどまでは緊張していた。だが、今は違う。彼女は開き直ったようにも見えた。

陽子のほほえみに合わせて、高尾もほほえんだ。だが、こちらの笑いは、手強《てごわ》い相手に出会ったときに彼がよく見せるものだった。愛想笑いではない。

「容疑者？　冗談じゃない。それに、俺は事件を追っているわけじゃない。バリケード事件も、相州連合の集会も俺の担当じゃない。だから、言ってるだろう。これは世間話だって」

「今は世間話をするような気分じゃないですね」

高尾はもう一度、にっと笑うと言った。

「帰っていいよ」

「帰るわけにはいきません。ここにうちの生徒たちが捕まっているのです。彼らがどういうことになるか、確かめずには帰れません」

「そうか……。賀茂晶も赤岩もまだ、ここにいるんだったな？」

「あの二人だけじゃなく、他の生徒もいますわ」

高尾はうなずいて立ち上がった。

陽子のもとを離れると、丸木は尋ねた。

「本当に彼女が、賀茂晶の自殺未遂と関係あると思いますか？」

高尾はあっさりと言った。

「あるさ。でなけりゃ、筋が通らねえ」

赤岩は、術科《じゅつか》の道場にいた。尋問に三人がかりだ。彼の名は知れ渡っている。警察でも有名人扱いだった。

高尾は、三人の係員に身分を告げると尋ねた。

「何かしゃべったかい？」

一番年かさの係員がこたえた。

「さっぱりだな。貝みたいに口を閉ざしてやがる」

「ま、そうだろうな」

高尾は赤岩に言った。「赤岩、何か言うことがあったら、今のうちに言っておいたほうがいいぞ」

赤岩は、細めた目で高尾を見ている。何も言わない。

高尾は、係員に尋ねた。

「賀茂晶という生徒がどこにいるか知っているかい？　たぶん、こいつといっしょに検挙されたと思うんだが……」

「おそらく、下の階の取調室だ。下で誰かに聞いてくれ」

高尾はうなずいて、道場を後にした。廊下を進みながら、彼はうめくように言った。

「あいつはどうなっちまったんだ？」

小走りに高尾を追っていた丸木は、訊きかえした。

「何です？」

「赤岩の眼だ」

「眼がどうかしましたか？」

「さっき初めて気づいた。かつてはいっぱしの極道の眼をしてたんだ。ちかちかと底光りする凄味《すごみ》のある眼だ。だが、今日のあいつの眼はすっかり堅気の眼だ……」

それは、少年課の警察官にとって喜ばしいことのはずだった。しかし、高尾は面白くなさそうだった。以前なら、丸木はなんという警察官だろうとあきれただろう。だが、今は高尾の気持ちがわかる。理由がわからないので、納得できないのだ。賀茂晶と関わってから、赤岩は変わったのだろうか？　ならば、それはなぜなのだろう？

丸木も、もどかしさを感じ苛立っていた。

賀茂晶の尋問に当たっていた警察官は一人だけだった。さして重要な人物と見られていないのだ。賀茂晶の見かけからするとそれは当然だった。他の不良たちとはまったく違う。制服のボタンもきちんと留めているし、髪型もいたっておとなしい。見かけは、今時珍しいくらいのまじめな高校生に見える。

彼が赤岩を手下のように使っていると言っても、係員たちは誰も信じないだろう。

高尾は、名乗って身分を告げると、係員に尋ねた。

「どんな具合だ？」

係員は憤《いきどお》っている様子だった。

「どうもこうもないよ。まじめにこたえようとしないんだ」

「そいつとは、まんざら知らない仲じゃない。俺が話を聞こうか？」

「本部のあんたが、尋問をしてくれるというのか？」

「ああ、お互い、助け合わないとな」

「任せるよ。まだ、三人も尋問しなけりゃならんやつがいるんだ」

係員は席を立ち、丸木に記録用の用紙を差し出すと、そそくさと取調室を出ていった。高尾は、狭く殺風景な取調室の中で、賀茂晶と向かいあった。丸木は、記録係の席に腰を下ろした。

賀茂晶は、警察に連行されてもまったく動じた様子を見せなかった。澄み切った眼でまっすぐに高尾を見ている。背筋をぴんと伸ばしたその姿は、修行僧のようでもあった。いや、彼の場合、修験者というべきか……。

丸木は、係員が手渡していった記録用紙を見た。供述の記録が書かれているはずだったが、ほとんど白紙だった。名前が記されているだけだ。賀茂晶という名の下に、カタカナでオズヌと書いてある。

係員は、オズヌがあだ名だと思ったようだ。

「俺のことを覚えているか?」

賀茂晶は、澄み切った眼で高尾を見つめ、やがて言った。

「覚えておる。我が同胞《はらから》の土地で狼藉《ろうぜき》を働いた輩《やから》であろう」

「狼藉はおまえたちのほうだ。学校を占拠してどうするつもりだった?」

「センキョ?　わからんな……」

「学校に立てこもっただろう?」

「誰もが唐国《からくに》の言葉をしゃべる。わかりにくてかなわぬ」

「おまえの言うことこそ、わからねえよ」

高尾は言ったが、丸木には賀茂晶の言ったことがよくわかった。言葉は時代によって変化していく。特に、日本語は明治時代から大きく変わった。日常語に漢語を多く用いるようになったのだ。それも、日本製の漢語が多い。古代の日本では、漢語といえば、仏教用語や公式の書類にしか使用されなかったにちがいない。漢文も大和言葉で読み解いていたのだ。

「ここはケイサツというところらしいが、いったい、我に何を尋ねたいのだ？」

「目的は何だ？　学校を占拠して何をしようとしていた？」

「さきほども同じことを尋ねられた。だが、我は何をこたえていいのかわからぬ。おのれの土地に同胞と集《つど》って何の咎《とが》になるのか？」

「何の咎だ？　いろいろあるな。不法に学校を占拠したことで、学校の本来あるべき業務を妨げた。威力業務妨害の罪だ。おまえたちは、バットや鉄パイプで武装していた。だから、凶器準備集合罪も適用される。それに、誰かを怪我させていたら傷害罪だ。場合によっては殺人未遂もあり得る」

　賀茂晶は、わずかに眉を寄せて真剣な顔でかすかにうなずきながらじっと高尾の言葉を聞いていた。まるで、外国語を理解しようとしているときのような仕草だと丸木は思った。

　本当に、現代の日本語が聞き取りにくいのだろうか？　だが、理解はできているようだ。これは、単に自殺未遂による後遺症なのだろうか。丸木は、訝《いぶか》った。

「我らが人を危《あや》めようとしたというのか？　それは誤りだ。我らはただ身を守ろうとしただけだ」

「何のために、学校を占拠した？」

「我らの土地を奪おうとした者がおる。それを阻《はば》むためだ」

「土地を奪おうとする者？　それは誰のことだ？」

「姓《かばね》は久保井と申す」

「久保井？　久保井建設の久保井か……？」

「我が知っているのは、その者の姓と名だけだ。素性は知らぬ」

高尾は、ゆっくりとパイプ椅子の背もたれに体を預け、腕を組んだ。何事かを考えている。彼の頭の中ではさまざまな断片が組み合わされ、何かのからくりが姿をみせはじめているのかもしれない。丸木はそう期待した。

高尾が言った。

「おまえ、赤岩といっしょに東京へ行ったな？」

「トウキョウ……？」

何かを考えている様子だった。それから、思い当たったようにこたえた。「後鬼《ゴキ》のからくりの車に乗って行ったことがある」

「後鬼というのは、赤岩のことか？」

「そうだ」

「東京で何をした？」

「久保井が我らの土地を奪うために何者かと話し合っているというので、出向いた」

「何のために？」

「話をするためだ」

「南浜高校を廃校にするのをやめさせようとしたわけか？」

「そうだ」

「あきれたもんだ。高校生にもなって何も知らんのか？　ちっとは世の中のことを勉強したらどうだ？　南浜高校というのは県立高校だ。それを廃校にするというのは、久保井が決めたことじゃない。神奈川県という地方自治体が決めることだ。その取り壊しや跡地の造成、その後の何かの建築というのは、公共事業だ。久保井建設がそれを実行するのだとしても、それは請負仕事なんだよ」

「そのような仕組みであることは、皆から話を聞いて心得ておる。だが、何もできないというのは誤りだ」

「それで、直接談判に出かけたということか？」

丸木も頭を働かせていた。神奈川県警に圧力を掛けたのは久保井建設の久保井だろうか？　久保井建設というのは名の通ったゼネコンだ。ゼネコンというのは、社会的にかなりの影響力を持っている。しかし、そこまで考えても、丸木にはぴんとこなかった。ゼネコンの社長程度で警察に圧力を掛けられるとは思えなかった。

高尾の問いに、賀茂晶はうなずいた。「何かよからぬ謀《はかりごと》の噂《うわさ》も聞き及んでおった。それで、出かけた」

「よからぬ謀？」

「政《まつりごと》に携わる者が、久保井と謀《はか》っておのれの富を肥やそうとしておると聞いた」

「政に携わるもの？　それは政治家のことか？　いったい、誰のことだ？」

「姓は真鍋《まなべ》、名は不二人《ふじと》と申しておった」

「衆議院議員の真鍋不二人か」

高尾が唸《うな》るように言った。

なるほど、と丸木は思った。真鍋不二人は、たしか建設省の族議員だった。ゼネコンとの癒着があって不思議はない。そして、彼はたしか神奈川県選出だった。話の辻褄《つじつま》は合う。真鍋不二人は、地元に公共投資を落とすために、いろいろと画策したのだろう。地元に対する人気取りともいえる。そして、久保井建設にその公共事業が落札されるように謀ったのだ。

真鍋不二人ならば、警察に圧力をかけることも可能だ。口惜しいが、警察という組織は驚くほど政治家の圧力に弱い。

高尾の頭の中でも、その構図が完璧に出来上がっているはずだと丸木は思った。

高尾は言った。

「なるほど、うちの刑事二課の連中が口を割らないはずだ。けっこうでかい汚職じゃねえか。二課のやつら、サンズイにはけっこう根性入るからな……。秘密にしたがるわけだ……」

それは、ほとんど独り言だが、丸木に聞かせようとしているようでもあった。サンズイというのは、警察の隠語を使ったことでも明らかだ。サンズイというのは、汚職を表す隠語だ。

高尾は賀茂晶に向かって言った。

「おまえは、真鍋不二人と久保井が話し合っているところに乗り込んだというわけか？」

「そうだ」

高尾は、失笑した。

「嘘を言うな。そんなことができるはずがない。その二人が話し合うとなれば、周囲の警戒はおそろしく厳重だったはずだ」

「料亭というのか？　飲み食いをするところで話し合いをしておった。その家の者に案内《あない》を乞うただけだ」

「ふざけるなよ」

「我はいつわりは申しておらん。どうやったか、見せてやってもよい」

「ほう……」

高尾は椅子にもたれたままだった。くつろいだ姿勢だ。

丸木は、思わず賀茂晶を見た。

賀茂晶は、じっと高尾を無言で見つめていた。その眼が輝いて見える。深い輝きだった。眼の奥に幾多の星や星雲をたたえた宇宙の空間が広がっているような気さえする。

思わず吸い込まれそうになった丸木は、はっと我に返った。高尾が身じろぎもしない。賀茂晶の声が聞こえた。どこか遠くから響いてくるようだった。

「名は何と申す？」

「名……？」

高尾がぼんやりと訊き返した。

「そう。名だ」

「名は高尾……」

「それは氏《うじ》か姓であろう。名は何と申す？」

丸木の心の奥で警鐘が鳴った。

デジャヴを起こしたような気がした。前に同じようなことがあったような気がする。

いや、これはデジャヴではない。たしかに同じことがあった。

そのときにも同じことを感じたのだ。

名前を教えてはいけない……。

丸木は、思わず大声を出していた。

「高尾さん。名前を言っちゃだめだ！」

その丸木の声が、狭い取調室に響き渡った。その瞬間に、丸木は部屋の中に現実味が戻ってきたのに気づいた。知らぬうちに、部屋の中の雰囲気は、何か異様なものに変わっていたのだ。広さの感覚が失われ、まるで脳貧血を起こしたときの視界の中のような感じになっていたのだった。

がたん。

高尾が座っていたパイプ椅子が音を立てた。高尾は、身じろぎして振り向いた。

「おう。何だ……？　どうしたんだ？　名前がどうした？」

「彼に名前を言っちゃだめです」

「何を言ってるんだ……」

高尾は怪訝《けげん》そうに丸木を見ている。それから、ふと眼をそらしてつぶやいた。「どうしたんだ、俺は……。疲れているのかな……。一瞬、居眠りをしそうになったようだ……」

高尾は、直前の記憶をなくしている。賀茂晶に名を尋ねられたことを覚えていないのだ。丸木は賀茂晶を見た。

ほほえんでいた。

丸木はぞうっと全身が鳥肌立つのを感じた。思わず立ち上がっていた。その勢いで座っていたパイプ椅子が倒れた。だが、丸木は椅子になどかまわず、賀茂晶を見つめていた。

「き、君は何者だ……」

高尾が怪訝そうに丸木を見つめている。

「いったい、何者なんだ?」

そう言わずにはいられない。心の奥底から、ぞわぞわと恐怖が押し寄せてくる。その恐怖は全身を這《は》い回り、脳髄を痺《しび》れさせてしまいそうだった。

「存じておろう」

賀茂晶は言った。「我が名はオズヌだ」

丸木の体の中をまた新たな恐怖の波が通り過ぎていった。背筋に氷を押し当てられたようだ。知らず知らずのうちに汗をかいていた。

「そんなはずはない」

丸木は言った。「そんなことがあってたまるか。君は、役小角《エンノオヅヌ》なんかじゃない。賀茂晶という高校生なんだ」

賀茂晶は、ほほえんでいる。

そのほほえみが、恐ろしい。

「そうかもしれぬ。時折、心が二つになることがある。我がどうして今ここにいるのかはわからぬ。だが、何かの縁《えにし》があってのことと思う。見れば、この国は乱れておる。理《ことわり》が通らぬ国のようだ。我は呼ばれたのかも知れぬ」

「呼ばれた？」

「そう感じる」

いけない。彼のペースで話をしてはいけない。僕は転生者などというものは信じない。信じちゃいけないんだ。彼は演じているだけだ。なにかの理由で役小角のことを詳しく知り、それを演じているだけなのだ。

「そんなしゃべり方をするな。僕はだまされないぞ。役小角を演じて、どうするつもりだ？　いったい、何を企んでいるんだ？」

「マジ？　チョーやべえ。むかつくぜ」

賀茂晶は言った。

丸木は、一瞬、ぽかんと彼の顔を見つめた。賀茂晶が、またほほえんだ。だが、それははにかんだようなほほえみだった。

「しゃべり方は、今学んでおる。だが、なかなか難しい。すぐに身に付くものではない。我は、我が同胞《はらから》と話をする。同胞たちは、怒っておる。いま生きている世がよこしまだと、同胞は言っておる。悪しき者が肥え、心正しきものが虐げられる世だと言う。政《まつりごと》が悪いのだという。ならば、その政を変えようと我は思っているだけだ」

丸木はその言葉に驚いた。

こいつはいったい何をする気だ。

「それが、相州連合の神奈川統一よりもでかいことってやつか？」

突然、高尾の声が聞こえて驚《あ》いた。「政治を変えるってのはどういうことだ？　いったい何をやらかそうとしている？」

賀茂晶は高尾のほうに視線を移した。丸木は、その瞬間に激しい緊張から解放された。

賀茂晶がこたえた。

「まずは、我らが土地を奪われぬようにすることだ。それしか考えてはおらぬ」

「相手は、大物政治家にゼネコンだ。太刀打ちできると思うか？　学校にヤクザ者が突っ込んだそうだな？　それも久保井のからみだろう。保守党やゼネコンの周りにはそういう物騒な連中がごまんといるんだ。すぐに消されちまうぜ」

「我はたやすくは滅びぬ」

賀茂晶はそう言って、自信たっぷりのほほえみを浮かべた。

その顔を見て、丸木はまたしても言いしれぬ恐怖を覚えた。

「それにしても、今日は気前よくしゃべってくれたものだな。なぜだ？」

「別に隠し事をする気はない」

「この間はずいぶんと無愛想だったじゃないか」

「あのとき、我はそちが狼藉を働いたものと思っておった。そして、そちは我らに抗《あらが》おうとしていた」

「なるほどな……。話を聞けばこたえてくれたというわけか？」

「我は人を見る。吾子《あご》は悪しき者ではない」

高尾は、大きく息を吐き出した。

「今日はこれくらいにしておこう。また、話を聞きに来るぜ」

「いつまで、ここにいなければならぬ？」

「さあな。それは俺が決めることじゃない」

「前鬼《ゼンキ》や後鬼《ゴキ》はどうなる？」

「それも俺が決めることじゃ……」

そこまで言って、ふと高尾は賀茂晶を改めて見た。「後鬼ってのは、赤岩のことだな？　前鬼ってのは、誰のことだ？」

「水越陽子と名乗っておる」

高尾は沈黙した。やがて、おもむろに立ち上がると出口へ向かった。

丸木は呆然《ぼうぜん》と立ち尽くしていたが、賀茂晶と眼が合うと、たまらずに高尾を追って取調室を飛び出していた。

廊下に出ると、高尾が難しい顔をして思案していた。丸木は何を言っていいかわからず高尾のそばにたたずんでいた。廊下はあいかわらずあわただしい。あちらこちらで、警察官たちのやり取りが聞こえる。まるで怒鳴り合っているようだ。

「おい、丸木……」

「はい……?」

高尾は廊下の床を見つめたままで、静かに言った。

「俺はあの時どうしていたんだ?」

「あの時……?」

「おまえが妙なことを叫んだときだ。名前を教えるなとか何とか……」

丸木はどうこたえようか迷った。

「さあ……。どうしたのかわかりません。ただ……」

「ただ、何だ?」

「何か妙なことになりそうだったんで……」

高尾は思案顔のままだった。

「どうして、名前を教えるななんて言ったんだ？」

「賀茂晶が、名前を尋ねたのを覚えていますか？」

「名前を尋ねた？　俺にか？」

「やはり、覚えていませんか……」

「どういうことなんだ？」

「一時的に意識が飛んだのかもしれません」

「賀茂のせいなのか？」

「催眠術のようなものかもしれません」

「催眠術……？」

「僕にもわかりませんよ。そんなようなものかもしれないと言ってるんです」

「それが名前と何か関係があるのか？」

「教えちゃいけないような気がしたんです。その理由をようやく思い出しましたよ。昔、中国でも日本でも、本当の名前は滅多に名乗らなかったという話を聞いたことがあります。たいていは字《あざな》といって、普段の呼び名をつけて呼び合ったのです。本名を呼ぶのはごく親しい限られた者同士で、見ず知らずの者には決して教えないようにしていたというのです」

「なぜだ？」

「本名を知られると、呪いを掛けられるからだそうです。だから、本当の名前を忌名《いみな》と言っていました」

「呪いだって……？」

話しながら、丸木はまた恐怖がぶりかえすのを感じていた。

「そうです。呪術です」

高尾は、大きく深呼吸をした。

「催眠術というほうが、俺には説得力があるような気がするな」

「同じものかもしれません。強い暗示を掛ける方法です。そういうものは、大昔の人々にとってはすべて呪術だったのでしょう」

「とにかく、賀茂ってのは妙なやつだった。あのしゃべり方を聞いているだけでおかしな気分になってくる」

「それが彼の手なのかもしれません。暗示の第一歩です」

「おまえ、あいつが本当に転生者だと思っていたんじゃないのか？」

「そんな気がしていたのは事実です。水越陽子も、信じているような口振りでしたので……。でも、今日はっきりとわかりました。僕はまじめに考えていなかっただけなのです。本気で考えていなかった……」

「今はどうなんだ？」

「信じたくありません」

丸木は、迷った末に正直に言った。「僕は怖いんです。覚えていますか？　最初に南浜高校を訪ねたときのことです。僕は、教師たちが、賀茂晶を恐れているように感じたのです。その理由が今日、賀茂晶に接してみてわかりました」

どやされるかもしれないと思った。少年課の警察官が、少年を恐れていてどうする。いつもの高尾ならそう言ったに違いない。いや、そう言ってほしかった。しかし、高尾は何も言わなかった。

丸木の不安は募った。

高尾はすでに別のことを考えはじめているようだった。

「その水越陽子だ。賀茂晶が前鬼と呼んだ。前鬼ってのは、後鬼と並ぶ、役小角の手下の鬼だろう？」

「そうです」

丸木にとっても、前鬼が水越陽子だったというのは意外であり、衝撃でもあった。今日は衝撃的なことがありすぎた。

「あいつ……。まだまだ知っていることがごまんとありそうだ。もう一度、話を聞かなけりゃならんようだな。まだ署内にいるはずだ」

高尾は、さきほど水越陽子に話を聞いた大部屋に向かった。丸木は、ただその後をついていくしかなかった。

水越陽子は、さきほどと同じ席にぽつんと座っていた。すでに尋問が終わっているので、彼女を気にする係員はいない。高尾が近づくと彼女は顔を上げ、表情を固くした。

「そう警戒するなよ」

高尾は、片方の頬を歪《ゆが》めて笑い、言った。「また、世間話をしにやってきただけだ。今、賀茂晶と話をしてきたよ。あいつは、いろいろと教えてくれた。南浜高校を廃校にする計画の背後にあるからくりなんかをな……」

水越陽子は眼をそらし横を向いて、かたわらの机の上を見つめた。高尾と話をする気はないという意思表示のようだ。

高尾は移動してその机の上に腰を乗せた。

「県立高校である南浜高校の廃校を決定するのは神奈川県だ。その神奈川県は、他の都道府県同様財政難に苦しんでいる。国からの公共投資がほしい。それを何とかしてくれるというやつがいたわけだ。建設省出身で、神奈川県選出の衆議院議員といういたって都合のいいやつがな……。真鍋不二人だ。建設省出身の彼はゼネコンにも顔が利く。神奈川県と久保井建設というゼネコンの間に立ってあれこれ画策した。つまり、汚職だ」

水越陽子は同じところをじっと見つめていた。無言のままだ。

高尾の話は続いた。

「そうしたからくりを賀茂晶に教えたやつがいる。高校生じゃ無理だ。そういう事実を知る立場にいる人間じゃなきゃな。例えばあんただ。あんたは南浜高校の教師だ。現場にいれば、いろいろな情報も入ってくるだろう。県の職員に知り合いがいるかもしれないし、組合は必死で情報を集めようとするだろうからな。あんたは、汚職の構造を知っていた。そして、それを賀茂晶に教えたんだ。そうだろう？」

丸木も、高尾が言ったのと同じことを考えていた。水越陽子という人物がわからなくなった。集会のときに赤岩の車の助手席に座っていた彼女。オズヌを名乗る賀茂晶に前鬼と呼ばれる彼女。

陽子はゆっくりと顔を上げて高尾を見た。

「どうしてあたしが、賀茂君にそれを教えたと思うの？」

「あんたが、前鬼だからだ」

その一言は、水越陽子を突き動かしたようだった。長い沈黙の後に陽子は言った。

「そう……。賀茂君が言ったのね……」

「俺はあんたが、賀茂晶の自殺未遂に関わっていると考えた。だが、どうやらそれだけじゃなさそうだな……。赤岩、賀茂、そしてあんた。いったい、どういう関わりになっているんだ？」

「あなたは事件を追っているわけじゃないと言ったわね？」

「そうだ」

「じゃあ、なぜ知りたがるの？」

「興味があるからだ。赤岩にも賀茂晶にも、あんたにもな」

再び、陽子は長い間無言で高尾を見つめていた。二人は、無言でやりとりをしているように見え、丸木は自分が嫉妬《しっと》しているのに気づいた。自分がひどく卑しい人間に思えた。

やがて、陽子はほほえんだ。丸木には、そのほほえみがどういう意味なのかわからない。だが、少なくとも事態がいい方向に向かっていることを示しているような気がした。

彼女は言った。

「いろいろと聞き出したようね。それだけのことをあなたに話したということは、賀茂君はあなたのことを気に入ったようね」

「どうやらそうらしい」

「いいわ。話してあげるわ」

「きっとその気になってくれると思っていたよ」

高尾は笑ったが、その眼には油断はなかった。「ここはちょっとにぎやか過ぎる。落ち着けるところを見つけるとしよう」

高尾は陽子を見据えたまま、机から腰を上げた。丸木はなぜだか、胸が高鳴るのを感じていた。

13

取調室はすべて埋まっていたが、高尾はチャンスを見逃さなかった。ひとりの少年の尋問が終わったところを見計らって、その取調室をたちまち占領してしまった。

水越陽子を、容疑者のように机に向かって座らせると、高尾はその正面に陣取った。丸木は、賀茂晶の尋問をしたときと同様に記録係の席に座った。

水越陽子は何を話そうとしているのだろう。丸木は不安だった。彼はたしかに期待ではなく不安を感じていたのだ。

知りたいが知るのが恐ろしい。そんな気がしていた。高尾は、落ち着き払っている。彼の性格がつくづくうらやましかった。高尾はどんなことにも動じない。頭のネジが一本抜けているのではないかと丸木は思う。つまり、恐怖だとか心配だとかという感情がすっぽ抜けているのかもしれない。

「さて、話を聞かせてもらおうか」

高尾が言った。その言葉はぞんざいだったが、口調は彼にしては穏やかだった。相手を敵視していないことがわかる。

水越陽子はまっすぐに高尾を見返している。その眼に怯《おび》えや動揺の色はない。

「どこから話せばいいのかしらね……」

「すべてだ。最初から話してくれ」

「あなたが言ったように、あたしは学生時代に賀茂君の家庭教師をしていた。それが賀茂君と知り合うきっかけよ」

「たしか、賀茂晶が小学生のときのことだな？」

「小学校六年生と中学校一年生の二年間。あたしが大学二年と三年のときのことよ」

「賀茂晶は、あんたに憧れていた。そして、あんたを慕って南浜高校へ行った。そうだな？」

「それはどうかしらね」

「賀茂晶の気持ちはわからないではないな。俺が賀茂の立場でもそうしたかもしれないな」

陽子はほほえんだ。その笑みがかすかに妖艶さを感じさせ、丸木は落ち着かない気分になった。

高尾と陽子は、さきほどとは打って変わって親しげな態度になりつつあった。彼らは、どういうわけか互いに心を許しはじめているらしい。

高尾は陽子が意外にしたたかなのを知って、好感を持ったのかもしれない。高尾というのはそういう男だ。

一方、陽子は賀茂晶が高尾を気に入ったらしいと知り、高尾を認めたように思えた。つまり、それは賀茂晶への信頼を物語っているのではないだろうか。丸木はそう思った。

不思議だった。それは教師が生徒に抱く感情ではない。逆なら話はわかる。

そして、賀茂晶は陽子を前鬼と呼んだ。前鬼は後鬼と並ぶ役小角の手下だ。生徒が教師を従えているというのだろうか。

またしても丸木はぞわぞわとした違和感が心の中にわき上がってくるのを意識していた。賀茂晶が役小角の転生者……。信じたくはないが、否定しきれないような気がする。

「二年ぶりの再会か……」

高尾が言った。「あんたが彼の担任になったのは偶然とは思えねえな。賀茂の情熱が神に通じたのかもしれない」

「やっかいものを押しつけられたのよ」

「やっかいもの……？」

「賀茂君はおとなしい子だったから、学校の中で孤立していたわ」

「孤立か……。控えめな言い方だな。つまりいじめにあっていたんだろう？」

「小学生や中学生じゃないんだから、いじめという言い方は当てはまらないような気がするわ。やはり孤立という言い方が正しいような気がする。賀茂君は明らかに別世界の人間のようだった。彼は完全に他の生徒からも無視されていたわ。無視されていないときは、暴力を振るわれたり、金品を奪われたりしていた。賀茂君が一年生のときから、教師たちはそのことに気づいていたわ。でも、何もしようとはしなかった。そして、誰かがどこかから情報を仕入れてきたの。あたしがかつて賀茂君の家庭教師をしていたという情報を……。それが教師たちの間に知れわたった。それで、賀茂君が二年生になるときに、あたしがそのクラスの担任をやらされることになったというわけ」

「あんたはそれを望んでいなかったような口振りだな」

「誰だって面倒事を押しつけられるのは嫌よ」

「そのクラスに赤岩もいたわけだ」

「そうよ」

「そして、事件が起きた。賀茂晶の自殺未遂だ」

「そう」

「それで、どうなんだ？　自殺未遂の原因は、さっき俺が言ったようなことだったのか？」

「自殺未遂の原因なんて、誰にもわかりはしないわ。人間、普通の状態ならば死のうなんて考えないのよ。自ら死のうなんて考えるときは、もう精神状態が普通じゃなくなっているのよ」

丸木は、思わずうなずいていた。

陽子の言うことはよく理解できた。誰だって死ぬくらいならば他に何か方法があるということは知っている。だが、自殺を企てるときには、そういうことが考えられないほどに追いつめられているのだ。

普通じゃない状態だと陽子は言った。そのとおりなのだと思う。賀茂晶も追いつめられていたのだろう。毎日が辛くてたまらなかったのかもしれない。

「そりゃそうだろうがね」

高尾が言った。「精神状態がおかしくなっても、みんながみんな自殺を企てるわけじゃない。賀茂には何かきっかけがあったはずだ。学校の屋上から飛び降りることになったきっかけがな……」

「それは想像するしかないわね」

「本人から聞いたことはないのか？」

「ないわ。学校に戻ってきてから自殺未遂について話し合ったことはないの。賀茂君はそういう話は一切しないわ」

「想像でもいい」

陽子の表情が引き締まった。顔色も悪くなったような気がする。激しい緊張を物語っていた。彼女は思い出したくないことを思い出したようだった。

高尾は何も言わない。陽子が話し出すまで辛抱強く待つつもりのようだ。重苦しい沈黙だった。やがて、陽子は他には選択肢はないのだと諦めたような様子で話し出した。

「賀茂君があたしにどの程度好意を持ってくれていたのかはわからない。でも、自殺を企てるに当たって、あたしと赤岩君が関わっていることは事実よ」

丸木は、ふと陽子の言葉に違和感を覚えた。その理由はわからない。ただ、何かおかしいと感じたのだ。

高尾が尋ねた。

「どう関わっていたんだ？」

「賀茂君があたしを慕って南浜高校へ来たのかどうかはわからない。でも、あたしはかつて彼の家庭教師だった。何か特別な親しみを感じてくれていたとしてもおかしくはないわね」

「どうしてさっきからそういう控え目な言い方ばかりするんだ？　賀茂晶はあんたに惚《ほ》れていたと、はっきり認めればいいじゃないか」

「本当にわからないからよ。その自信がないわ」

丸木はまたさきほどと同様の違和感を覚えた。

「まあ、いいだろう。それで？」

「赤岩君が、賀茂君に何か言ったのだと思うわ」

「なるほど……。俺の女に気安く近づくな、というわけか？」

「違うわ」

「どう違うんだ？」

「あたしに近づくなというようなことは言ったかもしれないけど、俺の女、なんてことは言うはずはないわ」

「言ってもおかしくはない。あんたは、赤岩のガンメタ・ゼットの助手席に座れる女だ」

「たしかにあたしは、彼の車の助手席に座ることができる。でもそれは、赤岩君とあたしが特別な関係にあるからじゃないの」

「じゃあ、なぜなんだ？」

「小暮紅一《こぐれこういち》という名前を知っている？」

「小暮紅一だと……？」

高尾の声の調子が変わった。それまで、比較的親しみの籠《こ》もった声音だったのが、急に冷ややかになってしまった。

それだけではない。高尾は丸木に背を向けているので、その顔を見ることはできないが、見るまでもなく緊張が露《あら》わだった。

それまでくつろいだ感じで腰掛けており、その恰好《かっこう》は変わっていないが、明らかに全身に力が入ってきていた。

「そう……」

水越陽子のほうはますます余裕を感じさせるようになってきた。力関係が徐々に陽子のほうに傾いていくような気がする。

いったいどういうことだろうと、丸木は眉をひそめていた。

「なんで小暮紅一なんて名前を知っているんだ？」

高尾が低い声で尋ねた。

「彼と付き合っていたからよ」

高尾は何も言わなかった。やがて、彼は大きく息を吸い込み、鼻から吐き出した。

丸木は、高尾の様子をうかがっていた。

「そういうことだったのか……」

沈黙の後に、高尾は言った。すべてを悟ったような口調だった。丸木にはどういうことかさっぱりわからなかった。

「そう。だから、赤岩君は誰もあたしに近づけたくなかった。そして、赤岩君に逆らう人間は、南浜高校にはいない。赤岩君の言うことは絶対なの。賀茂君はどうしようもなかった。赤岩君が賀茂君に、あたしと口をきくなと言えば、学校中の不良たちがその命令に従わせようとする」

高尾はうなずいた。

「まあ、そういうことだろうな……。ことあるごとに不良たちがからんでくる……。神経がもたねえな」

「それがきっかけで、屋上から飛び降りたのかもしれない……」

丸木は、さきほどから感じている違和感の正体に気づいた。水越陽子はまるで賀茂晶がもういない人のような話し方をしているのだ。

丸木は、たまらずに言った。

「いったい、どういうことなんです？　小暮紅一って誰なんです？」

陽子は丸木に視線を向けた。丸木はそれだけで落ち着かなくなった。その眼には凄味と呼んでいい一種独特の迫力があった。

高尾がゆっくりと振り返った。

「小暮ってのはな……」

高尾は言った。「伝説の走り屋だ。横浜最速の男と言われた。腹もすわっていてな、ヤクザも太刀打ちできないと言われた。相州連合の中心勢力、ルイードの初代総長だ」

「ルイードの……？　それじゃ、赤岩は……」

「その跡を継いだんだ。小暮の跡を継げるのは赤岩しかいなかったよ。そして、赤岩はルイードを中心に相州連合をまとめ上げた」

「その小暮って人は今は……？」

「死んだよ」

高尾が意外なほどあっさりと言った。

「死んだ？」

「そう。走り屋のお決まりのコースだな。事故死だ。小暮の追悼の集会はものすごかった……。あんな集会は後にも先にも見たことがない」

丸木は、意外な思いで陽子を見ていた。まさか、教師であり見るからに清楚な感じの彼女が、暴走族のヘッドの恋人だったとは……。

意外であり、ショックだった。その丸木の衝撃を代弁するかのように、高尾が言った。

「しかし、あんたのような人が小暮紅一とな……」

「彼は純粋な人だったわ」

「付き合っていたのはいつのことだ?」

「あたしが高校から大学に入る頃のことよ。彼が死ぬまで、二年ほど付き合っていたわ」

「たまげたな。それでよく大学に受かったり、教員試験に合格したりできたもんだな」

陽子はふっと淋しげなほほえみを浮かべた。

「彼は、あたしと付き合っていることを秘密にしていた。ごく親しい人にしかそれを知らせなかったの。あたしのことを心配してくれたのね」

「付き合うきっかけは何だったんだ?」

「彼とは幼なじみだった。小さな頃近所に住んでいたの。その後、彼は引っ越して行ったのだけれど……」

高尾はさっと肩をすぼめた。

「まあ、二人のなれそめなどどうでもいいな……。これで、あんたと赤岩、そして賀茂晶の関係がはっきりしたわけだ」

丸木は、なんだかやるせない気分だった。そのもやもやを追い払おうとするように言った。

「どうして、賀茂晶のことを過去の人のような言い方をするのですか？」

陽子が再び丸木のほうを見た。今度はさきほどとは違って、少しばかり不安げな眼《ま》差《ざ》しだった。

高尾も体をひねって丸木のほうを見た。何を言っているんだと言いたげな顔だ。丸木はさらに言った。

「さっきからあなたの話を聞いていると、まるで賀茂晶君がすでにいなくなった人のような言い方をしています。それが気になったのです。たしかに賀茂君は自殺を企てた。しかし、それは未遂で終わり、彼は生きているのです。それなのに……」

丸木の言葉はとぎれた。陽子はすぐにこたえようとはしなかった。

やがて、彼女はやや緊張した面持ちのまま こたえた。

「賀茂君はいなくなったのかもしれないわ」

丸木には彼女が何を言おうとしているのかわかっていた。しかし、わかりたくなかった。そんなことがあるはずがない。あってはならないのだ。

「何を言ってるんです」

丸木は言った。「賀茂君は現実に生きているじゃないですか」

「たしかに、彼は死の淵から戻ってきた。でも、そのときから、彼は変わってしまったのよ。誰もがそのことに気づいている。でも、誰もそれを口に出そうとしない。賀茂君のご両親でさえ……。それは、彼が恐ろしいからよ」

丸木には、賀茂の恐ろしさが理解できるような気がした。事実、さきほど彼は取調室で賀茂に対して恐怖を感じた。全身が粟立《あわだ》つような恐怖を……。

しかし、やはりそれを認めたくはなかった。彼に対する恐怖を認めてしまうと、さらに不可解なことを認めなければならなくなる。つまり、今の賀茂晶が役小角の転生者であるということをだ。

「恐ろしいですって……」

丸木は、言った。「教師のあなたが、教え子のことを恐ろしいなどと言っていいのですか？」

「例えば、あたしは赤岩君のことを恐ろしいと思ったことはないわ」

「それはあなたが赤岩の兄貴分の恋人だったからでしょう？」

「それだけじゃない。暴力的な生徒を恐ろしいと思ったことはないの。でも、賀茂君は別よ。あの赤岩君もそうなのよ」

「そこんところが不思議でならなかったんだ」

高尾が言った。「どうして赤岩は、賀茂晶なんかにおとなしく従っているんだ？　以前あんたはこの丸木に、赤岩が賀茂を利用しているのかもしれないと言ったそうだな？」

「あれはへたな嘘だったわね」

「そのとおりだ。やつらの態度を見ればそうじゃないことはすぐにわかる。赤岩ほどのやつが、どうして賀茂晶の言いなりになっているのか、俺にはまったくわからない」

「彼らは話し合いをしたの」

「話し合い？」

「そう。賀茂君が学校に戻ってきたときに……」

「赤岩が話し合いだって？　そいつは信じがたいな。タイマンというのなら話はわからないではないが……」

「とにかく、彼らは話し合ったの。喧嘩《けんか》にはならなかったわ」

「そのときの様子を知っているのか？」

「詳しくは知らない。あたしは、赤岩君から話を聞いただけ」

「赤岩はどう言っていた？」

「名前を訊かれたと言っていたわ」

「名前だって？」

丸木は、はっとした。

やはり、賀茂晶は何か強い暗示のようなものを相手にかけることができるようだ。そのきっかけとなるのが、相手に名前を尋ねることなのだ。

高尾が尋ねた。

「それから？」

「ひどく恐ろしくなったと言っていたわ。赤岩君のような少年は恐怖を感じることがあまりない。生まれつきそうなのよ。恐怖より先に怒りを感じる。そういう性格なの」

「恐怖に免疫がなかったというわけか？」

「そういうことね。恐怖という感情は、赤岩君にとっては大きなショックだったようね」

「それだけで、ああいう関係になるとは思えないな」

「外から見るだけじゃわからないわ。問題は赤岩君の心の中で何が起きたか、なのよ。きっと……」

陽子の緊張が再び高まってくるのがわかった。「きっと、賀茂君は、赤岩君の心に直接働きかけたのかもしれない。心の中に直《じか》に手を突っ込むように……」

心の中に直に手を突っ込む……。

丸木は、その言葉が単なる比喩ではないような気がした。

あの賀茂晶ならそれができるかもしれない。ふとそう思いかけて、慌ててその考えを打ち消そうとした。

陽子はさらに言った。

「賀茂君は、赤岩君にこう言ったそうよ。我が現《うつ》し身を危《あや》めようとしたのはおまえか、と……」

高尾は何も言わない。

陽子の話は続いた。

「赤岩君は最初相手にしなかったそうよ。自殺未遂など賀茂晶が勝手にしたことだ。赤岩君はそういう考え方をする子なの。でも、因縁をふっかけてきた相手を黙って帰すわけにもいかない。そこで、適度に痛めつけてやろうと思った。その瞬間に名前を訊かれた。そして、何がなんだかわからなくなった。気がついたら、赤岩君は尻餅をついていて、賀茂君が凄味のある笑いを浮かべて見下ろしていたんですって。そのときの恐怖は、俺にしかわからない、と赤岩君は言っていたわ」

高尾はまだ何も言わない。

どうしていつものように笑い飛ばしてくれないんだ？　警察官相手にへたな作り話

をするな。苦笑混じりにそう言ってほしかった。

丸木は自分が否定しきれないので、高尾に否定してほしかったのだ。

だが、高尾は否定してくれない。

陽子の話はさらに続いた。

「そして、恐怖の後には心の平安がやってきた。赤岩君はそう言ったわ。賀茂君が、他人を信じることがいかに心の安らぎになるかを教えてくれたと言っていた。それは言葉で教えられたのではない。一瞬にしてそのことがわかったのだと、赤岩君は言っていた。こんなことは、小暮紅一がいなくなってから初めてのことだとしみじみ言っていたわ」

丸木はまた、聖書を連想していた。イエズスの弟子たちは、出会ったとたんにすべてをなげうって信仰の道へと入っていく。そうしたことは一瞬のうちに起こるのだ。賀茂晶にはイエズス・キリストほどの力があるというのだろうか。そんなことがあるはずがない。

彼は、強い暗示を相手に与えるだけだ。何かトリックがあるに違いない。催眠術も、いろいろな手法があると聞いたことがある。賀茂晶は、一瞬にして暗示をかける何かのテクニックを知っているに過ぎないのだ。

丸木はそう思おうとしていた。

「あんたには何が起きたんだ？」

高尾が唸るような調子で尋ねた。

陽子は、不意を衝かれたように高尾を見つめた。

「あたし……？」

「赤岩は後鬼と呼ばれ、あんたは前鬼と呼ばれているんだろう？」

「あたしは……」

ここに来てから陽子が初めてうろたえた態度を見せた。「ただちょっと責任を感じただけで……」

「あんたは、やっぱり嘘がへただ」

「嘘じゃないわ。責任を感じたのよ」

「何の責任だ？」

「担任としての責任、彼のことを昔から知っていて助けてあげられなかったことへの責任、好意を持ってくれていると知っていながらも何もしてやれなかったことへの責任……」

「あんたはさっき、賀茂晶のことが恐ろしいと言ったんだ。あんた自身が賀茂晶のことを恐れているのでなければ、赤岩が賀茂晶のことを恐れている理由を納得できるはずはない」

陽子は口をつぐんだ。唇を真一文字に固く結んでいる。

「何があった?」

高尾はもう一度尋ねた。まるで、容疑者を尋問しているような調子だった。

陽子も、容疑者が自白するときのような態度を見せた。

「何もないわよ」

彼女は、感情の堰《せき》が切れたように声を荒くした。「何があったというわけじゃないわ。あの眼よ。あの眼が恐ろしいのよ。彼は賀茂君じゃない。別の人格よ。あたしにははっきりとわかるわ」

「どうやら、あんたは賀茂晶を恐れているだけじゃなさそうだな」

高尾はゆっくりと言った。「あんたは、彼に心酔しているんだ。まるで、教祖を崇《あが》める信者のようにな……」

陽子は、何か反論しかけて言葉を呑み込んだ。そして、一度目を伏せあらためて高尾を見つめると、きっぱりと言った。

「そうよ。あたしは、彼を心から尊敬しているわ。彼……、役小角《エンノオヅヌ》を」

横浜覇龍会の行方《なめかた》は、韮崎怜治《にらさきれいじ》たちが首尾よく赤岩たちを片づけたのかどうかわからずに苛立っていた。

何とか情報をかき集めようと、事務所であちらこちらに電話を掛けさせていた。やがて、赤岩が警察につかまったという情報が入り、韮崎たちが失敗したことを知った。

「野郎、どじ踏みやがって」

その電話を受けると、行方は歯がみして言った。「どうしてガキの一匹や二匹、片づけられねえんだ。韮崎のやつは拳銃《チャカ》持ってたんだぞ」

事務所にいた組員たちはとばっちりを恐れて何も言わない。

行方はただ腹を立てているだけではない。恐れているのだ。事の次第を久保井に話さなければならない。それが恐ろしい。

久保井は今はただの堅気の社長だ。しかし、その本性は極道よりずっと極道らしいのだ。影響力も大きい。

「すまんが、この年寄りを助けてくれ」

行方は久保井にそう言われた。

それは、単なる頼み事とは違う。久保井に信頼されたということだ。行方はその信頼を裏切ったことになる。この世界で信頼を裏切るということは、命を失うにも等しい。

行方は腹をくくらなければならなかった。時計を見ると、すでに深夜の十二時になろうとしている。だが、行方は躊躇《ちゅうちょ》しなかった。電話に手を伸ばすと、久保井の自宅の番号をダイヤルした。

呼び出し音が鳴るたびに、胸の鼓動が激しくなっていく。

ベルが五回鳴り、受話器が外れた。

「はい。久保井ですが……」

久保井昭一本人が出た。行方は、口の中が乾いていくのを感じていた。

「行方です。夜分に申し訳ございません」

「かまわん。まだ起きていた」

「もし、よろしければ、これからお詫《わ》びにうかがいたいのですが」

沈黙の間があった。行方は生きた心地がしない。

「騒ぎのことはテレビで見た。派手にやったようだな」

「は……。しかし、赤岩は討ち洩らしました」

「討ち洩らしたか……。古風な言い方をするものだ……。それでは、赤岩も賀茂という少年も無事なのだな？」

「申し訳ございません」

行方は電話で話しているにもかかわらず、深々と頭を下げていた。額に冷たい汗が浮かんでいる。

また、短い沈黙があり、その後に久保井が言った。

「寝酒でも飲むか。おまえがやらせているクラブがあったな。まだ開いているだろう」

「『ラシーヌ』です。すぐお迎えに上がります」

「そうか。待っている」

行方はすぐに組員に命じて車の用意をさせた。久保井の自宅に車を飛ばす。道はそれほど混雑はしていない。それでも行方は苛立っていた。

自宅の呼び鈴を鳴らすと、いつものように茶色のスーツを着た久保井が玄関に現れた。夜中にふらりと飲みに出かけるときでもたたずまいを崩さない。それが久保井昭一という男だった。

行方は、最敬礼して車まで案内して、桜木町駅のそばのクラブ『ラシーヌ』に出かけた。店は適度に混み合っているが、行方は奥のVIP席を空けさせた。フロアの他の席から隔離されている。ママが挨拶にやってきて、とびきりのホステスをつけさせた。

久保井は、背筋を伸ばしてグラスを口に運んだ。行方は、酒に手を付けなかった。目を伏せて久保井の叱責の言葉を待っていた。

やがて、久保井は溜め息をついてから言った。

「やはり、人任せにするものではないな……」

独り言のような口調だった。行方は心臓を冷たい手で鷲《わし》づかみにされたような気がした。行方が自分で出かけずに、韮崎に任せたことを非難されたのだと思ったのだ。しかし、どうやらそうではなかったようだ。久保井は言った。

「自分の手を汚さずに済まそうという私が間違っていたのかもしれない」

「社長……」

行方は顔を上げた。「この行方の考えが甘かったのです。かえすがえすも、申し訳ありません」

久保井は、上品にブランデーを口に含むとしばらくそれを味わっていた。やがて、彼は言った。

「ちょっと、人払いをしてくれないか」

「はい」

行方はママに目配せをした。ママはうなずき、ホステスを連れてVIPルームを出ていった。部屋に久保井と二人きりになった行方は、ますます落ち着かない気分になった。

久保井の穏やかな態度がかえって不気味だった。

「実はな、行方……」

「はい」

「この仕事は、私の運試しでもあったのだ」

「運試し……？」

「ゼネコンの社長なんぞやっているとな、汚いこととそうでないことの区別がわからなくなる。土建屋の仕事はきれい事では済まない。極道の仕事とまったく変わらない。たとえ、人死にが出ても利益を上げようと考えるようになる」

行方はどうこたえていいかわからなくなった。叱責されると思っていたのだが、久保井はしみじみと話を始めたのだ。

行方は相槌《あいづち》を打つのも遠慮して黙って話を聞いていた。

「だがな、私には自負がある。ゼネコンが一時期日本の経済を支えていたのだ。我々が清濁を併せ呑んでこの日本列島を造り変えてきた。私たちは幼い頃飢えていた。戦後の日本では食うことが精一杯だった。いつも腹を空《す》かしていたよ。おまえも幼い頃のことを思い出してみるがいい。貧しい生活だったはずだ。それが、いつしかすべての家にテレビや冷蔵庫があり、やがて車を持つことがあたりまえになった。今ではクーラーのない家のほうが珍しい。豊かな国になった。我々にはその豊かさのために一役買ったという自負があるのだ。わかるか、行方」

「はい。わかります」

行方はそうこたえたが、実のところ、久保井が何を言いたいのかわからなかった。

「おそらく、真鍋先生も同じようなことをお考えなのだ。ブルドーザーとクレーンがこの国を豊かにしてきた。しかし、どうやら、この国は狭すぎたようだ。所得倍増だ、高度成長だ、列島改造だと必死で働いた結果、やれ環境破壊だ無駄な公共投資だと批判されることになる。私に言わせれば、干潟の魚や沼地の水鳥がおまんまを食わせてくれるのかと言いたい。そうじゃないか?」

「はあ……」

いったいこの話はどこに行き着くのだ? 行方はそう思いながらうなずいていた。

「どうやら時代が変わったらしい。私たちは滅び行く運命なのかもしれない」

「そんな……」

「しかしな、行方。私もただでは死なん。真鍋先生からいただいたこの仕事に命を懸けている。この仕事がうまくいかなければ、『久保井建設』は終わりだ」

行方は思わず久保井の顔を見ていた。その顔は何かの覚悟を物語っている。

「この仕事の邪魔をするやつは、どうしても許しておけんのだ。真鍋先生に対する義理もある。この仕事を全うするためなら、この久保井、極道に戻ってもいいと思っている」

「な……」

行方は言葉を失っていた。

「どうやら、赤岩と賀茂のことはこの手で始末を付けなければならないようだ」

「そんな、社長が御自《おんみずか》らお出になるようなことでは……」

「のんびりと構えてはいられないようだ。どうやら、警察が動いている。汚職として立件したいらしい」

「警察が……？」

「汚職というのはな、警察にとってもなかなか面倒なのだ。特に国会議員などの大物が絡んでいる場合はな。だから警察は慎重にならざるを得ない。それが私にとって唯一有利な点だ」

「いや……」

行方は慌てて言った。「ならば、社長のほうもいっそう慎重になられたほうが……」

「行方、さきほどから言っておるだろう。この件は私の運試しなのだと……。私が動いてこの仕事がだめになるのなら、それは私の運がそこまでだということだ。私は、もうこの件を人任せにはできない」

「いったい、どうするおつもりで……？」

久保井は、静かに行方を見つめていた。行方は、緊張のために首筋が冷たくなるような気がしていた。

「警察は、赤岩と賀茂をどういう扱いにする？」

「どうでしょう」

行方は考えた。「騒ぎを起こしたからには、それなりのおとがめは受けるでしょうがね。家庭裁判所に送られることになるかもしれませんが、特別に傷害事件など起こしていなければ、少年院送りということもないでしょう。場合によっては、二、三日泊められて、説教を食らって放免ということもあり得ます」

「凶器を持って乱闘したのに、放免か？」

「相手が極道ですからね。まあ、暴走族の扱いと似たようなものでしょう」

「もしそうなら好都合だな」

「どういうことです？」

「赤岩と賀茂が警察の手にある間は手出しができないからな……」

行方は眉間に皺《しわ》を寄せた。この老人は本気なのだろうか？　たかが高校生二人に、天下の久保井昭一が……。

もしかしたら、年を取って判断力を失っているのではないだろうか？　行方は密かにそんなことを考えていた。

「私は日本のために働いてきた」

久保井昭一は、まるで行方の心を見透かしたように言った。「その日本に私は裏切られたような気分だ。赤岩と賀茂はその象徴と言えるかもしれない。私は彼らを放っておいてはいけないのだ。彼らを始末することは、真鍋先生との約束でもあるしな……」

久保井にここまで言われては、引っ込みがつかない。行方は、言った。

「わかりました。この行方俊蔵にもお手伝いをさせてください」

「その必要はない」

久保井は冷ややかに言った。「おまえは一度失敗しているんだ」

行方はたちまち居ずまいをただした。

「いえ、このままでは、この行方の男が立ちません。もう一度、チャンスをください。必ずや赤岩を始末して見せます」

「以前にも一度言ったが、問題は赤岩よりも賀茂晶という学生だ。賀茂晶は油断ならん。赤岩のほうに目を奪われがちだが、けっして賀茂晶を見くびるな」

行方は、ぱっと顔を輝かせた。

久保井がもう一度チャンスをくれると言ってくれているのだ。

その賀茂晶がどんなやつかは知らない。しかし、所詮は高校生に過ぎない。プロの極道が本気になったら、太刀打ちできるはずなどないのだ。行方にはそうした自信があった。

韮崎の失敗の理由はわからない。しかし、きっと油断していたのだろう。油断さえしなければ失敗するはずはない。

これは、面倒なただ働きだ。しかし、うまく事が運べば久保井昭一に恩を売ることができる。久保井は、もうゼネコンは終わりだというような言い方をしているが、行方はそうは思わなかった。久保井は生き延びるに違いないと思っていた。

さらに、真鍋不二人とのパイプを手にすることができるかもしれない。それは行方のような極道にはこの上ない魅力だった。万が一、久保井が失脚するようなことがあっても、真鍋不二人とのコネができればそれでいい。

行方は、そう算盤《そろばん》をはじいていた。

久保井は、満足げにブランデーを飲み干した。

「さて、うまい酒だった」

そう言うと、久保井は立ち上がった。話は終わりだという合図だ。久保井の態度を見て、行方はうまく乗せられたと感じていた。

まあ、それも仕方がない。しばらく付き合うしかない……。

14

一夜明けて、県警本部ではようやく南浜高校の事件処理が一段落していた。丸木は、寝不足でしょぼしょぼする目で書類仕事をしていた。

隣の席で高尾は考え事をしている。丸木は、ひどく憂鬱な気分だった。昨夜の水越陽子の話が尾を引いている。

南浜高校の生徒のほとんどは、調書を取られただけで帰されることになったようだ。鉄パイプや金属バットで武装していたことが明らかな少年だけが、家裁送りになるということだ。県警にとってはヤクザのほうが問題なのだ。

赤岩と賀茂晶がどうなったのかは確認が取れていない。電話一本で知ることができるのだが、丸木はそれすらが億劫《おっくう》な気がしていた。朝から何もする気になれない。抑鬱状態だった。どうやら高尾も似たようなものらしかった。

制服の係員が高尾のもとへやってきて、来客だと告げた。高尾は物憂げに、誰だと尋ねた。

「更木とおっしゃる方ですが……」

「誰だ、そりゃ」

丸木が言った。

「更木衛ですよ。昨夜、訪ねたじゃないですか」

「ああ、あの学者もどきか？」

「学者もどきはひどいですよ」

「大学の先生なんかじゃないんだろう？　じゃあ、学者もどきだ」

「在野の立派な学者だっていますよ」

高尾は丸木の言うことなど気にした様子はなかった。制服の係員に、ここへ通してくれと告げた。

更木衛が、近づいてくるのが見えた。後退した額の髪の生え際。脇にふわふわと広がっている白髪。そして、その子供のような眼。

その生き生きとした眼の光が、丸木の今の気分にそぐわなかった。

高尾は椅子に腰掛けたまま、更木に言った。

「昨日は邪魔したな」

丸木はふと気づいて言った。

「フィールドワークのために地方に出かけたんじゃないのですか？」

「途中で引き返してきた」

高尾が聞き返した。

「引き返してきた？　なんでまた……」

「地方で調べものをするよりずっと興味深いものを見つけたんでな」

高尾はけだるげに言った。

「なるほど……、役小角を名乗るガキのことか？」

「そうだよ。高校生だと言ったな？　どうして高校生が役小角などと名乗りはじめたのか、きわめて興味深くてな」

「あんた、物好きだな」

「物好きでなければ、こんな仕事はやってないよ」

「それで、俺に何の用だ？」

「その少年に会わせてもらおうと思ってな。昨日の話だと、どうやらその賀茂という少年は警察に捕まっているらしいじゃないか」

「俺はそんなことをあんたに話したっけな？」

「あんた、隣にいる刑事さんとそんな話をしていた」

高尾はうなずいた。

「おそらく、まだ港北署にいるだろう。南浜高校の騒動は知っているかい？」

「新聞で読んだ」

「賀茂晶はその騒動で捕まったんだ」

「それで……？」

　高尾は肩をすぼめた。

「それだけだ。説教をして帰すさ。乱闘が起きたとき、彼らは校舎の中にいた。乱闘には参加していなかった。それを担任の教師が証言したんだ」

　高尾は皮肉な口調で言った。丸木はぼんやりとその言葉を聞いていた。

　学校占拠事件の首謀者は、おそらく賀茂晶と赤岩だ。しかし、そのことはうやむやになってしまったようだ。なにせ、担任の水越陽子が彼らといっしょにいて、話し合いをしていたと証言しているのだ。

　乱闘は彼らとは関係のないところで起きたような形になってしまった。少年事件は全件を家庭裁判所に送致するのが原則だ。おそらく、乱闘に参加した生徒の何人かは、家庭裁判所で審議された結果、保護観察などの処分を受ける者も出るかもしれない。

　しかし、赤岩と賀茂は家裁に送られることすらなさそうだった。保護者が引き取りに来て放免だ。

　なんだか、すべて賀茂晶に操られているような気がして、丸木はひどく気味が悪かった。

「その賀茂晶という少年はいつまで警察にいるんだ？」

「今日中には放免されるだろう」

「今なら会えるかね？」

「会えないこともないが……」

「私は一度興味を持つと、いても立ってもいられなくなるんだ。旅行を中断して戻ってきたんだ。会わせてくれんか？」

高尾は何事か思案していた。丸木は口を挟まずにいられなかった。

「会ってもらいましょう。この先生なら、賀茂晶が役小角の転生者なんかじゃないことを証明してくれるかもしれません」

更木衛はいたずらっ子のような眼で丸木を見つめた。

「転生者でないことを証明するだって？　妙なことを言うな。それじゃ、誰かが転生者であることを信じているような言い方じゃないか」

「信じているのさ」

高尾がいった。「それも一人や二人じゃない。もしかしたら、そこにいる丸木本人も信じているのかもしれない」

「ほう……」

更木は面白そうに丸木を見た。「ますます、賀茂晶に会いたくなってきたな……」

「いいだろう」

　高尾は立ち上がった。「行ってみよう」

　丸木は救いを求めるような気分で、高尾とともに先に歩きだした更木衛の背中を見つめていた。


　賀茂晶はまだ港北署にいた。調書を取るという名目で一晩泊め、係員が説教をするのだ。高尾が訪ねていくと、賀茂は、おだやかにほほえんだ。

「高尾と申したか？　吾子《あご》と話をするのは楽しい」

「今日は客を連れてきた」

　賀茂晶は、更木衛のほうを見た。

「誰じゃ？」

「私の名前は更木衛」

　更木は、賀茂晶を観察するように見つめながら言った。「日本の歴史を研究しています」

「歴史……？」

　賀茂晶は、怪訝そうに眉を寄せた。「日本というのは、この国のことを言うらしいな。我はそういう呼び名を知らなかった。唐人《からびと》たちは、倭《わ》と呼んでおった。その歴史を学んでおるというのか？　唐《から》にはそのような務めの者がおるらしいが……」

「日本の歴史はなかなか面白うございますよ。私はあなたにも興味があります」

「興味がある？　それはどういう意味だ？」

「あなたは、時を超えてこの時代にやってこられたようですね。誰だって、そういう話には興味を持ちますよ」

　賀茂晶はまだ眉間にしわを刻んでいる。

　丸木は、薄々感づいていた。賀茂晶は興味という言葉に馴染みがないのだ。興味などという言葉は新しい日本語に違いない。

　更木衛はそれに気づいていないようだった。

「まずは、お名前をお聞かせ願えませんか？」

　賀茂晶は、ふと険しい表情を解き、不敵なほほえみを浮かべた。

「名を聞いて何とする？」

「この刑事さんたちは、あなたのことを賀茂晶と呼んでいます。しかし、話によると、あなたは役小角を名乗っておられるとか……」

　賀茂晶はほほえみを浮かべたまま、うなずいた。

「我が名はオズヌだ」

「それで、氏姓《うじかばね》は……？」

「氏は役《えん》、姓は君《きみ》だ」

「ほう……。『日本霊異記《にほんりょういき》』には、賀茂役君《かものえのきみ》と記されておりますが……」

「どこでどのように記されておるかは知らぬ。我が氏は役、姓は君だ」

「では、父上の名は？」

「賀茂のマカゲマロ」

「大角ではないのですか？」

「オオヅノ……？　そのような名は知らぬ」

「母上の名は？」

「トラメと呼ばれておった」

丸木は記憶をまさぐった。一般には役小角の父親の名は大角だと言われているが、たしかに高賀茂《たかかも》真影麻呂《まかげまろ》、あるいは賀茂真影麻呂と記している書物もある。

母親の名は、鎌倉時代の『私聚百因縁集《しじゅうひゃくいんねんしゅう》』では、高賀茂白専《しらとう》渡都岐麻呂《とときまろ》とあり、『役公徴業録《えんこうちょうぎょうろく》』では、渡都岐氏《とときし》、また『役行者本記《えんのぎょうじゃほんぎ》』では、葛城君《かつらぎのきみ》白専女《しらとうめ》としている。

しかし、それらはいずれも後世の呼び名で、もともとはトラメやトラと呼ばれていたに違いないという説を読んだ記憶があった。

このトラというのは、古代の巫女《みこ》に多い名前らしい。

丸木は、またしてもひどく落ち着かない気分になってきた。賀茂晶がすらすらとこたえることができるのに驚いていた。よほど勉強をしていないとこたえられるものではない。

しかし、と丸木は思った。

勉強さえしていれば、こたえられなくはない。そうだ。賀茂晶は異常なほどの熱心さで役小角について勉強したに違いない。オタクと呼ばれる人々が、夢中で知識を溜め込むように……。

「氏が役で、姓が君だと言いましたね？　もともとは賀茂氏《かもうじ》なのではないのですか？　どうしてそういう氏姓になったのでしょう？」

「我は、蘇我《そが》本家の役《えだち》だった。それ故に役と呼ばれた。そして、その賀茂から出た役の部曲《かきのたみ》を率いていた我が家は、君の姓を賜った。そう聞いておる」

「ほう……」

更木は、油断ない目つきになった。何事かしきりに考えている。「つまり、役君家《えのきみ》は、蘇我氏に仕えていたと……？」

「そうだ」

「たしか、あなたがまだ若い頃に大化改新《たいかのかいしん》がありましたね？」

「大化改新？　それは何のことだ？」

丸木は、安堵《あんど》して笑い出したくなった。

大化改新を知らない。これは、致命的な気がした。

役小角が大化改新を知らないはずはないのだ。それはたしか、役小角が十二歳のときに起きたはずだ。蘇我氏宗家に仕えていたと言いながら、大化改新を知らないと賀茂晶はたしかに言った。

馬脚を現したなと丸木は思ったのだ。

更木はその点を追及しようとはしなかった。「役君家では、どんな神を祀《まつ》っておいででした？」

「神を祀ることは許されていなかった」

「たとえば、饒速日命《にぎはやひのみこと》などを祀ったりはしなかったのですか？」

「饒速日大王《にぎはやひのおおきみ》は神ではない。我々の先祖を司っておられた」

「なるほど……。では、一言主《ひとことぬし》はいかがですか？」

「一言主を祀っていた同胞《はらから》がおったが、遠き地に流された」

「四国へ流されたのですね？」

「そう。死の国に……」

「あなたは一言主を崇めてはおられなかったのですか？」

賀茂晶は口をつぐんだ。

丸木は、いよいよ気分がよくなってきた。賀茂晶の化けの皮がはがれそうになっていると思ったのだ。賀茂晶が言いよどんだのは、更木の質問にどうこたえていいかわからないからだと思った。

やがて、賀茂晶は言った。

「一言主を祀る異形《いぎょう》の同胞がいた。我はその者たちとともに、新たな国を造ろうと思った。かつて、饒速日大王《にぎはやひのおおきみ》が治めていたような国を……。だが、その者たちのなかに、新たな国を望まぬ者もおった。そういう輩が時の大王家と通じて我が企てを明かして、我を陥れようとした。我は土地を去り、同じ一族がかしこき土地として崇めておる伊豆に向かわねばならなかった」

これは、『続日本紀《しょくにほんぎ》』などに記されている、伊豆に流されたエピソードのことだろう。しかし、丸木は少しばかりニュアンスが違うように感じた。

賀茂晶は、伊豆に流されたとは言っていない。自ら賀茂一族の聖地である伊豆に向かったという言い方をしている。

「一言主を祀る異形の同胞というのは……？」

「出雲《いずも》人の中にそのような者がおった。赤ら顔や青白い顔をしており、鼻が突き出ておる。青い眼の者もおった」

モンゴロイドではない特徴を持つ人々……。たしかに、そういう民族がいたとしたら、里の人々は鬼だといって恐れたに違いない。その点については、丸木も考えたことがある。

賀茂晶は、上古の日本にそういう民族がいたという。そして、その人々は一言主を祀っていたらしい。

一言主というのは、聖書の救い主を連想させると更木が言っていた。

「あなたも、一言主を崇めていらしたのですね？」

更木衛が言った。「人々を救うために、人の形をしてこの世界に姿を現す神……。それは神であり、神の子であり、神の聖霊なのですね」

賀茂晶は、無言で更木衛を見つめていた。それは、これまで丸木が見たことのない表情だった。賀茂晶は初めて動揺を見せたのだ。

更木衛はさらに言った。

「あなたたち役民《えだちのたみ》は蘇我一族からその神を祀ることを禁じられていた。それ故に、あなたはそれを隠したが、後にそれが権現《ごんげん》という名で表されるようになった。つまり、唐の国からやってきた仏の教えの中に、一言主の姿を隠したのですね」

「権現……？　それは知らぬな」

「そうかもしれない。修験者たちが熊野権現を信仰しはじめるのは、ずっと後のことでしょうからね。とにかく、あなたは唐の仏など崇めてはおられなかった。密かに、一言主を祀っておられたのですね。父であり、子であり、聖霊である三つの位を持つ神を……」

賀茂晶は、緊張を露わにしていた。丸木は不思議なものを見ているような気がしていた。これまで賀茂晶は、能面のように無表情であるかあるいは、他人よりはるかに優位に立っているように穏やかな表情を崩さなかった。

それが、更木の指摘によってどんどん追いつめられているように見えるのだ。

それは、知識の不足を露呈しまいとするための苦しみなのだろうか？

更木が、気に入ったおもちゃを見つけた子供のように目を輝かせながら、言葉を続けた。

「そして、その神は善《よ》きことも、悪しきことも一言で言い放つ神。つまり、善と悪、明と暗、陰と陽を併せ持つ神なのですね？」

丸木は、更木が何を言おうとしているかようやく悟った。

彼は、一言主という神が、ユダヤ教キリスト派の神と、ゾロアスター教の神の双方の性格を持ち合わせていることを確認しようとしているのだ。

賀茂晶の表情は、緊張から恐れに変化しつつあった。

つまり、更木の指摘が的を射ているということではないだろうか？

それは何を意味しているのだろう。丸木はまたしても不安になった。ユダヤ教キリスト派、つまり一般に言われる原始キリスト教団の神とゾロアスター教の神の融合。

パルティアでならそれが起こりうると更木は言っていた。

賀茂晶はそれを知っているのだろうか？　いや、そんなはずはない。パルティアで原始キリスト教とゾロアスター教の融合が起こったというのは、更木の私論だということだった。

賀茂晶は独自に勉強して、更木と同じ結論にたどりついたということだろうか？

そうでないとしたら……。

やがて、賀茂晶は言った。

「我はこれ以上神の話をしたくはない」

更木は、しばらくじっと賀茂晶を見つめていた。そして、うなずくと声の調子を落として言った。

「意味深い話を聞かせてもらって、感謝しますよ」

賀茂晶は緊張を解かずに更木を見返している。

「最後にもう一つだけ訊かせてください」

「何だ？」

「あなたは、はるかに時を隔てたこの世で何をなさろうとしているのですか？」

賀茂晶は、何も言わず更木を見つめている。徐々にだが緊張が解けていくように見える。どれくらい黙っていただろう。賀茂晶はいつもの落ち着きを取り戻していた。

彼はかすかにほほえむと言った。

「この世で出会った新たな同胞《はらから》たちが憂いておる。我の望みはいついかなるときも変わらぬ。同胞の憂いを晴らすことだ」

じっと賀茂晶と更木のやり取りを聞いていた高尾が割って入った。

「新たな同胞というのは、南浜高校の生徒たちのことか？」

賀茂晶の表情からはすでに不安や恐れは消えていた。穏やかに高尾に視線を向けると、こたえた。

「そうだ。彼らが、我の新たな同胞だ」

「赤岩と水越陽子もそうなのだな？」

「そうだ」

賀茂晶はうなずいた。「そして、吾子もそうなると思っておる」

「俺も……？」

高尾は、片方の頰を歪めて不敵な笑みを浮かべた。「それで、同胞の憂いを晴らすってのは、具体的にはどうすることなんだ？」

「政《まつりごと》を正すことになろう」

「何だと……？」

「これ以上は、同胞にしか話せぬ」

高尾は何か言いたげに賀茂晶を見据えていた。取調室のドアが開いて、港北署の係員が覗《のぞ》き込んだ。

高尾は振り向いて言った。

「何だ？」

「あの、その少年のご両親がいらしてまして……」

「放免か？」

「そういうことです」

高尾は更木を見た。更木は、肩をすぼめて見せた。

高尾はあらためて賀茂晶に視線を戻すと言った。

「そういうことなら、俺たちは引き上げることにするか……」

丸木は、高尾のシルビアの狭い後部座席で体を縮めていた。助手席を更木に譲ったのだ。ハンドルを握る高尾が言った。

「俺にはどういう話になっているのかよくわからなかったんだが……」

更木は正面を見たままこたえた。

「そうだろうな」

「それで、何がわかったんだ？」

「ありゃ、本物かもしれんぞ」

更木はあっさりと言った。

「本物？　つまり、賀茂晶は役小角の転生者だというのか？」

「それを否定できる根拠は聞き出せなかった」

丸木は、またしても常識が覆される不安を感じていた。彼は、思わず言った。

「そんなばかな……。転生などということが本当にあるはずがありません」

「どうしてそう思う？」

更木が尋ねた。

「どうしてって……。誰だってそう思いますよ」

「世界には転生を信じている者は多い。チベットのダライ・ラマも代々転生者だと言われているし、ネパールのクマリもそうだ」

「それは、宗教的な儀式に過ぎないのでしょう？」

「そうとは言い切れまい。その国の多くの人々は本気で信じているのだ」

「僕は信じません。賀茂晶が役小角の転生者だなんて、そんなことがあり得るはずがない」

「世の中には、信じられない事実がいくらでもあるよ。先入観なしにそういうものを見つめるのが本当の学問的な態度というやつだ」

「賀茂晶がよく役小角のことを勉強しているのはわかります。でも、きっとそれだけのことです」

「勉強しているだけじゃ、あれだけのことはこたえられんよ」

「知識の穴があったように思えます」

「ほう……。どこに穴があった？」

「彼は、大化改新を知らないと言ったのです。役小角ならば知らないはずはありません。たしか、彼が十二歳くらいのときに起きたのです。彼らを支配していた蘇我氏の本家が滅亡するのですよ。彼らにも大きな影響があったはずです」

「大化改新は小学生でも知っている。それを知らないというのはかえって不自然だとは思わないのかね？」

「今時の高校生は、ものを知りませんからね。賀茂晶が役小角の知識をどこから仕入れたのかは知りませんが、大化改新に関わる事柄は抜け落ちたのでしょうね」

「私は、彼が大化改新という言葉を知らなかったことで、本物だ……と感じたのだがね……」

「どういうことです？」

「大化改新などという言葉は、役小角が生きていた時代にはなかった。ずっと後世に造られた言葉だ」

丸木は、あっと思った。たしかに更木の言うとおりかもしれない。事件が起きたときには、大化改新などという言い方はされなかったに違いない。それはあくまで、歴史学の用語に過ぎないのだ。

更木は言った。

「そう。当時の人々は大化改新などとは言わなかった。そうだな……、『乙巳《いっし》の変』という言い方なら知っていたかもしれない」

丸木は、訳がわからなくなってきた。

更木ならば、役小角の転生者などという主張が嘘であることを見破ってくれると思っていたのだ。だが、結果は逆になってしまった。

では、賀茂晶は本当に役小角の生まれ変わりだというのか？

高尾が言った。

「俺は本当のことが知りたい。あんたは本当にあいつが役小角だと思っているのか？」

更木は実に淡々とした口調でこたえた。

「そう思わざるを得ないな。彼はあらゆることによどみなくこたえた。単に知識を蓄えただけではああはいかない。実際に経験したことだから、すらすらと話すことができるのかもしれない」

「一言主の話をしたときには、言葉が途絶えたぜ」

そうだ、たしかにそうだった。

丸木もその点を指摘したかった。更木はこたえた。

「触れられたくなかったのだろうな。おそらく、役君《えのきみ》家は、役の民《えだち》を統率していた家柄だ。つまり、蘇我一族に命じられて同族を束ねる立場にあったわけだ。そして、蘇我一族や朝廷は一言主の祭祀《さいし》を禁じていた。つまり、役小角は同族が一言主を祀らぬように監視する立場にいたのかもしれない。自らも崇めている神を祀ることを同族に禁じなければならない。これは辛かったに違いない」

「よくわからんのだが……」

高尾は言った。「一言主というのは、土着の守り神なんかじゃなさそうな話し方だったな？　昨日あんたが言っていた、キリスト教がどうのゾロアスター教がどうのというのと関係がありそうだな？」

「ほう……。少しはものがわかってきたようだな。そう。私は、彼に一言主がどんな神なのか質問してみた。彼は、一言主がユダヤ教キリスト派とゾロアスター教の両方の性格を持っていることを認めたよ。これは私の仮説とぴたりと一致する。つまり、役小角の先祖である鴨《かも》族は、はるか昔にパルティアからシルクロードを渡って日本にやってきた人々の可能性がある」

更木はいきいきしていた。丸木は、その気持ちがわからないではなかった。荒唐無稽に思える更木の説が、にわかに現実味を持ってきたのだ。証明はできない。しかし、彼にとっては大きな支えになるに違いない。

一方、丸木の心の中はざわざわと落ち着かなかった。

高尾が言った。

「俺は、心理学の専門家か精神科の医者に賀茂晶を見てもらおうかと思っていたんだがな……。そうすれば、彼がどうして役小角の転生者だなどと言いだしたのかわかるかもしれない」

「無駄なことだよ」

更木は言った。

「無駄？　なぜだ？」

「心理学者も精神科医も、本物の転生者などというものにお目にかかったことはないだろうからな。つまり、データが何もない。データがないものは判断ができない。そうなれば、否定する口実を探すに過ぎない」

「あくまで、あんたは、あれが本物の役小角だと言うのか？」

「少なくとも、本人以外にあれだけのことがすらすらと話せるとは思えないな」

高尾はそれきり口をきかなかった。

水越陽子や赤岩は、賀茂晶を役小角の転生者であると信じているようだ。そして、それに更木衛が加わった。丸木は、その事実をどう受け入れればいいのか戸惑い続けていた。

15

真鍋不二人は、警察に不穏な動きがあることに薄々気づいていた。表だった捜査ではない。きわめて慎重にそっと事を進めている。汚職の内偵だ。

南浜高校の騒動を見てまずいことになったと真鍋は感じていた。秘書に、新聞やテレビのニュースから情報をかき集めさせ、生徒が立てこもっているところに、ヤクザ者が乱入したことがわかった。

マスコミは、南浜高校に廃校の計画があることを報じた。生徒たちは学校を占拠してそれに抗議した。そこにヤクザたちが突入して乱闘が起きたのだ。

マスコミの論調も世論も生徒たちに好意的だった。廃校を何とか阻止しようとする生徒たちに同情と共感が集まるのは当然だった。

なぜヤクザが突っ込んだのかという点で、今後さまざまな臆測が飛び交うだろうと、真鍋は予想した。

当然、南浜高校の廃校に関する利権が取り沙汰されるだろう。週刊誌などはそういう点に必ず着目する。

何とか早く手を打たなければ、取り返しのつかないことになる。

真鍋は朝から、そのことばかり考えていた。国会議員は忙しい。朝からスケジュールがぎっしりと詰まっている。国会中継で、居眠りをしている姿などが放映され、いかにものんびりとした生活を送っているように思われるが、あれは本会議場内だけの姿で実は体力勝負の激務だ。

事務所にいるときは分単位で人が会いに来る。各種委員会にも出向かなければならないし、地元で催しがあれば出かけなければならないこともある。

一つのことにこだわっている余裕などない。政治家の頭の中では常に、幾つかのことが同時並行で進んでいる。

その慌ただしさと複雑さに耐えられない者は政治家にはなれない。真鍋はその点だけ取り上げれば、優秀な政治家だった。彼には、決断力と細やかなチェック能力の双方が備わっている。

だから、普段はただ一つのことに囚《とら》われることなど滅多にない。

しかし、今日は違っていた。南浜高校のことがずっと頭に引っかかっている。凡人と違ってただ単に恐れているわけではない。彼は冷静に、なぜこれほど気になるのかを分析していた。

南浜高校廃校の雲行きが怪しくなってきた。その背後には、公共事業の見直しという問題があった。国家財政が逼迫《ひっぱく》しており、地方に落とす公共事業も大幅に見直さなければならなくなった。

政府は、景気問題に関して今後ブレーキとアクセルをうまく使い分ける、などという言い方を始めた。

それが、南浜高校跡地の再開発にも微妙に影を落としているのだ。

冗談ではない、と真鍋は常日頃力説していた。景気回復の特効薬はやはり公共事業などの土木建設関連だと、彼は信じているのだ。しかし、時代の流れは真鍋に味方をしてはくれないようだった。

真鍋は、何度か読み返した新聞記事のコピーを机の上に放り出した。

「久保井のやつ……」

彼はつぶやいていた。

南浜高校の騒動に久保井が関係しているのは明らかだ。彼自身が、この機に乗じて赤岩たちを始末すると言っていたのだ。突っ込んだヤクザというのは久保井が手配した者に違いない。

どの記事を見ても生徒が死んだとは書いていない。つまり、久保井は失敗したのだ。そして、その失敗は、今や真鍋にとって単なる失敗ではなくなりつつあるような気がした。マスコミが南浜高校に注目しはじめるだろう。

南浜高校の一件が、私自身の命取りになるかもしれない。

真鍋はそんな不安を覚えた。彼が不安を感じるのはたいへんに珍しいことだった。

久保井め。極道のやり方は昔から変わらんなどと言っておったが、このざまか……。

久保井とはずっと悪くない関係が続いてきた。彼は真鍋のことを何かと盛り立ててくれたし、真鍋は久保井を利用価値のある男だと思っていた。しかし、ボタンの掛け違いから悪くない関係が一気に壊れることもある。

赤岩に賀茂と言ったか……。

あの二人を何とかしろと言ったのは真鍋だった。久保井は忠実な猟犬のように言われたことを実行しようとしているだけなのかもしれない。しかし、そのやり方が少々時代遅れなのかもしれない。

極道は所詮、極道か……。

真鍋は苦々しく思っていた。

何か他のやり方を考えねばならないかもしれない。

真鍋は、神奈川県警の少年課にいる刑事のことを思い出していた。赤岩と賀茂のことを調べていた刑事だ。まだ会ったことはないが、名前を探り出していた。高尾だ。

赤岩と賀茂のことを調べ出していながら報告を怠った刑事。真鍋は、ペナルティーとしてその刑事に少しばかり圧力を掛けてやった。その刑事を利用できないものだろうか……。

極道を使ってうまくいかなかったら、警察を使う。それは悪くないアイディアだと思った。

だが、もう一つ選択肢がある。もう赤岩や賀茂のことは放っておくのだ。『菊重《きくしげ》』でのことはたしかに腹立たしい。しかし、無視すればそれで済むことだ。

つまらぬことにこだわって、大切なものを失うわけにはいかない。

真鍋は持ち前の決断力を発揮しはじめた。まずは、高尾という刑事が利用できるかどうか探りを入れることだ。それができそうになれば、赤岩や賀茂のことは放っておく。

そういう二段構えの計画でいくことにした。いずれにしろ、久保井には手を引かせよう。すでに、久保井の行動は危険な領域にまで及んでいる。

うまく赤岩と賀茂を始末できれば、それはそれでよかったのかもしれない。しかし、久保井は失敗した。

真鍋は、秘書には頼まず、自分で久保井に電話を掛けた。

社長室に直接つながり、久保井の秘書が出た。

「真鍋だ」

一言そう言うだけで、秘書が緊張するのがわかった。直接真鍋が電話してくるのはきわめて珍しいことだ。たいていは、こちらの秘書がまず相手を呼び出して、真鍋に代わるのだ。

「恐れ入ります。少々お待ちください」

女性秘書はすっかりうろたえているようだ。真鍋は悪い気分ではなかった。大物の気分を味わっていた。

それほど待たされずに、再び同じ秘書の声が聞こえてきた。

「申し訳ありません。久保井はただいま席を外しておりまして……。折り返しこちらからお電話をさせていただきたいのですが……」

真鍋はたちまち気分を害した。

「席を外している？　社内にいるのか？」

「いえ、それは……」

「いるのなら、探し出して電話に出させろ。このまま待っている」

「申し訳ありません。外出しているようで……」

真鍋は、頭に血が上るのを感じた。思わず声が荒くなった。

「外出しているようだとはどういう言い草だ？　おまえは秘書じゃないのか？　社長のスケジュールくらい管理できないのか？」

「申し訳ありません」

政治家はたいてい短気だ。それは真鍋も自覚している。周りが常に気をつかっているせいもあるが、とにかく恒常的にひどいストレスにさらされているのが原因だと思っていた。

秘書はおろおろしている。

「あの、少々お待ちいただけますか？」

電話が保留になった。今度はしばらく待たされた。真鍋の苛立ちは募った。

やがて、電話がつながり、男の声が聞こえてきた。

「お電話代わりました。秘書室の田中です」

久保井建設の秘書室長だ。真鍋は何度か会っており、顔を知っていた。

「田中か？　おまえの会社はどうなっておるんだ？」

「申し訳ありません、先生」

田中はそこまで言って、声を落とした。「実は、先生だから申し上げますが、久保井の姿が今朝ほどから見当たらないのです」

「見当たらない？　どういうことだ？」

「今朝早く、運転手あてに電話があったそうです。今日は迎えに来なくていいと……。今日は出社しておりません」

「出社していない？」

真鍋は、不吉なものが胸をよぎるのを感じた。「社長が無断欠勤か？」

「そういうことになります。朝から予定の変更やら何やらの対応に追われておりまして、たいへん失礼をいたしました」

社長が姿をくらましたとあっては、会社はたいへんだろうと真鍋は思った。しかし、久保井建設の事情などどうでもよかった。それより気になることがある。

「それは、南浜高校の騒動と何か関係があるのか？」

一瞬間があり、田中のさらに抑えた声が聞こえてきた。

「これも、先生だから申し上げるのですが、私どもも、そういうことなのではないかと臆測しておるのです」

「南浜高校にヤクザが突っ込んだそうだが、それは、久保井の差し金なのか？」

「さあ、そこのところは、私どもでは何とも……」

久保井建設の人間がそこまでの事情を知っているとも思えなかった。久保井昭一は今では堅気なのだ。もしかしたら、田中もそういうことを疑っているかもしれないが、さすがに肯定的なことは言えないだろう。真鍋は、それ以上追及することはできなかった。

「わかった。久保井が現れたら、電話を寄こすように言っておけ」

「承知いたしました」

真鍋は電話を切った。苛立ちの腹いせに思い切り受話器をフックに叩きつけたが、それで気分が晴れるものではない。

大声で秘書を呼んだ。

すぐに第一秘書が現れた。真鍋がどんなに荒れていても、この秘書は取り澄ました顔をしている。

「お呼びですか？」

「高尾という神奈川県警の刑事に連絡が取れるか？」

「どういう用件で？」

「話がしたい。そう伝えればいい」

「質問してよろしいですか？」

秘書はあくまでも冷静で、真鍋は突っぱねることができなかった。

「何だ？」

「それは、南浜高校の騒動に関係したことですか？」

「そうだ」

「どんな話をなさるおつもりですか？」

「それはおまえが知る必要はない」

「私には、会見の内容をあらかじめ把握しておく責任があります」

真鍋は、苛立ったが、この第一秘書にだけは逆らえなかった。彼は間違いなく有能なのだ。

「南浜高校の生徒が廃校に反対していると新聞などで報じられた。その点を詳しく聞きたい」

「何も神奈川県警の職員を呼び出さなくても……」

「現場の率直な意見が聞きたいのだ。何か問題はあるか？」

秘書はほんの数秒無言で考えていた。やがて彼は言った。

「それだけならば問題はありません。手配いたします」

「急げ」

「それと……」

「何だ？」

「高尾というのは、少年課ですので、正確には刑事ではありません」

「ああ、わかった」

真鍋は苦い顔で言った。

秘書が出ていくと、真鍋は不安が募っているのを自覚していた。

久保井はどうしたのだろう？　何を考えているのか……。

こうなったら、彼を切るのが一番だ。しかし、南浜高校廃校後の開発を考えれば久保井建設を切るわけにはいかない。談合の段取りはすべて久保井建設と行ってきたのだ。

久保井のことに苦慮する一方で、汚職捜査の動きも気になった。

真鍋は珍しく追いつめられた気分になった。

16

久保井昭一は今でも裏社会に顔が利くが、それでも武器を手に入れるとなると、なかなか面倒だった。極道の社会は決して義理と人情の世界ではない。利権の世界だ。久保井が何か弱みを見せると、必ずそこにつけ込もうという者が出てくる。うかつな相手に武器がほしいなどとはいえない。久保井は、冷静に相手を厳選した。金で片がつく相手のほうがいい。そして、こちらも相手の弱みを握っているのが望ましい。

久保井ほどの立場になると、そういう人間が何人かいる。その中の一人から、日本刀と拳銃を手に入れた。日本刀は、おそらく一振り五十万もしない安物の居合い刀だが、充分に役には立つ。黒塗りの鞘《さや》に収まっていた。柄《つか》も一応のものがついている。長ドスと呼ばれる鞘も柄も白木のもので充分なのだが、昨今そういうもののほうが手に入りにくいようだ。

拳銃はリボルバーだった。スミス・アンド・ウェッスンの三八口径。これは命中精度がよく、慣れた者なら二十メートルの距離からの狙撃も可能だと、売り手は言っていた。

しかし、久保井にはその必要はなかった。弾が出ればいいのだ。彼は、至近距離でしか使うつもりはなかった。相手に突きつけて確実に撃つのだ。

久保井は、最近では決して泊まることのないような安ホテルに泊まっていた。宿泊費は現金で払い、偽名で泊まっている。

ベッドに場所を取られてほとんど身動きも取れないくらいに狭い部屋だった。だが、部屋のことなど気にならなかった。薄暗いホテルの照明に、抜き身が冴えざえと光った。

古いタイプの久保井にとって、拳銃よりこの日本刀のほうが頼りになった。若い頃は、長ドスを振り回してずいぶん無茶をやったものだ。

その時の情熱が、にわかによみがえってきた。出入りの喧噪《けんそう》を思い出して血が熱くなる。あの異常な興奮は、堅気の社会に入ってからは味わったことがなかった。

若い時代は、恐怖の連続だった。喧嘩のたびに小便を洩らしていたし、反吐《へど》も吐いた。だが、今またその世界に戻ろうとしている。

修羅の世界だ。

久保井はすでに、賀茂晶の住所を調べだしていた。極道の情報網を使えば、それくらいは造作もない。

ひっそりと行って、仕事を片づけるだけだ。どうやら、真鍋は赤岩のほうを気にしているようだが、久保井は賀茂晶のほうが問題だと思っていた。

賀茂晶のほうが格が上だ。極道は、喧嘩の時に誰がボスなのかを見抜かなくてはならない。久保井にはその眼力がある。

そして、久保井は赤坂の『菊重』で賀茂晶がやったことがずっと心の隅に引っかかっていた。

かつて暴力の世界に生きていただけに、暴力というものが、生半可な説得などで制止できるものでないことをよく知っている。そして、暴力に生きる者は暴力しか信用しない。

真鍋のボディーガードが、おとなしく言うことをきいたのは、何か特別なことをしたからに違いないのだ。
それが何かわからないから不気味だった。しかし、今では久保井も腹をくってい
る。相手が何をしようが、問答無用でぶった斬るだけだ。
人を殺すとなると、そのあとただでは済まない。だが、久保井は考えないことにし
た。極道に戻ったからには、極道の生き方がある。真鍋に言われた仕事なのだから、
真鍋が尻拭《しりぬぐ》いをしてくれるかもしれない。
もし、真鍋が知らぬ存ぜぬを決め込んだとしても、やりようはいくらでもある。
真鍋には湯水のように金を都合してきたし、彼の顔を立てて、息の掛かった建設省
の役人の天下り先を都合してきた。
こちらは真鍋の弱みを握っていることになる。久保井は真鍋を尊敬していた。真鍋
の主義主張に心から賛同しているのだが、それとこれとは話が別だ。極道を裏切った
ら、地獄の底まで追っかけられることになる。
久保井は、刀を鞘に収めると、今度はリボルバーのシリンダーを開いた。実包が六
発詰まっている。
ダブルアクションなので、引き金を引くだけで弾が出ると言っていた。単純な武器
ほどいい。
久保井には、計画など必要なかった。へたに計画など立てると、予定外のことが起

きたときに対処できなくなる。

単純に考えればいい。

行って、斬って、帰ってくるのだ。

久保井は、まったく緊張していなかった。いつものように食事をして、風呂に入った。明日には片づけよう。

そう決めると、早々とベッドに潜り込んだ。

ベッドに入ると、ほどなく彼は眠りに落ちた。


高尾は、いつものようにくつろいだ姿勢でどこかに電話をしていた。隣の席で、丸木は、どうして高尾が平気な顔でいられるのか不思議に思っていた。

そして、いい加減、不思議がるのはよそうとひそかに決めていた。高尾の態度が正しいのだ。

赤岩や水越陽子が、賀茂晶のことを役小角《エンノオヅヌ》の転生者だと信じているからどうだというのだ。いや、賀茂晶がもし、本当に転生者だとしても、どうということはない。

丸木には関係のない話だ。丸木は、ただ南浜高校の生徒たちを調べろと上司に言われて、そのとおりのことをしただけだ。

ヤクザと暴走族を巻き込んだ騒動があったが、それも関係者のほとんどを検挙できた。そして、暴力団員については、現在取り調べが進んでいるので、じきに事件の動機や背後関係なども明らかになるだろう。

それで、警察としての仕事は終わりだ。新しい事件は日々起きている。賀茂晶のことなど忘れて、新しい事件を追うべきなのだ。

丸木は、そう考えて、すべてに整理を付けようとしていた。それが理性的で理論的な考え方だ。

しかし、丸木の感情の部分がどうしても言うことをきこうとしない。

丸木は、更木衛に賀茂晶の化けの皮をはいでほしかった。こんなのはインチキだ。転生などということがあるはずがない。そう言ってほしかったのだ。それが学問的な態度だと思っていた。

しかし、更木は賀茂晶に会うことで、逆に彼が役小角の転生者であることを否定できなくなったと言った。

理性では自分と関係ないと思っても、感情で拒否できない。丸木は、好奇心と恐怖を同時に感じている。まるで、囚われてしまったようだ。

霊魂の存在を信じていなかった人間が、心霊現象を目の当たりにしたら、こういう気分になるのではないだろうか？　丸木はそう思った。

七世紀後半に生きたといわれる役小角が、現代によみがえった。それをどう考えればいいのかわからない。そして、丸木は、そのことがどうして自分に恐怖と不安を感じさせるのか理解できずにいた。

常識が覆されるというのは、不安なものだ。だが、単にそれだけではないような気がする。

丸木は、できればもうこの件から手を引きたいと考えていた。賀茂晶のことなど忘れて、平穏な日常に戻りたい。

しかし、高尾はどうやらそうではなさそうだ。彼は、賀茂晶が役小角の転生者であろうが何であろうが、まったく頓着しない様子で、南浜高校にまつわる出来事をさらに深く調べようとしているようだ。

一度、課長からストップがかかったことも気にしていない様子だ。

そして今も彼は、その件でどこかに電話しているのだ。丸木は、その精神的な強さをつくづくうらやましいと思った。そして、いつからか、それに憧れを感じている自分に気づきはじめていた。

「おい、何だか、面白くなってきたぞ」

電話を切ると、高尾は言った。高尾が面白いというのはたいていはトラブルを意味している。

丸木は、また高尾が驚くようなことを言いだすのではないかと覚悟していた。だが、そうではなかった。

南浜高校に乱入した暴力団員は、取り調べに対して、頼まれてやったとだけ供述していたのだが、ようやく誰に頼まれたかを吐いたそうだ。

雇い主の名は、行方俊蔵《としぞう》。横浜市内に事務所を構える暴力団で、指定団体の下部組織になっているという。

「捜査四課と所轄でその事務所にウチコミを掛けると言っている」

ウチコミというのは家宅捜索のことだ。ガサ入れともいうが、暴力団関係者はウチコミのほうを好んで使うようだ。

それにしても、どうもわからない。行方とかいう暴力団の事務所に家宅捜索を掛けることが、どういうふうに面白いのだろう？

それを尋ねようとしていると、高尾が課長に呼ばれた。高尾は、ちょっとふてくされたような顔を見せてから立ち上がり、課長の机に近づいていった。小言を言われるに決まっていると思っているのだろう。

課長は戸惑ったような様子だった。別に小言を言われているようには見えない。

戻ってきた高尾の表情は厳しかった。そんな顔をする高尾は珍しかった。不良少年たちに囲まれたときも、暴走族の集会に出かけるときもこんな顔はしなかった。

「何かあったんですか？」

丸木は恐る恐る尋ねた。

高尾は、にやりと笑った。それは不思議な笑顔だった。厳しい表情の印象のままほくそえんで見せたのだ。丸木は、他にそんな表情ができる人間を知らなかった。

「真鍋が俺に会いたいとさ」

一瞬、何を言われたかわからなかった。

「真鍋って、あの真鍋不二人ですか?」

「そうだ」

「なんで……」

丸木はすっかり慌てていた。「どうしてです? 知り合いなんですか?」

「ばかか、おまえは。知り合いなわけねえだろう。黒幕が姿を見せはじめたってことだろう」

「黒幕……? どうして……」

「事の起こりを思い出せよ。俺たちが南浜高校を訪ねることになったのはどうしてだ?」

「……そうでした。おそらく真鍋不二人の差し金だろうと……」

「この件から手を引くようにと圧力を掛けてきたのもおそらく真鍋だ。俺がちゃんと報告しないんで腹を立てたんだろうな……」

「会ってどうするつもりでしょう？」

「さあな……。まあ、想像はつくが……」

「どういう想像ですか？」

「まずは、詳しい話を聞きたがるだろうな。南浜高校で何が起きているか、やつは知りたくてたまらないだろうからな。ヤクザが学校に突っ込んだことで、尻に火がついた。俺から話を聞くだけじゃなく、もしかしたら抱き込もうとするかもしれねえな」

「抱き込む？」

「そうだ。情報源として利用するだけじゃなく、賀茂晶や赤岩を売れと言いだすかもしれねえ」

「どうするんです？」

「行ってみるしかねえよ」

丸木は、なんとか高尾についていこうと、必死で頭を回転させた。

「南浜高校にヤクザが突っ込んだのも、おそらく真鍋不二人が後ろで糸を引いていたわけですね？」

「そういうことだろうな。今や、賀茂や赤岩は単に目障りなだけじゃねえ。真鍋不二人は、やつらが汚職について詳しく知っていると考えている。やつらが動くことで、警察がどんどん真鍋や久保井に近づいている。賀茂や赤岩は、真鍋にとって危険なんだ」

「つまり、真鍋はあの二人を消そうとしているわけですね」

「そうだよ」

「それに手を貸せと強要されたら、高尾さん、どうするんです？」

「さあ、どうするかなあ。大金を積まれたら転んじまうかもしれねえなあ。なんせ、警察官は貧乏だからな。それに、真鍋はおっかねえよ。あれくらいの政治家になると、俺一人消すのはわけねえだろう」

「そんな……」

高尾は、丸木のほうを見た。例の不思議な笑いを浮かべている。

「ばかやろう。本気にするな」

その笑顔の理由がようやくわかった。

高尾は緊張しているのだ。恐れていると言ってもいいかもしれない。それを自分で認めたくないから、なんとか笑い飛ばそうとしているのだ。

「僕もいっしょに行きます」

丸木は思わず言っていた。

「何のために？」

その言葉は冷ややかだった。

「いや、何のためって……。これまでずっといっしょにやってきたじゃないですか」

「俺が真鍋に丸め込まれないか心配なのか？　それで、監視しようってんだな？」

「そうじゃありません」

丸木は、もどかしさを感じた。そうじゃないんだ。そんなことじゃ……。「心配なんです」

おまえに心配されてもしょうがない。そう言って笑い飛ばされるかと思った。高尾はそういう男のはずだった。

しかし、高尾はただ、笑みを浮かべているだけだった。

「心配？　ああ、俺も心配だ。だが、気にするな。真鍋だってばかじゃねえ。呼び出しておいて、もし俺に何かあったら、自分の立場がますますまずくなることを知ってるさ」

「僕はただ待っているだけですか？」

「久保井の動きを追ってみてくれ」

丸木にとって、これは唐突な感じがした。なぜ、久保井のことを調べなければならないのかわからない。

「久保井ですか……？」

「そうだ。捜査四課が行方とかいうヤクザの事務所にウチコミを掛ける。行方は当然久保井と通じているはずだ。そうなりゃ、久保井もおちおちしていられない。何か動きがあるかもしれねえ」

でも、それは少年課の仕事じゃありません。以前の丸木ならばそう言ったに違いない。しかし、今は違っていた。

高尾の考えを自然に受け入れることができる。

「下に黒塗りの車が迎えに来るんだとさ」

高尾は言った。「おまえ、黒塗りのハイヤーなんて乗ったことあるか？　VIP待遇じゃねえか……」

高尾は余裕を見せている。だが、内心は決して穏やかではないことを丸木は充分に感じ取っていた。


真鍋は、個人事務所で高尾を待ち受けていた。時間どおりに高尾が現れたことで、幾分気分をよくしていた。

自分の部屋に通すように言った。

真鍋は、現れた神奈川県警の警察官を見据えた。想像していたのとずいぶん違う。どうせ、安物の背広を着た、くたびれた男がやってくるものと思っていた。

優秀な警察官は、警備部や公安部に配属されるものと固く信じているのだ。出世をはずれた公務員などつまらぬ輩だと、官僚時代から思っていた。

だが、目の前の高尾は、いきいきとして見える。安物の背広など着ていない。色落ちしたジーパンにごつい革のジャンパーを着ている。

体格がおそろしくよく、代議士の事務所に来ても気後れした様子を見せない。だが、真鍋は高尾を気に入ったわけではなかった。下っ端の公務員は、それらしい恰好をしていればいい。

真鍋はまず最初にそう思った。彼は、机に向かって座ったまま高尾を迎えた。目下の者と会うときはいつもそうだ。椅子もすすめない。当然、相手は立ったままということになる。

高尾は、机の前で足を肩幅に開き、堂々とした態度で立っている。視線が高いので、真鍋を見下しているように見える。それも気に入らなかった。

「素性は知っているから、自己紹介はいい」

真鍋は言った。

「こっちもあんたを知っている」

真鍋はこの受けこたえも気に入らなかった。

彼は、隣の部屋にいる誰かに向かって大声で言った。

「おい、椅子を持ってこい」

即座に肘掛けのついた立派な椅子が運ばれてきた。

「そこに座れ」

真鍋は言った。高尾は、真鍋を見つめたまま、どっかと腰を下ろし、足を組んだ。その目つきもまた気に入らなかった。

「オズヌと名乗る少年のことを調べろと、上層部から命令されたはずだ」

「ずいぶん昔にそんなことがあったような気がするな」

「おまえは、その報告を怠ったな？」

「県警でも有名な役立たずでしてね……」

真鍋は高尾を睨《にら》み付けた。ヤクザ者もたじろぐ目つきのはずだった。しかし、高尾には通用しなかった。高尾も凄味のある眼で見返してくる。

「おい、俺にそういうなめた口をきくな。いいか？　聞かれたことにちゃんとこたえろ」

高尾は、肩をすぼめたが、何も言わなかった。

「おまえは、その少年たちの素性をつかんだはずだ。なのに、報告しなかった」

「そうだったかもしれない」

真鍋は、しばらく沈黙の間を置いた。

「まあいい」

真鍋は言った。「そのことはもういい。やつらのことはわかった。俺は忙しい。用件を言おう。俺に手を貸せ。悪いようにはしない」

高尾は、平然と見返してくる。真鍋は、少しばかり落ち着かない気分になった。これまで、真鍋の前でこういう態度を取る警察官に会ったことがない。

もっとも、真鍋が知っているのは、キャリア組の管理職かSPの連中だった。現場の警察官と直接やり取りをしたことなどない。

高尾が言った。

「どういう意味なのかわからないな。しがない地方公務員にもわかるように説明してくれないか?」

「本当に鈍いのか?　それとも、そういう振りをしているのか?」

「鈍いんだよ」

こいつは、俺の力を見くびっているのか、だとしたらただのばかだ。真鍋は、高尾の態度が気に入らなかったが、腹を立てていたわけではなかった。

腹を立てるほどの相手ではない。どうやって、こいつを屈服させてやろう。そう考えると、ぞくぞくとした快感のようなものさえ感じる。

「俺は、賀茂晶と赤岩が邪魔だ。しばらくの間、あいつらの動きを封じてくれれば、それなりの礼をしようと言ってるんだ」

「それなりの礼というのは？」

やはり、餌に食らいついてきたな。

真鍋はほくそえんだ。こいつは、報酬をつり上げたくて自分を大きく見せようとしている。ただそれだけだ。

「昇進というのはどうだ？　今、階級は何だ？　巡査か？　せいぜい巡査部長だろう。ノンキャリアは出世が遅いからな。警部補くらいにはしてやろうか？　金がほしいのなら、三百万ほどすぐに用立ててやろう」

「昇進に金……」

高尾は薄笑いを浮かべた。真鍋はその笑いが承諾の意味であると思った。

「そうだ。悪くない取引だと思うが……」

「それで、賀茂晶と赤岩を売れというわけか？」

「そういうことになるな。なに、難しいことはない。やつらをしばらくおとなしくさせておけばいいんだ。少年鑑別所に送り込むなり、けがをさせて入院させるなり、やり方はおまえに任せる。事故で死んだりしてくれると、一番都合がいいんだが……」

「さっきから言ってるが、俺は頭が悪くてな。回りくどい言い方は苦手なんだ。はっきり言ってくれないか。俺にやつらを殺せと言ってるのか？」

真鍋は慎重になった。いくら力のない地方公務員といえども、相手は司法警察官だ。

へたなことは言えない。

「誰もそんなことは言っていない。俺は、想像してみただけだ。誰にでもあるだろう。気にくわないやつが、いなくなってくれればいいと想像することが」

「いずれ、あんたは、俺のこともいなくなればいいと想像するようになるんだろうな」

なるほど、こいつはばかではない。真鍋は思った。自分の頭の回転と、情報収集能力に自信を持っているのだ。利用するなら、こういう男に限る。だが、この手のやつは利用するのが難しい。

「俺に従っている限り、俺は裏切らない。この言葉に嘘はないよ。その信用がなければ政治家は勤まらない」

「神奈川の土建屋とも、そういうふうに話を付けたわけか？」

真鍋は、口をつぐみ高尾を見据えた。

「余計なことは言うな」

高尾はまた笑いを浮かべた。いっそう余裕を感じさせる笑いだった。

「そいつが、あんたのアキレス腱というわけだな」

真鍋は、こんなやつを相手に言い逃れをする気などなかった。

「アキレス腱？　冗談じゃない。おまえが何のことを言っているか、だいたい見当が付く。だがな、これは事業だ。それも大事業なんだ。国や神奈川県のためになる。そのために、泥をかぶる覚悟をしているわけだ」

「泥をかぶるだって？」

高尾は鼻で笑った。「俺はその言葉の意味をこれまで勘違いしていたようだな。私腹を肥やすという意味だったとはな……」

「おまえごときに、政治の世界のことがわかってたまるか。いいか？　政治家の懐にある金はすべていずれは消えていくものだ。政治にはいくら金があっても足りない。いずれは世のため人のために使われる金なんだ」

「世のため人のためだって？　選挙のためだろう？」

「そうだ。選挙に勝つことは最低条件だ。政治活動はそこから始まるのだからな」

「あんたのような政治家がこの国をつまらねえ国にしちまったんだな」

これまで、真鍋は高尾の言い草を面白くないと思いながらも、別段腹は立たなかった。しかし、この一言は許せなかった。

「ふざけるな、若造。誰が腹一杯飯が食える世の中にしたと思ってるんだ」

突然、真鍋は大声を張り上げた。「おまえの親たちがガキの頃、どんな生活を送っていたと思っている。満足に飯も食えず、冬はがたがた震え、夏はだくだくと汗を流し、くみ取りの便所からは蠅《はえ》がわき、どぶから蚊がわく。一家六、七人が狭い部屋にせんべい布団を並べて寝るような生活だ。それを、水洗便所にし、カラーテレビを買わせ、クーラーを付けさせ、自家用車を持たせてやったのは、俺たちだぞ。俺たちが焼け野原を切り開き、ブルドーザーとクレーンでこの国の繁栄を築いてきたんだ」

高尾は平然としていた。

真鍋に怒鳴りつけられて、震え上がらない人間も珍しかった。真鍋は、少しばかり落ち着かない気分になってきた。抜いた刀の収めどころがないような気分だ。

しばらく沈黙があった。真鍋はその沈黙が煩《わずら》わしかった。

やがて、高尾が言った。

「あんたの言いたいことはわかるよ。たしかにこの国は繁栄した。だが、それと同時にどこかが腐っていった」

「何を言う」

真鍋は唸るように言った。「なにも知らない若造が……」

「残念ながら、そうじゃない。なにも知らない若造でいたかったがな……。あんたの主義主張は立派だよ。あんたが言ったことと同じくらい、あんたのやることが立派なら、俺も仲間になることを考えてもいい」

「ふざけるなよ……」

「ふざけてはいない。第一に、あんたが焼け野原の日本を建て直し、高度成長に導いたような言い方をしたが、それはあんたらの政党がまだ役割を持っていた時代のことで、あんたはまだ代議士じゃなかった。それどころか、あんたは、まだガキだった。あんたが建設省の役人や国会議員になってからやったのは、バブルに踊ったことだけだ。それから、もう一つ、あんたは大きな考え違いをしているようだから、言っておく。自分の金でこの日本を築いてきたような言い方をしたが、公共投資に使われた金は、国民の血税だぞ」

真鍋は、言葉を失った。怒りにこめかみがずきずきするのがわかった。

「腐った果実はいつかはぽとりと落ちる。それが自然の摂理だ。俺はあんたの側には付かない。それは損な賭だからな。俺は、賀茂や赤岩の側に付く」

「何だと……?」

「それをはっきり言いに来た。いいか? 俺は少年課の警察官だ。ガキを相手にするのが仕事だ」

「何を言っている。ガキを取り締まるのが仕事だろう」

「そうだ。間違ったことをするやつらは取り締まる。だが、それだけじゃない。あんたが、さっき立派な信条を話してくれたから、俺も真似をするとな、俺は、ガキどもをただ取り締まるだけじゃないんだ。間違ったことをしたやつは、本気でぶん殴る。だが、正しい事をしようとして苦労しているやつには、手を貸してやる。いっしょに戦ってやるんだよ。それが俺のやり方だ」

「利いた風なことを言うな。いいか、俺に逆らうと生きてはいられんぞ」

「害悪の告知だ」

「何だって？」

「脅迫罪が成立するぞということだ。撤回したほうがいい。あんた、今は警察に探りを入れられたくないだろう」

真鍋は再び押し黙った。

高尾は平然と真鍋を見返している。どうしてこの男はこうも強気でいられるのだ？　法を味方にしているとはいえ、真鍋ほどの力があれば、警察くらいどうにでもできる。

地検か……。地検が動いていて、こいつはそれを知っているのか……。

もし、俺がじきに失脚して力を失うことを、こいつが知っているのだとしたら……。

真鍋は迷った。

いや、そんな情報は得ていない。こいつの態度は、はったりなのだ。しかし、慎重に振る舞う必要がある。

真鍋は、これ以上高尾に関わるまいと決めた。こいつは、危険だ。

そう決めると、もう高尾には興味はなくなった。

「話は終わりだ」

真鍋は言った。「もう帰っていい」

「帰りも送ってくれるのか？」

「秘書に聞け」

高尾は立ち上がり、何も言わずに部屋を出ていった。

高尾が利用できないとなると、もう一つの選択肢を選ぶだけだ。これ以上赤岩たちのことに関わらずに、忘れてしまうのだ。腹の虫は治まらないが、あんなやつらに関わっている暇はない。

ただ、久保井のことが気がかりだった。

真鍋は秘書を呼んだ。無表情な第一秘書がすぐさま現れた。

「久保井の行方を探せ。そして、もうガキどもに構うなと伝えろ。この件はもう終わりだ」

第一秘書は、立ったまま真鍋を見ている。真鍋はその態度が気に障った。

「何だ？　何か言いたいことがあるのか？」

「決断が少々遅すぎたかもしれません」

「どういう意味だ？」

「ヤクザどもです。やつらの不手際は、先生にとって大きな痛手になるかもしれません。もっと早く、久保井さんにその言葉を告げるべきでした」

「やかましい」

真鍋は秘書を睨み付けた。「政治家に『たら、れば』や『べき』は必要ない。現状は変えられない。常に善後策を講じるだけだ。おまえは、言われたとおりにすればいいんだ」

第一秘書は、無表情のまま、「わかりました」と言って去っていった。

どんなことだって、切り抜けてやる。

真鍋は思った。

これまでそうしてきたんだ。俺に不可能はない。

17

久保井は、タクシーを降りた。深夜一時過ぎだ。そのあたりは住宅街で、人影はまったくなかった。

人々は寝静まっている。

久保井は、ゴルフバッグを持っていた。その中に、日本刀が入っている。彼の足取りは、悠然としていた。まったく気負ってはいない。かすかな緊張があるだけだ。

人を斬りに行くのだが、ただ仕事を済ませに行くという意識だった。ほどなく、住宅街の外れに、賀茂晶が住むアパートが見えてきた。

新しいアパートだ。このあたりの建物は皆新しい。新興の住宅地だからだ。この住宅街を抜けて坂を上り、しばらく行くと南浜高校がある。高校の裏手は小高い山林になっていた。

アパートもひっそりとしている。このあたりに住む人々の朝は早い。横浜や東京への通勤圏にあるのだが、通勤時間がかかるために早起きを強いられるのだ。そのせいか、夜更かしをする者が少ないようだ。久保井にとっては好都合だった。

久保井はできるだけ単純に考えることにしていた。訪ねていって、賀茂が出てきたところに問答無用で一太刀浴びせる。そしてとどめを刺してからその場を去る。それだけだ。

賀茂の部屋に近づいたとき、久保井は、はっとした。

アパートの陰から、人影が現れた。両側から一人ずつ。

すばやくその両方に視線を走らせた。アパートの軒先に小さな蛍光灯が灯っており、その光に照らし出されたのは、若い男たちだった。まだ、高校生くらいだ。

なるほど、賀茂の仲間たちか……。

久保井は慌てなかった。一人斬るも三人斬るも同じだ。

まだ、腕がなまっていないことを願うだけだった。

「おっさん、何か用か？」

二人は、同様に久保井から二メートルほどのところで立ち止まった。二人に挟まれる形になった。

こたえるつもりはなかった。一人を斬れば、もう一人は逃げ出すだろうと思った。度胸のすわった極道でさえ、目の前で人が斬られれば逃げ出すのだ。

久保井は、無言でゴルフバッグのファスナーを開き、刀を取り出すと即座に抜き払った。ゴルフバッグも鞘もその場に捨てる。

刀を振りかぶろうとした瞬間、賀茂の部屋のドアが開いた。

久保井は身動きを止めた。

赤岩がゆっくりと戸口から歩みでてきて、久保井の前に立ちはだかった。久保井が刀を持っていることをまったく気にしていない様子だった。

久保井は戸惑った。これほど腹の据わった男は、最近では珍しい。

赤岩の背後から声が聞こえた。

「よさぬか。剣《つるぎ》を降ろせ」

赤岩が控えるように横にそれると、賀茂晶が現れた。

絶好のチャンスだった。今一歩踏み込めば、赤岩も賀茂も斬れる。

だが、その一歩が踏み出せなかった。賀茂は部屋の明かりを背景に逆光になっていたが、部屋の外に出てくると、軒先の明かりに顔が照らし出された。

久保井はその顔を見てしまったのだ。不思議なほど穏やかな表情だった。刺客《しかく》を目の前にした顔ではない。

それが、久保井を戸惑わせていた。

そして、久保井は、賀茂晶の眼を見た。深く吸い込まれるような眼差し。反射的に眼をそらそうとした。危機感を覚えたのだ。しかし、どうしたことか眼をそらすことができなかった。

「姓は久保井と申したな?」

賀茂晶が言った。その声は、威厳に満ちている。高校生の話し方ではない。演技でできるものではない。久保井はそれが本物の威厳であることを悟っていた。

「名はたしか、昭一……」

久保井は名前を呼ばれ、落ち着かない気分になった。

早く斬らなければ……。俺はいったい、何をやってるんだ……。

「昭一」

賀茂晶の声が響いた。

それほど大きな声ではなかった。にもかかわらず、久保井は殴られたほどの衝撃を感じた。その瞬間から、目の前の風景が遠のいていくような気がしはじめた。

「昭一、剣を捨てよ」

賀茂の声が再び響く。それはどこか遠くから聞こえてくるような気がした。それでいて、頭の中にはっきりと食い込んでくるようだ。

久保井は自分が何をしているのかわからなかった。気が付くと、両手がだらりと垂れている。左手に持った剣の切っ先が地面に触れていた。

今や、恐れも危機感もない。久保井は、なぜか安らかな気分になっていた。

やがて、足元で物音がした。それは、手にしていた日本刀が地面に落ちた音だった。

久保井は、その音ではっと我に返った。

赤岩が近づいてくる。しかし、久保井は動けなかった。今自分の身に起きたことが信じられないのだ。

赤岩は、用心深く久保井を見据えながら、ゆっくりとした動作で日本刀に手を伸ばした。久保井が何かしようとしたら、即座に素早い動きでそれに対処しようとしている。それが久保井にはわかった。

野生の猛獣が獲物を狙《ねら》っているときのようだった。

赤岩は、日本刀の柄を握ると、一転して早い動きで身を起こし、後退した。

その間、久保井は何もできなかった。

目の前の賀茂晶を見つめていた。

いったい、こいつは何者なのだ？　催眠術のようなものを使うのでないかと思っていたが、まさか、自分が知らぬ間にその術を掛けられてしまうとは思ってもいなかった。

充分に警戒していたはずだ。それよりも、顔を見た瞬間に、問答無用で斬りかかろうと決めていたのだ。妙な術を使う隙など与えずに……。

それができなかった。

久保井は、打ちひしがれた。かつて、極道として名を馳《は》せた自信が、ゼネコンの社長としての誇りが、すべて砂が指の間からこぼれるように、消え去っていくのを感じながら、ただ呆然と立ち尽くしていた。

やがて、久保井の膝から力が抜けていった。地面に膝をつき、両手をついた。失意のあまり立っていることすらできなくなったのだ。

これは単なる失敗ではなかった。完全な敗北だ。

賀茂晶という少年は、特別だ。誰も彼を傷つけることはできない。そう思った。そうでなければ、久保井は救われない。

「真鍋とかいう男の差し金か？」

賀茂晶の声が聞こえた。久保井はゆっくりと顔を上げた。また眼を見てしまった。

深い光をたたえた眼。まるで、その瞳の中に宇宙があるようだ。英知の光を宿し、深山の湖沼のように厳しくなおかつ穏やかな眼差し。

魂が吸われる。

久保井はそんなことを感じていた。彼は恐れていた。

一度、その眼を見ると眼をそらせなくなった。

「違う」

久保井は、言った。「真鍋先生は関係ない。私の一存でここにやってきた」

「だが、真鍋のために、我を殺《あや》めようとしたのだろう」

「そんなことはない。私が自分で考えたことだ」

賀茂晶の眼は、嘘偽りを許さない。久保井は、必死で抵抗していた。久保井の前で土下座する者は少なくない。しかし、今、久保井は賀茂晶の前で土下座のような恰好をしている。これ以上ない屈辱のはずだ。だが、久保井は屈辱すら感じていなかった。

あの眼だ。

久保井は思った。

あの眼が恐ろしい。

久保井は恐怖を感じている。だが、それはただの恐怖とは違っていた。畏怖《いふ》だ。

神仏を恐れるようなあの気持ちだった。

賀茂晶は、じっと久保井の心を見透かすように見つめている。久保井は、肩で息をしはじめた。ただ見つめられているだけで、体力が消耗していく。

それは、久保井が抗《あらが》っているからだ。賀茂晶の眼の光りが、心の中に浸透しようとしているような気がする。久保井は必死に抵抗していた。

やがて、賀茂晶がほほえんだ。

それは意外な表情だった。慈愛に満ちたほほえみだ。

その瞬間、久保井は抗う気がなくなってしまった。

「真鍋をかばおうとする、そちの心は美しい」

私の心が美しい？　若い頃は修羅の道を突っ走り、実業に身を置くようになってからは、情け容赦のない経営方針を貫いてきた、この私の心が美しい？　久保井は、その言葉に不意をつかれたような気がした。

「美しく、まっすぐな心だ」

「ばかな……」

久保井は、おろおろと言った。「若い頃は喧嘩に明け暮れた。誰彼かまわずぶった斬ったもんだ。すさんでいたよ。私の心がきれいだって？　そいつは悪い冗談だ」

「悪《あ》しき者は救われるためにある」

「救われるだって？」

久保井は笑い飛ばそうとした。しかし、できなかった。賀茂晶の眼のせいだった。

「誰が救ってくれるというんだ？」

「救うのは己《おのれ》だ。そして、そちはもう救われている」

そう言われたとたん、久保井は抵抗する力を奪われた。何かがすとんと心の中に落ちてきたような気がする。

久保井は、口を開けたまま賀茂晶を見上げていた。それはごく自然な成り行きに思えた。この瞬間を、生まれてからこのかたずっと待ち望んでいたような気さえした。決して大げさな感動などではない。あるべきものがあるべきところに収まった。そんな感覚だった。

賀茂晶に抗うことをやめた久保井は、たいへん安らかな気持ちになった。

久保井は、すがるような眼差しで賀茂晶を見つめ、言った。

「私は……、私はこれからどうすればいいのだろう……」

迷いもなく、賀茂晶は言った。

「戻って、己の務めを果たせばいい」

「仕事をしろということか？　私が会社に戻って仕事をすれば、南浜高校は廃校になるかもしれない」

「案ずることはない」

賀茂晶は言った。「その話はいずれ、なくなろう」

「なくなる……？」

「我が真鍋に話す」

「真鍋先生に？」

「我は同胞《はらから》のために、政《まつりごと》を正さねばならぬ。真鍋だけでなく、国の長にも会うことになるかも知れぬ。総理大臣とかいうそうだな」

「総理……」

ばかばかしい話だった。一介の高校生が総理大臣に会って、政道を正すという。だが、そのとき久保井は、奇妙なことにばかばかしいとは感じていなかった。

この賀茂晶なら本当にやるのだろうな。

そんな気がしたのだ。

「己の暮らしに戻り、己の務めを果たせ」

賀茂はそう言うと、くるりと背を向け部屋に戻っていった。

赤岩は、落ちていた鞘に刀を収めると、それを手にして賀茂晶に続いた。

久保井は、そのとき腹に固いものを感じていた。ベルトに差した拳銃だった。今、拳銃を抜いて撃てば赤岩と賀茂を殺せる。

ふと、そんな考えが頭をよぎった。しかし、次の瞬間、それがひどくむなしいことに思えた。あの二人を殺しても何の意味もない。

いや、それよりも、決して賀茂晶を殺すことはできないだろう。そんな気がした。賀茂晶は、人間ではなかった。人間をはるかに超えた存在だった。

そうだ。神のような存在だ。

久保井はそれを実感していた。

次に考えたのは、銃口を自分のこめかみに当てて引き金を引くことだ。昨日までの久保井ならば、本当にそうしていたかもしれない。生き恥をさらすくらいなら、死を選ぶ。それが久保井の生き方だ。

しかし、今は違っていた。賀茂晶を殺せなかったことを生き恥とは思っていなかった。そして、自ら死を選ぶことの愚かさを知っていた。

久保井はのろのろと立ち上がった。彼を見張っていた二人の高校生が、わずかに後ずさった。

久保井はもはやその二人のことを気にしていなかった。それだけではない。すべてのことを気にしていなかった。真鍋のことも、会社のことも……。

己の暮らしに戻って、己の務めを果たすだけ、か……。

賀茂や赤岩を消せなかったと知って、真鍋は怒るだろうか？　そうかもしれない。

だが、どうでもいいことだ。久保井はそう思った。

誰が来ても殺せなかったんだ。神を殺せる者はいない。

『久保井建設』は、存亡の危機を迎えている。南浜高校跡地にできるニュータウン建設の仕事が入らなければ、さらに危機は強まるだろう。しかし、それがどうしたというのだ。

久保井は思った。バブルがはじけて傾くような会社は、所詮砂上の楼閣だったのだ。賀茂晶が言ったとおり、己の務めを果たすだけだ。一から出直すつもりになれば、何でもできる。

久保井は、これまで感じたことのない安らぎを味わっていた。

静かに、まるで何事もなかったように過ぎていった賀茂晶とのやり取り。だが、それは久保井にとっては信じがたいほどの奇跡だった。

久保井という闇の大物が、今や、滑稽なくらいに晴れやかな気分になっている。これは奇跡以外の何ものでもなかった。

賀茂晶は、静かにさりげなく、しかし確実に奇跡を行ったのだった。

「昨日はどうでした？」

丸木は、朝顔を合わせると真っ先にそう高尾に尋ねた。

「昨日？」

「真鍋ですよ」

「ああ……」

高尾は、いつもと変わらずくつろいで見える。「こうして、生きて帰ったよ」

「どういう話でした？」

「思ったとおりさ。賀茂と赤岩を売れと言われた」

「それで？」

高尾は一瞬、丸木をちらりと見た。ただそれだけなのだが、丸木は睨まれたような気がした。

「それだけだ」

それは丸木にもわかっていた。高尾が二人を真鍋に売るような真似をするはずがない。確認を取りたかっただけなのだ。

「突っぱねたとなると、真鍋は黙ってはいないんじゃないですか？」

高尾は、ふんと鼻で笑った。

「俺をクビにでもするか？　まあ、それでもかまわねえよ。警察もそろそろ飽きてきたしな」

これは本音とは思えなかった。たしかに、高尾は型破りな警察官だ。しかし、きわめて優秀な警察官なのだ。そして、間違いなく彼はこの仕事に生き甲斐《がい》を感じている。

「本当にそうなったら、どうするんです？」

高尾は、一度丸木の顔を見ると、あきれたように笑ってまた横顔を向けた。

「真鍋はそんなに暇じゃねえよ。俺のことなんざ、もう忘れているさ」

「そうだといいんですが……」

丸木は本気でそう言った。

「それより、捜査四課のほうはどうだったんだ？」

どうやら、高尾は話題を変えたいらしい。

「行方の事務所にウチコミを掛けたようですが、用心深く証拠を隠滅していたようで、たいした成果はなかったようですね」

「まあ、そんなもんだろうな。それで、行方とかいうやつの身柄《ガラ》は？」

「引っ張ってきて、今取り調べ中ですよ」

「ふん」

高尾はかすかに笑っている。「じきに落ちるだろう。これで、線がたどれる」

「行方が簡単にしゃべるでしょうかね？」

「簡単じゃねえかもしれねえが、しゃべる」

高尾の言葉は自信に満ちていた。

「しゃべると、信用をなくすでしょう。ヤクザは信用をなくすと終わりなんじゃないですか?」

「ほう……」

高尾は、丸木のほうを見た。

「何です?」

「いっぱしの警察官らしいことを言うようになったと思ってな」

丸木は、顔をしかめた。ばかにされたと思ったのだ。高尾は、そんな丸木の反応にはお構いなしに言った。

「しゃべるさ。警察の取り調べってのは半端じゃねえ。テレビドラマとは違うんだ。黙っているのが得か、しゃべるのが得か、すぐに気がつく」

高尾が言っていることは、実績が裏付けている。たいていの犯罪者は自供するのだ。

「追いつめられた真鍋や久保井がどう出るか……」

高尾は独り言のように言った。「こいつは、ちょっとばかり楽しみじゃねえか?」

行方くらいになると、警察の取り調べがどういうものかよくわかっていた。本気のときとそうでないときがある。

行方は若い頃に逮捕されたり、任意同行を求められたりで、何度か取調室に連れてこられたことがあった。おざなりな取り調べのときもあれば、本気で何かを聞き出そうとする取り調べもあった。

今回は間違いなく本気だと、行方は思った。捜査員たちの気合いが違う。南浜高校襲撃の件であることはわかっている。その件で警察が行方の事務所を捜索するということは、韮崎怜治が、口を割ったということだ。

襲撃を失敗した上に、口を割りやがった……。腹が据わっているとはいえ、所詮はチンピラか……。

行方は、警察の手入れを食らったときにはそう思っていた。

しかし、韮崎を責められないことも知っていた。警察が本気で取り調べをしたら、しゃべらずにはいられないのだ。

捜査員というのは、ありとあらゆる手を使う。脅しはもちろんのこと、取引めいたことも持ちかける。アメリカなどと違って、日本の警察は取引はしないと言われている。だが、限られた範囲でたしかに飴《あめ》と鞭《むち》の飴をほのめかすことがあるのだ。

脅しのほうはもっと徹底している。情報力を駆使してじわりじわりと攻めてくる。いい加減な言い逃れはできない。ときには、暴力も使う。

警察官が術科と呼ぶ柔道や剣道の道場に連れていかれ、何人もの捜査員から殴る蹴るの暴行を受けることもある。たいていは相手が極道の場合に限られる。とにかく、警察は、普段は極道者にはけっこう甘い顔をする代わりに、一度敵に回ると容赦はない。

もちろん、何だかんだと理由をつけてなかなか弁護士を呼んでもらえない。そうなると、たった一人で追いつめられた気分になる。この孤立感に耐えられる者はいない。

捜査員は、ねばり強く何時間でも質問を続ける。

行方は何度も同じことを質問されていた。韮崎怜治を雇ったのはおまえだな？　何のために南浜高校を襲撃した？

行方は、だんまりを決めていたが、それも長くは続かなかった。組のシノギに関して脅しを掛けられたのだ。法に触れるシノギもいくつかやっている。それをすべて摘発すると言われたのだ。

それでは生きていけない。

行方は思いつきで、こう言った。

南浜高校が廃校になるかもしれないという話は知っていた。それについて、跡地の造成やその後の建設などで、利権が動いている。その利権のおこぼれにあずかれるかもしれないと考えて、思い切ったことをやった。

だが、捜査員の追及は厳しく、そういういい加減な話で納得するはずはない。捜査員は、握っている情報を小出しにしてくるので、行方のほうは相手がどこまで知っているのか不安になってくる。

普段は、素人を脅かすのに自分が使っている手だが、やられるとこたえる。

捜査員が、考えられる限りの罪状を並べ立てて、送検すると言いだしたときに、行方は、計算を始めなければならなかった。誰かを切り捨てなければ、自分が助からない。

「頼まれてやったことだ。断りきれない筋からの話だった」

当然、捜査員は誰から頼まれたかを訊いてくる。警察を敵に回すのが怖いか久保井を敵に回すのが怖いか冷静に判断しなければならなかった。

その結果、行方は警察を選んだ。ここで久保井の名を出せば、当然警察の捜査の手は久保井に伸びる。そうなれば、久保井の影響力も翳《かげ》りを見せはじめるだろう。

行方はついに言った。

「久保井さんだ」

「久保井？」

取調室にいた三人の捜査員は顔を見合わせた。それから、一人があらためて尋ねた。

「久保井、何というんだ？」

すべて、わかっているくせに……。

行方はそう思いながらこたえた。

「久保井昭一。久保井建設の社長だよ」

警察は、確認を取らねばならない。その際に誘導尋問にならないように気をつける。だから、こちらから名前を聞き出す必要があったのだ。

捜査員たちは、かすかにうなずき合い、一人が取調室を飛び出していった。

18

「久保井社長が見つかりました」

朝、個人事務所にやってきてほどなく、第一秘書が告げに来た。新聞の切り抜きのコピーに目を通していた真鍋は顔を上げた。

「どこにいる？」

「今朝は、通常どおり出社なさっているとのことです」

「会社にいるのか？」

「はい」

「ガキどもの件は伝えたか？」

「いいえ」

「なぜだ？」

「私から言うより、直接お話しされたほうがいいと判断しまして……」

この野郎。もしかしたら、逃げに入ってるんじゃねえだろうな……。真鍋は嫌な気分だった。いざというときは、自分は一切関与していないと言うつもりなのかもしれない。

「すぐに電話をかけろ」

「つながっております。どうぞお話しください」

第一秘書はそう言うと部屋を出ていった。

真鍋は、秘書が出ていった戸口を睨み付けながら受話器を取った。

「久保井か？　姿をくらましていたそうだな？」

「お電話をいただいたそうで、申し訳ありません」

久保井の声は穏やかだった。それがいつものことだが、真鍋はその口調が穏やか過ぎるような気がした。

「赤岩と賀茂のことだが」

「はい」

「もうあいつらのことはいい。放っておけ。これ以上どじを踏まれるとたまらん」

「わかりました。私もそのつもりでした」

そのつもりだっただと……？　真鍋は、久保井の物言いがどこかおかしいのを感じていた。自分の考えを言うことは滅多にない。いつもはこちらの話をただ黙って聞いているだけの男だ。

「会社にも行かずに、何をしていた？」

「お恥ずかしい話で……」

笑いを含んだ声だった。「実は、日本刀と拳銃を手に入れまして、賀茂晶を斬りに出かけたんです」

笑い話にするような話ではない。真鍋は眉をひそめた。

「斬りに出かけた？　それで、どうした？」

「斬れませんでした。堅気の世界を捨てるつもりで出かけたんですがね……。あの賀茂晶は斬れません」

「極道には極道のやり方があるとか言っていたな？　ガキ一人が斬れなくて、何が極道だ？」

「おっしゃるとおりです」

久保井の声は妙に明るい。「だから、私は、今度こそきっぱりと極道から足を洗うことにしました。会社の経営をやっていても、昔の人脈に頼っていては、極道をやっているのと同じことですからね」

「何だと……？」

真鍋は、久保井の真意を測りかねた。

まさか、警察や検察の動きを察知して、俺から離れようとしているのではないだろうか？ そんなはずはなかった。警察や検察の動きは、真鍋も追っている。予断は許さないが、今すぐどうこうという危険な状況ではないはずだった。

警察に脅しでも掛けられたか……。しかし、それくらいで萎縮する男ではないはずだ。

「会社は傾きかけていますが……」

久保井が言った。「なに、社員たちが頑張ってくれれば、なんとか切り抜けられるでしょう。私は、今回の件で警察にやっかいになるかもしれませんので、そのための準備もしなければなりません」

「待て、警察にやっかいになるだって？ それはどういうことだ？」

「極道たちを使って失敗しましたからね。いずれ、警察は、私のところまでたどりつくでしょう」

真鍋は、奇妙な焦燥感を覚えた。

「久保井。ヤクザを雇って赤岩や賀茂を始末しようとしたのは、おまえだ。俺はなにも知らんからな」

「わかっております。久保井という男、そこまで地に堕ちてはいません」

「それから、南浜高校跡地のニュータウンの件だが……」

「先生、それは、時の運に任せようと思います」

「何を言っている」

真鍋は、心底驚いた。「どういう意味だ、それは」

「私は目が覚めましたよ。後ろ暗いことをやると、必ずそのしっぺ返しが来るってことがわかりました」

「ふざけるな、久保井」

真鍋は、驚き戸惑い、そして腹を立てた。「今までおまえがやってきたことを考えろ」

「考えたからこそ、申しておるのです。私は裁きを受けなければなりません。そして、また一から出直しますよ。南浜高校の件は、どうやら神奈川県も二の足を踏んでいるようじゃないですか。国から金が降りないかもしれないと言う者もいます」

「そんなことはない」

真鍋は怒りに駆られて言った。「この俺が金を落とさせてみせる。おまえは、俺の言うとおりに動いていればいいんだ」

「どうやら、そういうことがやりにくい世の中になってきたようです。私は天の采配に任せようと思っています。生き延びるために手を汚せば、またその汚れた手で何かをつかもうとしなければならない。私ら、いつしかお天道様を拝めなくなります」

「お天道様だと」

真鍋は怒鳴った。「そんなものは拝まなくていい。おまえは金とお天道様とどちらが大切なんだ？」

「どうでしょうね。どちらも大切な気がします」

「いいか。俺がなんとかして南浜高校跡地の話は進める。そして、おまえのところに必ず落札させる。いまさら、後に引けると思うな」

「先生……」

久保井は、しみじみとした口調で言った。「先生にこれまでお渡しした金のことはとやかく申しません。あれは、お付き合い料と考えております。また、先生にご紹介いただいた方々の勤め先も、この先どうこうとは申しません。ただ、この久保井、これからまっとうに生きていこうと考えているだけです。損をするところは損をする。得をするところは得をする。それが、世の中というものです」

「南浜高校跡地に社運を懸けていたのではないのか？　あれが落札できなければ、おまえのところはたいへんなことになるはずだ」

「たいへんです」

久保井は言った。「しかし、なんとかしますよ。それでつぶれるような会社は、所詮、この世に必要のないものだったということです」

真鍋は、外堀を埋められたような気がした。久保井は、変わってしまった。今話しているのは、これまで真鍋が付き合ってきた久保井ではない。

真鍋に考えられることは、やはり一つだった。捜査の手が真鍋に及ぶと考えて、関係を切りたがっているとしか思えない。

「久保井よ」

真鍋は押し殺した声で言った。「今さら逃げられると思うな。俺とおまえは一蓮托生だぞ」

「逃げようなどとは思っておりません。先ほどから申しております。この久保井は裁きを受ける覚悟でおるのです」

「好きにしろ。だが、俺を売ったらただじゃおかねえぞ」

電話の向こうで、久保井がかすかに笑ったのがわかった。

「何がおかしい？」

「この久保井相手に、そんな脅し文句は通用しませんよ」

真鍋は背筋が冷たくなるような気がした。

久保井は本物の極道だった。味方である間はいい。だが、ひとたび敵に回すとこれほど面倒なやつはいない。

「何があった？」

真鍋は言った。「正直に言ってくれ。何か警察の動きを察知したのか？」

「警察の動き？　いえ、そのようなことはございません」

「では、なぜ、急に気が変わったんだ？」

「それを説明するのはたいへんむずかしいですね。若い頃に無茶をやった人間は、晩年になって仏心が芽生えることがあると申します。この久保井に、よもやそのようなことがあるとは思いませんでしたが……」

「仏心だと？」

「そうです。修羅の道を生きてきたこの久保井、ようやく救われたいと思うようになりました」

久保井は嘘を言っている。いい加減な与太話をして真鍋を煙に巻こうとしているのだ。真鍋にはそうとしか思えなかった。

「久保井、何を知っているのだ。教えてくれ。もし、警察が新たな動きを見せるのなら、俺は手を打たねばならない」

「そういうことではないのです。私は、神に出会ったのです」

真鍋は絶句した。

血が逆流し、頭が破裂しそうなほどの怒りを感じた。

「この真鍋を愚弄《ぐろう》するのか。くだらん作り話はやめろ」

「作り話ではございません。私自身、こうも変わってしまうものかと、不思議でたまりません」

「いったい、何の話をしているのだ？」

「賀茂晶です。賀茂晶は、もう一度、先生に会いに行くと言っておりました」

「賀茂晶……？」

「そう。彼は神なのです」

真鍋は、ついに電話を叩きつけるように切った。これ以上ばかな話を聞いている必要はない。

久保井が警察側に寝返ったのかもしれない。だが、今さら贈収賄の罪を逃れられるわけではない。さらに久保井には、南浜高校襲撃の首謀者としての罪が重なる。

俺についてくるしかないはずだ。

真鍋には久保井の考えていることが理解できなかった。

「賀茂晶が会いに来るだと？」

真鍋は声に出してつぶやいた。「ふん、衆議院議員のこの俺に会うのがどれほどたいへんなことか、小僧は知らないらしいな」

真鍋からの電話を切ってほどなく、秘書室長の田中が蒼《あお》い顔で社長室に現れた。久保井は何が起きたのか、瞬時に悟った。

「社長……」

「警察の方々がいらしたのですね」

「はい……」

久保井は、うろたえたりはしなかった。いつものように落ち着き払っており、むしろ晴れやかな表情で言った。

「わかりました。お通ししてください」

田中が立ち去ると、ほどなく神奈川県警の捜査員が十名近くやってきた。逮捕状と家宅捜索の令状をかざして久保井に見せた。

久保井は、うなずいた。

「お手数をおかけします。この久保井昭一は、何もかもお話しする所存でおります」

久保井が落ちた。

その知らせが、高尾のところにも入った。知らせてくれたのは捜査四課の捜査員だった。礼を言って電話を切った高尾は考え込んでいる。丸木は尋ねた。

「久保井逮捕の件ですね。どうかしたんですか？」

「なんだか、拍子抜けでな。訊かれたことは何でもぺらぺらしゃべっているということだ」

「ガセを語ってるんじゃないですか？」

「俺もその点が気になったんで尋ねてみたよ。裏が取れている事柄もいくつかある。その点に関してはすべて本当のことをしゃべっている。そして、しゃべっている内容に矛盾はないらしい」

「もう、逃れられないと腹をくったのかもしれませんね……」

「それにしてもな……。ずいぶん協力的だそうだ」

「真鍋不二人のことをしゃべったのですか？」

「しゃべった。充分、贈収賄で立件できる内容だそうだ。裏帳簿も提出すると言っているらしい」

捜査はおおいに進展した。現役国会議員の贈収賄事件。いまさら珍しい事件でもないが、大事件には違いない。神奈川県警はそのせいか、朝から慌《あわ》ただしい。

しかし、高尾の様子が少しばかりおかしい。どうも納得していないようだった。

「何が気になるんです？」

丸木が尋ねると、高尾は考え込んだ姿勢のまま言った。

「信じられねえんだ。久保井社長っていうのは、昔は泣く子も黙る極道だったそうだ。

今でも、裏の人脈は豊富で、その筋に発言力もある。極道気質は抜けていないそうだ。

そんな男が、簡単に真鍋不二人を警察に売るとは思えねえな……」

「真鍋不二人についていては自分も助からないと考えたんじゃないですか？」

「どうせ、助からねえんだ。やつは、南浜高校襲撃の件で逮捕されたわけだが、贈収賄のことまでぺらぺらしゃべったんだ。まったく信じられねえよ」

言われてみれば、丸木も同感だった。丸木は、ヤクザの世界をよく知らない。少年課にいる関係で、不良少年が関わる暴力団員などに接触することはあるが、それらはどれも小ものだ。ヤクザの大親分などという連中は、映画でしか見たことがない。

しかし、どういう連中かは想像がつく。簡単に仲間を売るような連中ではないだろう。そんな男ならば、子分がついていくはずがない。

高尾の話だと、久保井はそうした親分衆にも顔が利くようだ。となれば、半端な男ではないはずだ。

ならば、どうして簡単に口を割ったりしたのだろう。しかも、ずいぶんと協力的だったようだ。

何かが久保井を変えたとしか考えられない。

「真鍋不二人より、警察のほうが恐ろしいと考えたんじゃないでしょうか？　それで、警察に協力して少しでも罪を軽くしようとした……」

高尾は丸木をじっと見つめている。ものを考えるときの癖だ。

やがて、高尾は言った。

「いや、久保井はそんな小ものじゃねえな……」

丸木はうなずいた。言ってみたものの自分でもその考えはしっくりこない。

悪党の急変。

丸木は、同じようなことがかつて一度起きていることに思い当たった。赤岩だ。

赤岩は、賀茂と対決してから急変したという。でも、まさか……。

迷った末に丸木はおずおずと言った。

「たしか、赤岩もそうでしたね……」

高尾は、天井を睨むようにして考え込んでいたが、丸木がそう言った瞬間、眼だけ動かして丸木を見た。

高尾は何も言わない。丸木は急に自分がつまらないことを言ったような気がしてきた。慌てて、彼は言った。

「いや、したたかな悪党が、急に変わっちゃったというんで、連想しただけです……」

「たしかにそうだ……」

意外にも高尾は、そう言った。「久保井と赤岩というのは共通点がある。どちらも筋金入りだ。そういうやつらは滅多なことでは改心したりしない。おそらく、久保井の若い頃は赤岩みたいなやつだったんだろう」

「でも、久保井が賀茂晶に会ったのは、ずいぶん前のことでしょう？　赤坂の料亭で……」

「その後も接触しているかもしれない」

「まさか……」

丸木は自分が言いだしたことながら、信じられない気分だった。賀茂晶と接触しただけで、大悪党がころりと心を入れ替えてしまう。

丸木は、水越陽子の言ったことを思い出していた。

賀茂晶は、心の中に直に手を突っ込むように、心に働きかける。

丸木は、ぞっとしていた。

「水越陽子も、おそらく変わったんだろう」

高尾が言った。「だが、もともと悪党じゃない彼女の変わり方はそれほど大きくはなかった」

丸木はその言葉を聞いて、また聖書を思い出していた。

「キリストはこう言っているのです。罪人こそが救われるべきだ、と……」

「おい……」

高尾は、かすかにほほえむと言った。「賀茂晶ってのは、キリストかもしれねえな」

丸木には、それが冗談に聞こえなかった。

キリストというのは、もともと固有名詞ではない。「頭に油を注がれた者」という意味のヘブライ語「マーシーアッハ」やアラム語「メシュィーハ」に当たるギリシャ語の「クリストス」が語源で、旧約聖書の時代に、「終末期に現れるイスラエルの救済者」という意味になった。

その後、広く救世主を意味する言葉と解釈されるようになった。

イエズスがイスラエルのキリストであれば、役小角《エンノオヅヌ》が日本の救世主、つまりキリストであってもおかしくはない。死後、千三百年の時を経て、世紀末に復活した役小角。

それは日本のキリスト……。

丸木はそこまで考えて、慌ててその考えを打ち消した。

僕は何を考えているんだ……。

その時突然、高尾が言った。

「賀茂晶に会いに行ってみよう」

丸木は驚いた。

「何のために？」

「久保井が最近、やつと接触したかどうか確かめてみたい」

「そんなこと、確かめてどうするんです？　もう、南浜高校の事件も僕たちの手を離れているんですよ。贈収賄のほうも、捜査が本格的に始まるみたいだし……。もう、僕たちの出番は終わったんじゃないですか？」

「最初に言われた仕事をまだ片づけていない」

「何です、それ」

「俺たちは、オズヌと名乗る少年について調べろと言われたんだ。まだ、調べ終わっていないだろう」

丸木はあきれてしまった。

「そんなこと調べてどうするつもりです？」

丸木は、もう賀茂晶には関わりたくなかった。二度と会わずに、もう忘れてしまいたいと思っていた。

だが、その一方で、気になって仕方がないのも事実だ。役小角の転生者であることを否定する事実がないのが気に入らなかった。

そして、更木衛が言ったことも気になっている。役小角は、キリスト教徒であった可能性がある。そして、そのキリスト教というのは、パルティアでゾロアスター教の影響を受けた原始キリスト教かもしれない。更木はそう語ったのだ。

「好奇心だ」

高尾が言った。「好奇心がうずくんだ」

「それは僕もそうですが……」

「それにな、やつらは何かでかいことをやろうとしているような気がする。それはおそらく正しいことなんだろう。ならば、手を貸してやってもいいと思ってな」

「賀茂晶に手を貸す？」

またしても、丸木は驚いた。

高尾はにやりと笑った。

「やつは予言したんだ。前鬼や後鬼と同じように、この俺も役小角の味方になるだろうってな」

丸木は、この言葉も冗談とは受け取れなかった。彼はまたしても背筋が寒くなるのを感じていた。


県警本部を出たのは二時過ぎだった。まず、南浜高校を訪ねてみると、賀茂晶は自宅謹慎を命じられているという。学校占拠に関係した生徒は、法的な処分を受ける受けないにかかわらず、停学処分にして自宅謹慎を命じたのだという。

高尾は、賀茂晶の両親のもとに電話をしてみた。だが、賀茂晶は両親のもとにはおらず、アパートにいるという。

高尾と丸木はアパートを訪ねてみた。戸口に近づくと、たちまち目つきの鋭い少年たちがアパートの両側から現れた。おそらく、賀茂の仲間で、見張りに立っていたのだろう。

高尾がたちまちうれしそうな顔になる。

「賀茂晶に、高尾が来たと伝えてくれ」

少年たちは、高尾を睨みつけたまま動かない。高尾が警察官であることを知っており、警戒しているのだ。

「何をしているんだ？　聞こえなかったのか？」

二人の少年は、顔を見合わせた。どうしようか迷っているようだ。

そのとき、ドアが開いて賀茂晶が姿を現した。

「その者はよい」

二人の見張りは、その言葉を聞くとほっとしたように警戒をとき、もといた場所に戻っていった。

高尾が尋ねた。

「ここは、要塞か何かか？」

「ヨウサイ……？　それは何のことだ？」

高尾の冗談も通じない。高尾は、肩をすくめた。

「いいんだ。それより、訊きたいことがあってやってきた」

「久保井のことであろう」

丸木は驚いた。

高尾も同様に感じたらしい。彼は言った。

「あんた、人の心も読めるのか？」

賀茂晶は、かすかに笑った。その笑顔が涼しい。

「ただ考えただけだ。昨夜、久保井がやってきて、今日、吾子《あご》らがやってきた」

「昨夜、久保井が来た？」

高尾が思わず聞き返した。丸木は、自分の考えが的を射ていたことに困惑していた。

「久保井は何をしに来たんだ？」

「我を斬るつもりであったらしい」

「斬る……？」

「剣を持っておった」

丸木は仰天した。久保井自ら剣を持ってここに乗り込んできたというのか……。

「久保井に何をした？」

高尾が尋ねると、賀茂晶は平然として言った。

「話をしただけだ」

「どんな話をしたんだ?」

「久保井は救いを求めておった。だから、もう救われているのだと教えてやった」

この言葉も、聖書に通じている丸木にはキリストのやり方に似ているような気がした。

高尾は、言葉を失ったように立ち尽くしていた。その沈黙の重苦しさを救うように賀茂晶が言った。

「入るがよい。吾子も話がしたいのだろう」

賀茂晶は場所を開けた。高尾は、戸口に向かって歩きだし、仕方なく丸木もそれに続いた。

部屋には赤岩がいた。そして、水越陽子もいたので丸木は驚いた。

高尾が言った。

「なるほど、前鬼《ゼンキ》、後鬼《ゴキ》がおそろいというわけか?」

赤岩と水越は警戒心に満ちた眼で高尾を見つめていた。二人とも無言だった。

賀茂晶が言った。

「前鬼、後鬼と話し合っておった」

「何の相談だ?」

「我は、真鍋不二人に会わねばならない。どこでどうやって会うかを話し合っていた」

「真鍋不二人に会う？　どうしてだ？」

「南浜高校から手を引くように言う」

「あんたが、行かなくても、じきに手を引くことになるだろう。贈収賄が明るみに出る」

「ゾウシュウワイ？」

「汚《きたね》え金のやり取りが明らかになるということだ」

賀茂晶は、ふと考え込んだ。だが、それは長くは続かず、すぐに言った。

「それでも、今一度、会っておきたい。真鍋も久保井同様、救われねばならぬ」

「俺は、救いがたい野郎だと思うがね」

賀茂は何も言わなかった。ただ、穏やかにほほえんだだけだ。

高尾が落ち着かない様子で眼をそらした。

やがて、高尾は言った。

「俺なら、真鍋のところに案内できるかもしれない」

この一言は、丸木を心底驚かせた。

「高尾さん！」

高尾は丸木にかまわず、賀茂晶に言った。

「やつは、この俺を抱き込もうとしたんだ。味方に付けようとしたんだ。事務所に行って、こう言えばいいんだ。もう一度、話を聞きたくて来た、とな」

「ほう。それはよい」

賀茂晶は、まったく迷った様子なく言った。「では、案内《あない》を頼むとしよう」

19

高尾は、携帯電話を取り出し、真鍋の個人事務所に面会を申し込もうとした。なかなか電話が繋がらない。話し中が続いているとかで、高尾は何度もかけ直した。ようやくつながったが、なかなか相手はうんと言わないようだ。

高尾が言った。

「こないだは会ってくれたじゃないか。もう用なしというわけか？」

次の瞬間、高尾の表情が曇った。高尾がつぶやくように言う。

「入院……？」

やがて、高尾は電話を切った。

その場にいた、水越陽子や赤岩が成り行きを見守るように高尾を見つめている。丸木も同様だった。ただ、賀茂晶だけが穏やかな表情で座っている。

丸木は高尾に尋ねた。

「どうしたんです？　誰が入院したんです？」

高尾は、ちらりと丸木を見ると、思案顔で言った。

「真鍋不二人が体調不良で入院したというんだ」

「真鍋が……？」

「野郎、警察の追及から避難したというわけだ」

「手入れがあったんですか？」

高尾はその質問にはこたえずに、どこかに電話した。丸木はただその様子を眺めているしかなかった。

やがて、電話を切ると高尾は言った。

「どうやら、真鍋は警察側の動きを察知したらしいな。受託収賄の疑いで、東京地検、警視庁、神奈川県警合同でウチコミをかけようとした矢先に、病院に逃げ込んだらしい。面会謝絶になっているということだ。熱海にある温泉療養所を兼ねた贅沢《ぜいたく》な病院だそうだ」

高尾は、県警の二課あたりに電話して情報を引き出したようだ。二課は、知能犯や汚職の担当で、微妙な事件を扱う。また、検察官の指揮のもとに捜査することが多いので、滅多に捜査情報をよそに洩らしたりはしない。

だが、高尾は難なくそういう話を聞き出してしまう。県警内に独自の情報網を築いているとしか考えられない。

「面会謝絶なんて口実でしょう？　地検が動くということは、てこでも動かない確証があるということです。逮捕は免れないでしょう」

「ところが、今は、臨時国会の会期中だ。議員は、会期中は逮捕されないという特権がある」

「でも、いずれ捕まるはずです」

「病院で、打てる手はないかと必死で考えているんだろう。弁護士を何人もかき集めているに違いない。さて、どうする？」

高尾は、水越陽子と赤岩を見た。

丸木たちがこの部屋にやってきて初めて、水越陽子が口を開いた。

「病院には警察の見張りが付いているのでしょうね」

高尾はうなずいた。

「当然だな」

「どうやって会いに行くの？」

「俺は、真鍋の居場所をつきとめた。そして、その病院に賀茂を連れて行く。後は、俺の出番じゃねえな」

「あたしたちに、なんとかしろというの？」

「あんたたちに、じゃない。賀茂に、だ」

陽子は、賀茂晶を見た。

丸木はいまだに理解できなかった。

高尾は警察官だ。なのに、真鍋に会いに行くという賀茂晶を手伝おうとしている。

そして、水越陽子は担任だ。教師だ。だが、賀茂晶の言うことに逆らおうとはしない。

警察官や教師なら、ばかなことは考えるな、くらいのことは言ってもいい。高校生が、国会議員に抗議するために直接会いに行こうというのだ。

陳情とはわけが違う。真鍋は、賀茂晶たちを消そうと考えていたのだ。

高校生の出る幕じゃない。どうして、この二人はそう言おうとしないのだろう。

もちろん、丸木にはその理由がわかっていた。賀茂晶という少年は、賀茂晶ではない。役小角の転生者なのだ。

彼は人間をはるかに超えた存在だ。おそらく、丸木がよく知っているイエズス・キリストがそうであったように……。

だが、丸木はその事実が信じられない。いや、どうやって信じればいいのかわからないのだ。

とても、高尾のようには受け容れられない。

そして、丸木は水越陽子に、憤りを覚えていた。正確に言うと憤りではなかったかもしれない。

自分の教え子に従う女性教師。そう。女性という点が問題なのかもしれない。それは複雑な心境だったが、言葉にすれば単純だった。嫉妬だ。

陽子は、賀茂晶を見つめていた。頼り切っているようだった。男と女の信頼関係ではない。陽子は前鬼だ。つまり、役小角に従うことが彼女の役割なのだ。

だが、それを受け容れることができない。だから、どうしても、人間と人間の関係に思えてしまう。

教師が生徒に頼っている。だから、それが男と女の関係に見えてしまうのだ。

陽子も、赤岩も、高尾も賀茂晶を見つめていた。まるで、ご託宣を待っているようだと丸木は思った。

実際に彼らはそれを待っているのかもしれない……。

賀茂晶が、静かに言った。

「その者の言うとおりじゃ」

彼の言葉は、たしかに不思議な力を持っている。丸木は思った。

口を開くだけで、人を釘付けにしてしまう。落ち着いた語り口や、威厳に満ちた態度が、自然と人を引きつけてしまう。

「真鍋不二人がおる館《やかた》まで案内《あない》してくれればよい」

高尾がうなずいた。

「いいだろう。俺の車で行こう」

賀茂晶は立ち上がった。

「それでは行こう」

丸木は驚いた。

「これから行くんですか？」

陽子がこたえた。

「ぐずぐずしていると、ますます会いにくくなるわ。時間が経てば、真鍋の守りはどんどん固くなる」

高尾がうなずいた。

「そのとおりだ」

「でも、賀茂君たちは、自宅謹慎中でしょう」

高尾が顔をしかめた。

「つまんねえこと、言うなよ」

陽子がほほえんで言った。

「担任の教師がここにいるのよ」

「あんたたちも来るのか？」

「前鬼、後鬼の役目ですからね」

「じゃあ、出かけるとするか」

高尾が軽い調子で言った。「赤岩、いや、後鬼と呼んだほうがいいのかな？　ガンメタのゼットはどこにある？」

赤岩はこたえた。

「近くにとめてある」

その声は、野太く迫力があった。丸木は、初めて赤岩の声を聞いた気がした。賀茂に従順な今でも、ヤクザすらよけて通るようなワルだったころの凄味は失っていない。

高尾は赤岩に言った。

「じゃあ、おまえは先生を乗っけて、俺のシルビアの後についてきてくれ」

赤岩は、素直にうなずいた。

丸木は賀茂晶を後部座席に乗せ、自分は助手席に座った。シルビアの車内は狭い。賀茂のために助手席のシートを前に出すと、それほど大柄でない丸木でさえ、膝がグローブボックスにつっかえそうになる。

高尾が車を出すと、丸木は後方を見て、見覚えのあるガンメタリックのフェアレディZがついてくるのを確認した。

賀茂晶はまったく緊張した様子を見せない。彼はどこで会っても、何をするときも、同じたたずまいだった。

それが神秘を感じさせる。

丸木は、賀茂晶にどうしても尋ねたいことがあった。

高尾は、賀茂に話しかけようとしない。ただ、前方をじっと見つめ、車を操るだけだ。考え事をしているのかもしれない。彼なりに、頭の中を整理しようとしているのだろう。

車内は沈黙している。丸木は、思い切って賀茂晶に話しかけることにした。

「あの……、賀茂君……」

「何か」

「ちょっと質問してもいいかい？」

「構わぬが……」

高尾が、ちらりと横目で丸木を見た。

「えーと、あなた、役小角さんですよね」

我ながら間抜けな尋ね方だと、丸木は思った。しかし、他の言い方が思いつかない。

賀茂晶は丸木を見てうなずいた。

「わが名は、オズヌだ」

まっすぐに見つめられて、丸木は落ち着かない気分になった。その眼は、深い光をたたえている。

その光の中には、無限の空間が広がっていて、今にも吸い込まれそうな気持ちになる。丸木は、一度目を閉じ、小さく頭を振ってから尋ねた。

「あなたは、神ですか？」

高尾が、また丸木に視線を飛ばした。だが、何も言わなかった。

唐突な質問にも、賀茂晶のたたずまいは崩れなかった。

「我は神ではない。神の子じゃ」

「神の子……」

丸木には、馴染みの言葉だった。

神の子は、イエズス・キリストだ。

「では、あなたの父なる神というのは、いったいどんな神様なんですか？」

「秦《はた》の民は、イヤハタと呼んでいた」

「イヤハタ……」

丸木はつぶやいてからぴんときた。「イヤハタ……、ヤハタ、つまり八幡《はちまん》様……」

日本全国にある八幡神社は、もともと秦一族が奉ったものだという説がある。丸木はそれを何かで読んだ記憶があった。

さらに、賀茂晶が言った。

「秦のイヤハタは、いにしえには、ヤハウエと呼ばれ給《たも》うた。我らは一言主《ひとことぬし》と申し奉る」

丸木は、たっぷり三十秒は身動きをせず、賀茂晶を見つめていた。それくらい、賀茂晶の言葉に驚かされたのだ。

その間も賀茂晶は、平然と丸木を見返していた。

「何の話だ？」

高尾が尋ねた。

丸木は向き直り、高尾に言った。

「今、彼ははっきりと、一言主はヤハウエのことだと言ったんですよ」

「ヤハウエ？」

「ユダヤ教の神、そしてキリスト教の神です」

「それらしいことを、更木衛が言っていたじゃないか」

「でも……」

丸木はもどかしかった。「今、賀茂君は、自分が神の子だと言ったのですよ」

「それがどうした？　実を言うとな、俺はそういう話を信じられるような気がしてきた。赤岩と久保井を、ただ話をするだけで改心させちまったんだぞ。こいつは、奇跡以外の何ものでもない」

「ユダヤ教の神、キリスト教の神の子と言えば、イエズス・キリストのことなんですよ」

「ほう……」

高尾は片方の眉をつり上げて見せた。

「賀茂君は、今、役小角はイエズス・キリストだと言ったことになるんです」

「なら、奇跡を起こすのもうなずけるな」

高尾は、片方の頬を歪めて笑った。

丸木は、その反応に驚いて思わず高尾を見つめた。そして、車の中で自分だけがおろおろしていることに気づいて、なんだかばかばかしくなってきた。

役小角がキリストだからどうだというのだ。

丸木は、そう思うことにした。すると、急に気分が落ち着いてきた。

そうだ。これはある程度、予想していたことだ。

キリストというのは、原意は油を注がれた者、つまりは、救い主ということだ。つまり、キリストという存在は一人ではないということだ。キリストというのは、ギリシャ語であって、それをヘブライ語に直すとマーシーアッハ、つまりメシアになる。その中で、もっとも有名なのが、イエズス・キリストなのだ。

役小角が日本のキリストだったのかもしれないというのは、丸木自身が先ほど考えたことだ。

そうだ。たしかに、賀茂晶は奇跡を行ったのかもしれない。賀茂晶は、本当に役小角なのだと、丸木は納得することにした。

転生などあり得ないというのが、一般的な常識だ。しかし、転生が本当にあり得ないということを証明した者はいない。事実、チベットやネパールでは現在でも転生が信じられており、チベットにおいては活仏《いきぼとけ》が、ネパールにおいてはクマリという生き神の少女が、転生によって継承されるのだと更木衛も言っていた。

常識より事実を受け容れる。それが、正しい態度のような気がした。すると、丸木は、さらに気が楽になった。

賀茂晶は、瀕死の重傷を負った。それがきっかけで、役小角が彼の中に復活した。以前聞いた話によると、どうやら賀茂晶の人格と役小角の人格は、同居しているようだ。

賀茂晶が役小角であって、何の不都合があるだろう。

丸木は、ようやく賀茂晶の中の役小角を受け容れようという気になった。そして、その瞬間に、高尾や水越陽子の気持ちがわかったような気がした。

真鍋が入院したという病院は、病院というよりまるでホテルのようだった。玄関は、巨大なガラスの円筒になっており、そこに自動ドアがある。外壁は白で、気品を強調している。

高尾は、賀茂晶に、ここで待っていろと言い残して車を降りた。赤岩のフェアレディは、隣に駐車していた。赤岩と陽子も車に乗ったままだ。高尾は、様子を見てくるつもりなのだろう。丸木は慌ててその後を追った。

ロビーの床は大理石だ。受付のデスクの表面にも大理石の石板が張ってあった。

白衣の女性がにっこりとほほえんだ。受付にいる女性が白衣を着ていなければ、とうてい病院とは思えない。

「どちらに御用でしょうか？」

高尾は、まったく躊躇《ちゅうちょ》なく警察手帳を出し、開いて身分証を見せた。

「神奈川県警の者だ。真鍋不二人氏に会いに来た」

受付嬢は、愛想良く、ちょっとお待ちくださいと言った。警察手帳を見ても慌てた様子はない。おそらくこの病院には、各界の著名人が入院している。警察が来たくらいで驚いていてはここの職員は勤まらないに違いない、と丸木は思った。

再び顔を上げた受付嬢は、笑顔で言った。

「真鍋様は、面会謝絶になっております」

「病室はどこだ？」

「面会謝絶の患者さんの病室はお教えできないことになっています」

丸木は、受付脇の両側に一人ずついる制服姿の警備員が気になっていた。彼らのことを恐れていたわけではない。その逆で、高尾に対して彼らが何らかの実力行使に出たときの、彼らの運命を哀れに思ったのだ。

だが、彼らより早く近づいてきた者たちがいた。丸木には彼らが何者かすぐにわかった。同業者だ。

張り込んでいた私服の捜査員たちだろう。五人いた。先頭に立っていた鋭い目をした中年の男が高尾に言った。

「あんた、ちょっと……」

高尾は振り返り、平然と言った。

「何だ？」

「いいから、こっちへ……」

その中年男は、高尾と丸木を、受付から離れたロビーの隅に連れて行った。捜査員たちが、二人を取り囲んだ。

鋭い眼の中年男がひどく苛立った様子で言った。

「あんた、何やってんだ？」

高尾は言った。

「あんたこそ、何者だ？」

「警視庁捜査二課、安斎《あんざい》。警察手帳《チョウメン》出すのを見たぞ。あんた、どこのモンだ？」

「神奈川県警だ」

「神奈川県警？　どうして役割分担を守らない？　捜査をぶち壊す気か？　なんでのこのこ、ここへやってきたんだ」

「俺は汚職《サンズイ》を洗っているわけじゃねえ。真鍋とは個人的な付き合いがあってな。見舞いに来たんだよ」

「見舞いに来るのに、いちいちチョウメン見せるのか？」

「そのほうが、話が早いこともある」

「とにかく、とっとここから出ていけ。さもないと、拘束する。これは、懲戒もんだぞ」

懲戒と聞いて丸木はぞっとしたが、高尾は関心がないらしく、あらぬほうを向いていた。その顔にふと戸惑いの色が浮かんだ。

丸木は、何事かと、その視線を追った。

ロビーに賀茂晶が立っていた。その後ろには、赤岩と陽子がいる。

五人の捜査員たちもそれに気づいた。安斎が、賀茂たちのほうを見たまま言った。

「あの連中も知り合いか？」

賀茂晶が近づいてきた。捜査員たちは、彼に注目している。

賀茂は、捜査員たちのすぐ前で立ち止まり、警視庁の安斎に向かって言った。

「我は、真鍋不二人に会わねばならぬ。案内を頼む」

「な……」

安斎は目を剝《む》いた。そして、何か言おうとしたが、その瞬間から賀茂晶から眼が離せなくなっていた。

丸木は、これから何が起きるのか、一瞬たりとも見逃すまいと、心に決めた。賀茂晶が……、役小角が、その不可思議な力を発揮しようとしている。

賀茂の声が響いた。

「名は何と申す？」

「名前……？　安斎だが……」

「それは氏か姓であろう。名は何と申す？」

「健介《けんすけ》……」

「健介。我は、真鍋不二人に会わねばならぬ」

安斎は、戸惑いの表情を浮かべている。やがて、彼はうなずくと、踵《きびす》を返して歩きはじめた。

「こっちだ」

丸木は、奇跡の片鱗《へんりん》を見たと思った。役小角は名前を呼ぶことによって、相手の心を自由に操ることができるようだ。

根っからの悪党だった赤岩や久保井を改心させてしまうくらいだ。これくらいのことは造作もないのかもしれない。

「安斎さん!」

「チョウさん!」

四人の捜査員が驚いて呼びかける。だが、安斎は振り向きもしない。代わりに振り向いたのは、賀茂晶だった。

賀茂晶は、次々と四人の捜査員の眼を見つめていった。眼があったとたん、四人は一様に眉をひそめ、それから全身の力が抜けたように立ち尽くしてしまった。

安斎と賀茂晶が進んでいった。赤岩と陽子がその後を追っていった。

「じゃあ、俺たちも行くとするか」

高尾が言った。丸木は、これが現実とはとても信じられなかった。まるで夢でも見ているようだと思った。

しかし、これが役小角の力だ。丸木は、信じられなくても、信じるしかないと思っていた。

たちまち、病院の従業員たちが行く手を阻もうとした。最初にやってきたのは、制服を着た警備員たちだ。先頭を行く安斎の前に立ちはだかる。

次に医者らしい男が現れた。恰幅《かっぷく》がよく、医者のくせに生活習慣病の心配がありそうだと丸木は思った。

「この先は、遠慮していただく」

医者は尊大な態度で言った。「患者は面会謝絶だ」

さらに、三揃えのスーツを隙なく着こなした男が現れて言った。

「私は、真鍋氏の弁護士だ。真鍋氏は安静を必要とする病状だ。警察がこれ以上無茶をすると、法的な措置を取らせてもらう」

賀茂晶が一歩歩み出た。

医者と弁護士は、同時に賀茂晶を怪訝そうに見つめた。賀茂晶が静かに言った。

「名は何と申す？」

それから起こったことは、さきほどとまったく同じだった。役小角の術に抗える者はいない。

医者と弁護士が道を開けた。それを見て、警備員たちも訝りながら、脇にさがった。

賀茂晶は、再び、医者と弁護士の名を呼んで言った。

「ここで起こりしことは、すべて忘れよ」

医者と弁護士はただ立ち尽くしていた。

遠くから、受付嬢が不思議そうに事の成り行きを眺めていた。


ドアを開いたとたんに、怒鳴り声が聞こえてきた。

「誰も入れるなと言ったはずだ」

真鍋不二人がベッドの上から戸口を睨み付けている。彼はそのまま、動きを止めた。

真鍋の他には誰もいなかった。

先頭に立っていたのは賀茂晶だ。真鍋は、賀茂晶を見つめているのだった。賀茂晶は、気負った様子もなく部屋の中に入っていった。赤岩と陽子が続き、その次が高尾。丸木は最後に部屋に入り、ドアを閉めた。

真鍋不二人の病室は、豪勢なスイートルームだった。調度類は、どれも重厚な色の木材でできており、おそらくマホガニーか何かの高級な家具だろうと、丸木は思った。

ベッドはセミダブルで、真鍋はシルクのパジャマに、ウールのガウンという姿だった。一応病人らしい恰好をしている。だが、血色がよく、どうみても病人とは思えなかった。

真鍋不二人は、ベッドの脇にあるインターホンに手を伸ばした。

音もなく赤岩が動いた。その動きはすばやく、まったく無駄がなかった。風のように真鍋に近づくと、インターホンを奪い取り、フックに戻した。そして、二度と真鍋が手を伸ばさぬように、ベッドサイドに立っていた。

真鍋は、高尾を睨み付けて言った。

「何をしに来た？」

高尾は、笑みを浮かべている。

「ご挨拶だな。見舞いに来てやったんじゃねえか」

「何が目的か訊いてるんだ」

「だから見舞いだと言ってるだろう。もっとも、見舞いに来たいと言いだしたのは、この賀茂晶だがな」

真鍋は賀茂晶を見た。

「きさま……。お礼参りというわけか？　上等だ。だがな、国会議員に手を出したとあっちゃ、きさまもただじゃ済まん」

賀茂晶はあくまでも静かに言った。

「我は話をしたかっただけじゃ」

「話だと？」

「先に、そちと会ったときは、我が同胞の土地を守りたいと思っておった。しかし、今は、この国を守りたいと考えておる」

「国を守るだと？　ガキが何を言うか。それは俺の仕事だ。俺たちが体を張り、身銭を切って国政を切り盛りしてるんだ」

「話を聞くに、そちたちは、長い間、悪しき政《まつりごと》を続けているようじゃ」

「小僧、覚えておけ。政治ってのはな、きれい事じゃねえんだ。俺は文字通り、政治に命を懸けてるんだ」

「だが、それは、この国をよくしようと思ってのことではないようじゃ」

「国のことを思わずに、政治家なんてやってられるか。今回のことだってそうだ。政治家ってのはな、常に物事を天秤《てんびん》にかけなきゃならん。南浜高校でまともな教育が行われているか？」

真鍋は、脇に立っている赤岩をちらりと見た。

「こんな生徒ばかりじゃないか。こんなやつらが、将来の日本を背負って立てるか？　すでに南浜高校は崩壊している。ならば、それを取り壊して、住宅供給を考えたほうがいい」

「久保井との間に謀《はかりごと》があったと聞いておる」

「それだって、国のことを考えればこそだ。いいか？　今この日本という国は瀕死の状態だ。借金にあえいでいる。景気を立て直さない限りは、日本の未来はない。そして、景気を立て直すためには、ブルドーザーとクレーンが必要なんだ。日本はそうやって繁栄してきた。古いものをぶっ壊し、常に新しいものを建築する。日本中に公共事業で金をばらまき、建設会社がまたその金を下請け、孫請けにばらまく。それが経済効果を生み、国民が金持ちになる。そうやって、先進国と肩を並べる豊かな国になったんだ。久保井の会社は、不況のあおりを受けて、危機的な状態だった。大手の建設業が倒産でもすれば、関連で倒産する下請け、孫請けが続出する。銀行も多額の不良債権を抱えることになる。経済界に及ぼす影響は計り知れない。久保井建設のようなゼネコンは、絶対に潰しちゃならんのだ。少子化の折、南浜高校はすでに神奈川県のお荷物でしかない。南浜高校と久保井建設を秤《はかり》に掛けたら、こたえは明らかだ。いいか、小僧。何度も言うが、政治というのは、きれい事じゃ済まない。泥をかぶってでも、正しいと思ったことをやらなけりゃならんのだ」

真鍋は、力強くまくしたてた。

さすがに、有力政治家だけあって話しぶりには迫力があった。真鍋は彼なりの信念を持っている。そして、彼の政党にあっては、それがまかり通るのだろうと丸木は思った。

「ゼネコンだ、自動車メーカーだといった大企業と政治の蜜月時代は、とっくに終わったんだよ」

高尾が言った。「あんたらは、政治を逆戻りさせようとしているに過ぎない。国民はもうあんたらなんか、求めちゃいないんだ」

「ふん。選挙をやれば、また我々が政権を担うことになる。日本の体質は、永遠に変わらない」

「いや、変わるね。徐々にだが変わるさ。選挙の話をしたな？　今では、あんたの政党は、単独で衆議院の過半数を維持できないんだ。それだけでも、ずいぶん変わったとは思わないのか？」

「今でも与党なのだ」

「あんた、赤岩のようなやつは、国を担えないと言ったな。南浜高校は、神奈川県のお荷物だって？　ここにいるのは、南浜高校の生徒と教師だ。その前で、ずいぶん好き勝手なことを言ってくれたな」

「教師だって？」

真鍋は、水越陽子を見た。あからさまに好色そうな眼差しだった。相手が水越陽子ならば、無理はないと丸木は思った。

「いい女だ。南浜高校に勤めているのか？　あんな高校にいたんじゃ、生徒の慰み者にされかねんな」

丸木は、かっと頭に血が上るのを感じた。咄嗟《とっさ》に陽子を見た。

陽子は冷ややかにほほえんでいた。

「下司《げす》は、やはりその程度のことしか頭に浮かばないのね」

「何だと……」

真鍋を遮るように、高尾が言った。

「あんたは大切なことを忘れている。あと何年か経てば、この国は、ここにいる赤岩や賀茂の国になるんだ。こいつらが、稼ぎ、こいつらが生活し、こいつらが子供を作る。そして、こいつらが投票するんだ」

「そんなのは、まともな人間の言うことだ。南浜高校の不良どもが将来どうなるか、考えてみろ。どうせ、犯罪者になるのがオチだ。そんな高校は、今のうちに潰してしまったほうがいい。おまえは、少年課の刑事だったな？　あの高校がなくなりゃ、おまえの仕事だって少しは楽になるんじゃないのか？」

丸木は、賀茂のことが気になっていた。賀茂晶は、黙って真鍋と高尾のやり取りを聞いている。

どうして、久保井を改心させた術を使わないのだろう。なぜ、さっさと奇跡を行わないのか。

丸木は焦りを感じていた。ここに長く留《とど》まっているわけにはいかない。警視庁の安斎や、ここの職員、弁護士たちにかけた賀茂の術が、いつまで効いているのかわからないのだ。

賀茂晶は、奇跡を行おうとしない。ただ、真鍋の話を聞いているだけだ。丸木は、苛々しながら、賀茂晶のほうを見ていた。

「あんたのようなやつが、政治家をやっているから、この国の教育がダメになったんだ。これ以上、土建屋政治家に、文化国家を任せるわけにはいかねえな」

高尾が言うと、真鍋はたちまち怒りに顔を赤く染めた。おそらく、真鍋は、こうした言い方をされることに慣れていないのだと丸木は思った。

新人政治家のときは、想像を絶するくらいな屈辱を味わったこともあるに違いない。

永田町というところは、魑魅魍魎《ちみもうりょう》の住処《すみか》なのだから。だが、今では、真鍋自身が魑魅魍魎の仲間入りをしている。

「おまえら……」

真鍋の顔は真っ赤で、こめかみには血管が浮き出ている。「生きてここを出られると思うな……」

その言葉に、赤岩がわずかに反応した。ちらりと、真鍋を見たのだ。赤岩の眼はぞっとするほど冷たかった。その眼差しは独特のものだった。赤岩が、真鍋を軽蔑しているのだと知って、丸木は驚いた。

「救われぬな……」

賀茂晶がつぶやいた。

その一言で、部屋にいた全員が賀茂晶に注目した。

真鍋も賀茂晶を見つめている。

「救われないだと？」

真鍋は言った。「それは俺のことを言っているのか？」

賀茂晶は、ゆっくりとうなずいた。

「ふざけるな」

真鍋は再び吼《ほ》えた。「救われないのはおまえらのほうだ」

「救いを求める罪人は救われる。罪人こそ救われなければならない。医者が必要なのは病人だ」

賀茂晶が言った。

医者が必要なのは病人。これも聖書にある言葉であることを、丸木は知っていた。たしか、マルコによる福音書の中の一節だ。

もはや、丸木は驚かなかった。賀茂には役小角が転生している。そして、役小角は、更木衛が言っていたように、パルティアに流れた原始キリスト教団の末裔《まつえい》なのかもしれない。

そして、役小角は日本のキリストだったのだ。

「俺に救いを求めろというのか？　寝言もいいかげんにしろ。これくらいのトラブルは、政治家にとっては日常だ。いいか？　政治家っていうのはな、毎日が生きるか死ぬかの勝負なんだ。おまえたちとは住んでいる世界が違うんだ」

「政を行うものが、政のなんたるかを知らぬ。これでは、国は乱れるばかりだ」

「ガキに政治のことがわかってたまるか」

「不二人。聞くがいい」

ついに、賀茂晶が名前を呼んだ。

丸木は次に何が起きるか期待した。賀茂晶は続けて言った。

「久保井は、心から救いを求めておった。獣のような生活をしながら、もがき苦しんでおった。それ故に、刹那《せつな》に救われた」

「久保井だと……？」

真鍋は言った。その眼に警戒の色が浮かんだ。「俺がこうなったのも、久保井のせいだ。そうか……。おまえたち、久保井と手を組みやがったな……」

真鍋に変化はない。

そうか、と丸木は思った。賀茂晶の奇跡は、それを望んでいた者にだけもたらされるのだ。赤岩も、久保井も修羅の世界に生きていた。彼らは、その世界でもがき苦しみ、切実に救いを求めていた。賀茂晶は、その心を解放してやったのだ。

赤岩は、心の安らぎを必死に求めていた。そして、賀茂晶によってそれがもたらされた。だからこそ、彼は後鬼になったのだ。

おそらく、陽子もそうだったのだろうと思った。陽子も救いを求めていたのかもしれない。それは、死んだ暴走族のヘッド、小暮紅一に関係していることなのかもしれない。

小暮紅一の死を経験し、今また、赤岩のいる南浜高校に赴任している。その心の葛藤は充分に想像できる。

「久保井は己の務めを果たすことを心に決めた。だが、おまえは、それを望んではおらぬ。救われることも望んでおらぬ。ならば、裁きを受けなければならぬ」

「裁きを受けるだと？　ふん。こんなちっぽけな贈収賄事件など、蹴散らしてやる。幸い、臨時国会の会期はまだたっぷり残っている。手を打つ時間は充分にある」

丸木は、賀茂晶の表情の変化に気づいた。いつも能面のように無表情な彼の顔が、悲しげに曇っている。真鍋を哀れんでいるようでもあった。

「不二人」

賀茂晶は言った。「そちは、己の心に従い、裁きを受けるのだ」

真鍋は怒鳴った。

「人の名を呼び捨てにするな」

賀茂晶は、真鍋にくるりと背を向けた。

真鍋は憤怒《ふんぬ》の表情で賀茂の背中を睨み付けている。

賀茂晶は、戸口に向かった。ベッドの脇にいた赤岩が、再び風のように動いてドアを開けた。

賀茂晶と赤岩、陽子が順に部屋を出た。

「おまえが受けるのは、たぶん、法の裁きじゃねえよ」

病室を出るときに、高尾が言った。「神の裁きだ」

丸木は、病院を出るときに一悶着あることを覚悟していた。しかし、ロビーを出るときには、誰も近づいてこなかった。

賀茂晶の一行は、本当の見舞客のようにロビーを横切り、出口に向かった。警備員も、刑事もこちらを気にしていない。丸木は、不思議な思いで、受付の前を通った。受付嬢だけが、眉をひそめ、訝しげにこちらを見ていた。

20

賀茂晶のアパートに引き上げたときには、すでにすっかり日が暮れていた。丸木は、少しばかり拍子抜けした気分だった。

真鍋には、赤岩や久保井のような変化はなかった。丸木は、その眼で奇跡の瞬間を目撃したいと思っていたのだ。

たしかに、病院のロビーでは不思議な出来事があった。しかし、あれは一種の暗示のようなもので、奇跡と呼ぶわけにはいかない。

高尾は、しきりに電話を掛けて、真鍋不二人と久保井建設、そして神奈川県を巻き込んだ贈収賄事件捜査の進捗《しんちょく》状況を調べていた。

高尾は、皆に説明した。

「地検は、とことん真鍋を追い込むつもりだ。今日、真鍋の事務所、久保井建設、神奈川県庁にガサが入った。会期終了と同時に真鍋逮捕ということになるだろう。おそらく、党から見限られたんだろうと言う者もいる」

「あんなやつが、政治の世界にのさばっていたと思うと、反吐《へど》が出そうよ」

陽子が言った。彼女には珍しく激しい感情を露わにしていた。おそらく、病室では、はらわたが煮えくりかえるのを必死にこらえていたのだろう。

「永田町じゃ、ああいうやつは珍しくもなんともない」

高尾が皮肉な口調で言った。

「日本がダメになるのも当然ね」

「ああ……」

高尾は深く溜め息をついた。「そうだな」

高尾の電話が鳴った。電話に出た高尾の表情が曇った。

「容態が急変？　そりゃどういうことだ？」

高尾は戸惑っているようだった。眉間に深くしわを刻んで相手の話に聞き入っている。電話を切ると、高尾は部屋にいた一同の顔を見回してから言った。

「真鍋が心臓発作を起こした」

陽子が小さく、驚きの声を上げた。赤岩も無言だが、驚いた様子だった。もちろん、丸木も驚いていた。

ただ一人、賀茂晶だけが平然としていた。丸木は、それを見てぞっとした。

裁きを受けるというのは……。

高尾が続けて言った。

「俺たちが帰ったあと、やつはひどく取り乱していたらしい。医者に安定剤を処方されたそうだ。しかし、興奮は収まらない。血圧が急上昇して、心臓がそれに耐えられなかったようだ」

「いったい、どこからそんな情報を……」

思わず丸木は尋ねていた。

「ふん。普段から署内で恩を売ったり、弱みを握ったりということに精を出していれば、自然と情報網ができあがるんだ」

見習うことにしようと、丸木は思った。

「それで……？」

陽子が尋ねた。「容態はどうなの？」

「詳しいことはわからない。本当に面会謝絶になったようだ。さて、汚職だけなら、何とか政治家として返り咲くこともできたかもしれないが、心臓発作とあっては、やつの政治生命も終わったな」

丸木はうなずいていた。

政治家は病気を恐れる。地元の有権者に対して著しく信頼を失うことになるからだ。心臓発作で倒れたというのは政治家として致命的だった。

「高尾……」

賀茂晶の声が聞こえ、四人は一斉にそちらを見た。

「何だ？」

「吾子《あご》は、真鍋のような司《つかさ》がたくさんいると申したな？」

「ツカサ……？　政治家のことを言ってるのか？　ああ、ごまんといるさ。もっと大物だっている」

「ならば、かねてから申していたように、総理大臣とやらに会いに行かねばならんようだな」

「総理大臣に会うか……」

　さすがに高尾は考え込んだ。「そいつは面白いが、ちょっとばかり面倒だな」

「ちょっと待ってください」

丸木は仰天した。「本気ですか？　そんなこと、できるはずないじゃないですか」

「どうしてだ？　真鍋には会えたじゃないか」

「高尾さん、真鍋とは面識があったでしょう。それに真鍋不二人は、入院していたんです。見舞いに行ったと言えば、話は通りますが、首相に会うとなると話は違ってきますよ」

「ここまで来たんだ」

高尾は言った。「とことんまでやろうじゃないか」

丸木は、反論しようとして言葉を失った。陽子を見た。

「まさか、あなたも……」

陽子はきっぱりと言った。

「あたしは行く。あんたは降りてもかまわない」

丸木は、陽子と高尾を交互に見た。高尾が言った。

「そうだ、丸木。おまえは付き合う必要はない。だが、俺は行く。俺はな、少年課の仕事に生き甲斐を感じている。生き甲斐を感じるということはだな、命を懸けてもいいということだ。おまえに言ったこと、あったたっけな？　俺は、間違ったことをしているガキは本気でぶっとばす。だが、正しいことをやろうとして苦しんでいるガキには、いっしょに戦ってやるんだ。これまで、ずっとそうしてきた。これは、少年課をクビになる瞬間まで変わらない」

それはわかっていた。その理想はすばらしいと思う。しかし、それが実際にどういうことなのか、丸木にはよくわかっていなかったようだ。

僕は、まだ腹のくくりかたを知らないようだ。

丸木は、思った。高尾は、警察官という身分が大切なのではない。少年課という仕事が大切だったのだ。これは、大きな違いだ。

陽子も、賀茂晶の中の役小角に出会って、腹をくくったのだ。教師という立場が大切なのではない。生徒との関係が大切だと思うようになったのだろう。それは、言葉にすれば簡単なことだが、社会のしがらみを考えれば、おそろしく難しいことだ。

高尾も陽子も、そうした戦いを続けているのだ。

高尾が言った。

「俺が面倒だと言ったのは、首相をどこで捕まえられるかわからないからだ。おそらく、首相は分単位で行動している。閣議だ、委員会だ、党の会議だと、いつも誰かに囲まれているだろうし、常に厳重な警備が付いている」

陽子がうなずいた。

「でも、賀茂君なら、どこにいようと会いに行ける」

「会いに行くことはできるだろう。だが、会っている間が問題だ。その間に、周囲を二重、三重に包囲されてしまう恐れがある。俺たちはテロリストと見なされるかもしれない。おそらく、百人単位の機動隊が動員されるだろう。遠間《とおま》から狙撃手に狙われるかもしれない。そうなれば、いくら賀茂の力をもってしてもどうしようもないだろう」

「会えればいいのよ」

陽子は言った。「そこで殺されたとしても、目的は達せられたことになる」

「玉砕は趣味じゃねえんだ」

「玉砕じゃない。賀茂君が、首相に会えば何かが変えられる。それは意味のあることよ」

高尾は考え込んだ。しばらくすると、彼は意外なほど軽い調子で言った。

「まあ、案ずるより産むが易しか……。まずは、首相の予定を調べることだな……。サツ回りに、首相番の記者を紹介してもらうか……」

丸木はたまらずに言った。

「大学時代の知り合いに、官邸に詰めている政治記者がいます」

高尾と陽子が、同時に丸木を見た。

丸木は、しゃべりながら興奮している自分を意識していた。

「そいつから、首相の予定を聞き出すのは簡単でしょう。僕にやらせてください」

「おまえ、降りるんじゃなかったのか?」

「行きます」

丸木が言った。「足手まといだと言われても、付いていきますよ」

高尾はほほえんだ。

「おい、俺が一度でもおまえに、足手まといだと言ったことがあるか?」

考えてみれば、一度もなかった。ただ、そう言われることを、丸木が恐れていたに過ぎない。

賀茂晶の静かな声が聞こえた。

「ただ、会うだけでは足りぬ」

高尾が尋ねた。

「そりゃ、どういうことだ？」

「我らの怒りを知らしめねばならぬ」

「怒りを知らしめる……？　だが、へたなことをやると、完全にテロ行為になっちまうな……」

高尾が考え込んだ。

「署名を集める、なんてまどろっこしいこと、やってられませんよねえ……」

丸木が言うと、高尾が顔をしかめた。

すると、陽子が言った。

「その点は、あたしと赤岩君に任せてもらうわ」

この苦しさは何だ？

背中から脇、そして鳩尾《みぞおち》……。体の左側全体に広がる痛み。それは特に左胸で激しい。

これはいったい、何だというんだ。

真鍋は、ベッドに横たわり、自問していた。酸素マスクがうっとうしい。

医者から、狭心症の発作だと言われた。だが、真鍋にはそれが信じられなかった。これまで、心臓を患《わずら》ったことなどない。

心臓の病というのは不安なものだ。医者は、今はただの狭心症だが、心筋梗塞に至る危険性をはらんでいると言った。

絶対安静が必要だという。

真鍋は腹を立てていた。

こんなところで、寝ている暇があるか。

早いところ、収賄事件に関して手を打たなければならない。今、ベッドサイドでは、担当医と弁護士が何やら小声で話し合っている。話の内容がわからない。それが、また真鍋を苛立たせた。

あいつらのせいだ。

真鍋は、高尾や賀茂晶たちのことを思い出した。そして、腹を立てていた。

医者には、しばらくすべてを忘れて安静にしろと言われた。でないと、命の保証をしかねる、と……。

長年の無理がたたったようですね。医者がそう言った。

あたりまえだ。無理に無理を重ねて、今の地位にたどり着いたのだ。

真鍋は、高尾や賀茂晶に対して、怒りとともに、別の感情がひたひたと忍び寄ってくるのを感じていた。認めたくないが、それは確実にやってくる。

それは、敗北感だった。

神の裁きだと……。

真鍋は、その言葉を思い出して怒りとともに悲しみを覚えた。

たしかに、いろいろと汚いことをやってきた。だが、それが政治というものだ。政治の世界では、とにかく生き残ることが重要なのだ。一度当選したら、次の選挙を睨んで活動を続ける。党の幹部の顔色もうかがわなければならない。

とにかく、選挙に……。

そこまで、考えて、真鍋は絶望的な気分になった。

この体では、選挙は戦えない。心臓病で倒れたなどということが、世の中に知られたら、それこそ政治生命の終わりだ。

真鍋は声を出そうとした。秘書に電話を掛けなければならない。心臓病のことは、決して外に洩らすなと釘を刺すつもりだった。

だが、うまく声が出ない。

医者がうめき声を聞いて振り返った。近づいてきた医者は、顔をしかめて言った。

「安静にしてください。頼むから何も考えずに……」
だが、真鍋は必死だった。とにかく、秘書に連絡を……。何とか身を起こそうとした。
その時、再び、胸から鳩尾にかけて激痛が走った。耐え難い痛みだ。息が止まる。
目がくらんだ。
二度目の発作。
俺は死ぬのか……。
真鍋は初めて恐怖を覚えた。ちらりと賀茂晶の顔が脳裏に浮かぶ。
いや、死なぬまでも、俺の政治生命は終わったのだ……。
真鍋は、絶望の淵に落ちていった。同時に意識を失っていた。

21

日曜の深夜。正確に言うと、月曜日の午前二時だ。

丸木は、シルビアの助手席でじっと正面を見つめていた。隣で、高尾が身じろぎをして、革のジャンパーがぎしっと鳴った。

真鍋が入院した熱海の病院に行ったときと同様に、後部座席には、賀茂晶がいた。賀茂はまるでそこにいないかのように、ひっそりと座っている。

シルビアは、溜池《ためいけ》交差点そばの外堀通りに駐車していた。大手レコード会社の真ん前だ。ここは、日中はバスの停留所となっているが、この時間は、またとない駐車場所だ。

休日の深夜とあって、交通量も極端に少ない。静かな夜だ。人の住んでいない都心は特に静かだった。

「おい」

沈黙を破って、高尾が言った。「その大学で同期だった記者ってやつの情報はたしかなんだろうな？」

丸木は落ち着かない気分でこたえた。

「何度も確認しましたから、だいじょうぶです」

「今夜の首相の最後のスケジュールは、迎賓館での会食。その後は、公邸に戻っているんだな？」

「会食の終了予定は、午後九時です。記者の話によると、その後、非公式の会談があり、公邸に戻るのは、おそらく十二時半から一時頃……」

「おまえが持ってきた、官邸の見取り図も頼りになるんだろうな」

「番記者の情報ですから、心配ありませんよ」

そう言いながら、丸木は少々不安だった。これから自分たちがやろうとしていることを考えれば、どんなに不安になっても足りないくらいだと、丸木は思った。首相官邸に押し入るなど、れっきとしたテロ行為だ。撃ち殺されても文句は言えない。生きて出られたとしても、逮捕されるのは目に見えている。

「あの……」

丸木は、生唾を呑み込んでから言った。

「何だ？」

「高尾さんは、怖くないんですか？」

「怖い？　何がだ？」

「これから、僕たちがやろうとしていることです」

「悪いことをやろうというのなら、おっかねえだろうな。だが、そうじゃない。これは陳情だよ」

「陳情というより、直訴ですね」

「直訴か」

高尾は鼻で笑った。「なら、切腹覚悟でやらなけりゃな……」

「本当に死ぬかもしれないんですよ」

「そうならないように、気をつけようぜ」

「死なないにしても、です。これで、将来がめちゃくちゃになるんですよ。それが、怖くないのかと訊いているんです」

高尾はしばらく黙っていた。丸木は、高尾に怒鳴りつけられるか、あるいは、ばかにされるものと覚悟していた。

だが、高尾はフロントガラスから正面の溜池交差点を見つめながら、静かに言った。

「なあ、丸木。俺はしがない公務員だ。ガキどものケツを追い回して、更生するかしねえかわからねえ、ガキの面倒を見る。それが仕事だ。そんな仕事を毎日続けてきた。いいかげん、嫌になることもある」

「この仕事に生き甲斐を感じていると言ったじゃないですか」

「生き甲斐は感じている。だが、それでもうんざりすることがあるんだ。そんなとき、この一件に関わった。こんな面白い思いをしたことがない」

「面白い……?」

「そうだ。手が届かねえと思っていた、ゼネコンの社長だの国会議員だのの汚職に、しっかり関わらせてもらった。傍観者としてでなく、な……。それも、そこにいる賀茂晶のおかげだ。そして、賀茂は、首相に会いたいと言っている。首相に怒りを示すと言ってるんだ。俺は、賀茂の思うとおりにさせてやりたいんだ」

「それは僕もそうですが……」

「いいか、丸木。俺がこれまでの警察の仕事で学んだ、最高の哲学を教えてやろうか？」

「何です？」

「万事、なるようになる、だ」

高尾は、賀茂晶を信じているのかもしれない。賀茂晶の奇跡を……。

丸木は、沈黙を守っている後部座席の賀茂晶を強く意識した。

ならば、僕もそれを信じるしかない。丸木はそう思った。聖書の中のキリスト、ナザレのイエズスは、神を信じることが何より重要であることを繰り返し説いている。

信仰であっても、信頼であってもいい。とにかく、高尾のように、賀茂晶を信じることにしよう。そう思うと、丸木は少しだけ気が楽になった。

背後から野太いエンジン音が近づいてきた。

「来たな……」

高尾がつぶやいて、ルームミラーを覗き込んだ。

丸木は振り返って後方を見た。

ガンメタリックのフェアレディZが近づいてくる。赤岩の車だ。

フェアレディは、ゆっくりとシルビアの脇を通り過ぎた。慎重すぎるほど慎重な運転だ。走り屋の車とは思えない。重低音の排気音だけが、その片鱗をうかがわせているだけだ。

助手席に座っている陽子が一瞬、見えた。彼女は、シルビアに向かってほほえみかけていた。

教師の笑顔ではなかった。妖艶で誇らしげな笑い。おそらく、小暮紅一の助手席に乗っているときは、いつもこんな表情をしていたのではないだろうかと、丸木は思った。

陽子は、賀茂晶だけにほほえみかけたのではない。シルビアに乗っている全員に、仲間としての共感を込めた笑みを投げかけたのだ。丸木には、はっきりとわかった。その笑顔が、丸木に勇気を与えていた。

赤岩のフェアレディは、ゆっくりと溜池交差点を左折していった。そちらの方向には、日本の中枢がある。

総理府や議員会館、国会議事堂、各省庁のビル。そして、首相官邸。

そのあたりに路上駐車していたら、たちまち職務質問を食らってしまう。この外堀通りが、駐車していられるぎりぎりの場所なのだ。

やがて、明らかにチューンナップしているとわかるバイクの低い排気音が聞こえてきた。

「お、デビル管の音だ。そろそろ集まってくるぞ」

高尾が、どこか浮き浮きとした調子で言った。

シルビアの脇を、バイクが一台通り過ぎていった。それは、深夜の街を走るただのバイクに過ぎない。スピードも出していなければ、エンジンの空ぶかしをするわけでもない。

しかし、丸木たちは、それが仲間であることを知っていた。

「賀茂」

高尾は後部座席に呼びかけた。

「わが名はオズヌだ」

「わかった。オズヌさんよ、手筈《てはず》はわかってるな？」

「我は、ただ、吾子についていくだけじゃ」

「オーケイ。それでいい」

また、一台、バイクが通り過ぎていく。そして、また一台。今度は、六本木通りから交差点に進入していくのが見えた。

「たいしたもんだ」

高尾が言った。「相州連合が解散した今も、こうした機動力を発揮できるんだからな。マル走のばかどもに、ちゃんと指令が行き渡っている」

「赤岩のことですか？」

「違うな。これは、あの女先生の影響力だ」

「水越陽子の？」

「そうさ。あるいは、彼女の中に生きている、小暮紅一の影響力なのかもしれん」

たしかに、集団で行動することを好む暴走族に、間を置いて一台ずつ静かにやってくるように言い聞かせるのは、ちょっとした難問だったかもしれない。

それは、相州連合全体に対して、計り知れない影響力を持っていることを物語っている。

バイクは、青山通りと六本木通りに分かれて神奈川方面からやってくる。さらに、青山通りからは、外堀通り、内堀通りに分かれて、あくまでも単独で、間を置いて静かにやってくることになっている。

あくまで、目立たぬように首相官邸周辺にやってくるのだ。その後は、遠巻きに包囲し、赤岩と陽子の合図を待つ。

「その点は、あたしと赤岩君に任せてもらうわ」

陽子はそう言った。その言葉と口調はたしかに自信に満ちていた。

静かな深夜の都心で、静かに事は進行している。

「さて、そろそろでかけなけりゃな……」

高尾が言った。

ここから、徒歩で首相官邸に向かう。歩いて約五分ほどの距離だ。丸木は、一つ大きく深呼吸をして、車を降りた。

歩道に降りた賀茂晶は、いつもとまったく変わった様子はなかった。穏やかすぎるくらいに、穏やかな表情だ。

「さ、案内役はおまえだ」

高尾が言った。丸木は、高尾の顔を見た。

高尾は笑みを浮かべた。それは、仲間に向けられる笑顔だった。丸木は、さらに勇気を得た。

溜池の交差点に向かって三人で歩き始めた。相州連合の集結に、警察が気づいて動き出す前に、首相官邸に赴かなければならない。でなければ、官邸に近づくことすらできなくなるだろう。

すべては、タイミングの問題だ。

「一生忘れられない夜になりそうだ」

高尾が言った。

「生きて戻れればね……」

丸木がこたえると、賀茂晶が言った。

「案ずるな。このオズヌを信じよ」

溜池交差点は、頭上に高速道路が通っており、その太い支柱が、なんだか禍々《まがまが》しく見える。

丸木は、交差点を曲がったところに、バイクが二台、間隔を置いて停まっているのを見た。若者がまたがっているが、彼らは特攻服を着ているわけでもなく、武器を持っているわけでもない。ただ、黒いライダースーツに黒いヘルメットで、ひっそりとバイクにまたがっていた。

その脇を通り過ぎると、すぐに首相官邸が見えてきた。総理府と官邸の間の道に入ろうとしたとき、声を掛けられた。

「すいません。どちらへいらっしゃいます?」

丸木は振り返った。

警察官が立っていた。このあたりは、警備の警察官の詰め所が至る所にある。辻には機動隊員が立っていることもあり、不審者は、必ず職務質問を受けることになる。

丸木が何か言うより早く、高尾が警察手帳を出した。

「捜査中だ」

制服の警察官は、懐中電灯の光を当てて、手帳を調べた。

「神奈川県警？」

不審そうな声で言う。「神奈川県警が、何の捜査だね？」

「地元の事件だよ。犯人一味の少年を補導した。こいつだ。まだ、仲間が近くにいるというので、案内させている」

制服の警官は、懐中電灯で賀茂晶を照らした。まぶしい光を当てられても、賀茂はまっすぐに警察官のほうを見ていた。

警備の警察官は、賀茂の顔を覗き込んでいる。賀茂の眼を見た。

やがて、賀茂晶は、眼をそらして言った。

「行こう」

賀茂晶が歩きだしても、警備の警察官は同じ姿勢でいた。今まで賀茂がいたところを懐中電灯で照らしている。

丸木は足早にその場を離れた。

「どうやら、このあたりは、チョウメンの効き目もなさそうだな」

高尾が言った。

「政治の中枢ですからね。でも、賀茂君の魔法は効き目がありますよ」

「また、職質を掛けられるまえに、たどり着こう。できるだけ、顔を見られたくない」

「顔どころか警察手帳を見せたじゃないですか」

「うまくいくかもしれんと思ったんだがな……」

角を曲がると左手に官邸の庭の長い植え込みが続いている。右手は総理府。その向こうが国会記者会館だ。

それを越えた角には、モニターテレビのカメラがある。カメラの脇が表門で、すぐその内側に警察官詰所がある。

丸木たちは角を左に曲がり、表門を通り過ぎて、通りに面して並んでいる通用門に向かった。

突然、周囲から、暴走族特有のエンジンの空ぶかしの音が響きはじめた。それは、深夜の静寂を破り、永田町の空に轟《とどろ》いた。

遠巻きに待機していた相州連合の、鬨《とき》の声だ。

高尾が丸木の肩を叩いた。それを合図に、丸木は通用門に進んだ。当然、通用門には警備の警察官がいる。ここも、賀茂晶の力に頼るしかない。

警察官たちは、周囲一帯に突然響きはじめた轟音《ごうおん》に、何事かと色めき立っている。

「暴走族だ」

高尾が言った。

その場にいた二人の警察官が、驚きを露わに高尾を見た。

「暴走族？　何だ、あんたは？」

「あっちだ。あっちからやってくる」

警察官は、通用門から様子を見ようと表に出てきた。そこに賀茂晶が立っていた。

二人の警察官は不審げに賀茂晶を見つめ、そのまま動かなくなった。人形のようにたたずんでいる。

「参ろう」

賀茂晶が言った。丸木は、通用門から官邸に向かって進んだ。門から官邸の玄関まではかなりの距離がある。そこを、急ぎ足で進む。

「走るなよ」

高尾が言った。「警察官というのは、走るやつを追う習性がある」

丸木はうなずいた。

首相官邸というのは、深夜でも人の出入りがある。官邸内の記者クラブには新聞記者も出入りしているし、閣僚や高級官僚がいつ呼び出されるかわからない。

最初の関門を通過すれば、玄関までは、難なくたどり着ける。

玄関には、背広姿のSPが立っていた。賀茂晶は、その関門もクリアした。玄関を入ると、右手に守衛室が、左手に記者の番小屋がある。目の前は、深紅の絨毯《じゅうたん》だ。

その絨毯を踏んだ瞬間、丸木は体中におののきが走るのを感じた。権力の中枢に足を踏み入れたという感覚。身がすくむような思いがする。

その絨毯は正面の階段に続いている。その階段は、両端が下りで、中央が昇りというルールになっていることを、記者の友人から聞いていた。

官邸には、この中央階段の他に三ヵ所の階段がある。丸木は、堂々とこの中央階段を進もうと思った。

階段の下に一人、上に一人SPがいた。階段に近づくと、下にいたSPが行く手を阻んだ。上にいるSPがそれを察知して、こちらを見据えている。

「どちらへ行かれますか？」

口調は丁寧だが、きわめて威圧的だ。

高尾が、警察手帳を出して言った。

「神奈川県警の高尾勇だ。そちらは？」

「神奈川県警が、どういう用件です？」

「こちらは、姓名を名乗っているんだ。そっちも教えてくれよ」

相手は不審そうな顔で高尾を見つめた。

「警視庁警備部の堂島《どうじま》だが……」

「フルネームで頼むよ」

SPはますます不審そうな表情になる。「堂島貞夫《さだお》だ。なあ、警察官といえども、この先は……」

その時、賀茂晶が言った。

「堂島貞夫と申すか？」

SPは、咄嗟に賀茂のほうを見た。眼を覗き込む。そのまま凍り付いたように、動きを止めた。

賀茂晶の静かな声が聞こえる。

「貞夫。総理大臣のもとへ、案内《あない》を頼もう」

堂島貞夫の表情が一瞬、苦しげに歪んだ。内面で葛藤があったのだろう。職務意識が、言いなりになることを拒んでいるのかもしれない。

丸木は、心臓が高鳴るのを感じた。これまではうまくいったが、この先もすべてうまくいくとは限らない。

やがて、SPの堂島は、くるりと踵を返すと階段を昇りはじめた。

丸木はほっとして、その後に続いた。

横にいた賀茂晶が丸木に言った。

「我のなすことを疑うな」

「え……？」

「吾子の疑いが、我の力を弱めることになるやもしれぬ」

丸木はどきりとした。

「済まない」

そうだ。信じることが大切なのだ。「もう、疑わない」

階段の上にいたSPが怪しげに、賀茂晶一行を見据えていた。しかし、堂島が案内しているので、問題なしと判断したようだった。

案外こんなものなのかもしれないと丸木は思った。ここに来る前は、もっと厳重な警備を予想していた。官邸内に警備担当者がうじゃうじゃいて、ちょっとでも不審な動きがあれば、たちどころに取り押さえられる。そういう状況を想像していたのだ。

しかし、官邸内の警備は予想より緩やかなようだ。こういう重要施設というのは、近づいたり、侵入したりするのはたいへんだが、一度中に入ってしまえば、比較的怪しまれないものだということがわかった。

階段を昇りきり、突き当たりの左手が首相の執務室だ。ドアの向かい側の壁に暖房の出っ張りがあり、その箱状の出っ張りに、初老の記者が腰掛けていた。

さらに、別の記者が駆けつけて来た。

「首相が、公邸から戻ってくるって?」

やってきた記者が、初老の記者に尋ねる。暖房器の上に腰掛けた記者がこたえた。

「危機管理室アイテムだ。暴走族がこのあたりで暴れているらしい」

さらに、ぞくぞくと記者が駆けつけてくる。首相が公邸から官邸に向かっているという情報をつかんだのだろう。執務室の前にはたちまち数人の記者が溜まった。

丸木たちは、その記者たちに混じるような形になった。

やがて、首相が階段を昇ってきた。秘書官らしい男と、何人かの記者を引き連れている。首相公邸脇の番小屋にいた記者たちだろうと、丸木は思った。

最初に首相の動きを察知したのが彼らで、執務室前で待ち受ける記者はそこからの情報を得たのだろう。

高尾が丸木にそっと言った。

「狙い通りだったな」

丸木は、初めて間近に首相を見た。

テレビで見るより、ずっと小柄な印象がある。髪が乱れ、顔色がよくない。疲れ果てているのだろう。

しかし、その横顔には、テレビでは伝わらない迫力が感じられる。どろどろの権力闘争の頂点に立つ人物は、やはり半端ではないと丸木は思った。

記者たちが、口々に質問を浴びせる。首相は、うつむき加減のまま執務室に向かう。

ドアを開けて、部屋に入る直前に、一言だけ言った。

「まだ、何が起きているのかわからん」

首相は、秘書官とともに、執務室の中に消えた。

記者たちは、ざわざわと何事か話し合っている。情報交換をしているのだ。事実を把握している者は一人もいない。

賀茂がSPの堂島に言った。

「もうよい。さがれ」

堂島は言われたとおりに、階段のほうに歩き始めた。彼は、自分が賀茂晶をここまで案内したことを、まったく覚えていないはずだった。

賀茂晶は、執務室のドアノブに手を伸ばした。そばにいた記者が、その様子を眉をひそめて見つめていた。

賀茂晶はドアを開いた。

その瞬間、記者たちのざわめきが消えた。それは、その場にいる誰にも許されていない行為のはずだった。

一瞬の沈黙。その静けさの中、賀茂晶は執務室に足を踏み入れた。

「失礼……」

高尾が、記者たちに声をかけてそれに続く。丸木の緊張はピークに達した。そこから先は、まるで、夢を見ているように現実感が失せていた。

丸木は最後に入ってドアを閉めた。

執務室の中は、思ったよりずっと狭く、古めかしかった。壁には大きな抽象画がかかっており、秘書官室との間のドアがある。その近くに手を洗うための小さな洗面台があった。

独特の匂いがする。そして、その部屋に満たされた重苦しい雰囲気。それは、歴代の首相の居室としての歴史の重みなのかもしれない。

首相は執務机の向こうで、何事かとこちらを見ている。先に反応したのは、秘書官だった。

「何だ、君たちは。ここをどこだと思ってるんだ」

もう、丸木と高尾の出る幕はない。この先は、賀茂晶……、役小角の出番だと、丸木は思い、黙っていた。

「まったく、警備は何をやってるんだ」

秘書官が電話を掛けようとしたとき、賀茂晶は言った。

「一言だけ、申したきことがあって参った」

秘書官は、取り合おうとしない。

「警備に言って叩き出してやります」

賀茂晶がさらに言う。

「総理大臣は、国を治める者と聞いておる。その総理大臣に申す。我は、正しき政《まつりごと》が行われるようにこいねがう」

秘書官が嚙みつくように言った。

「何を言っている。ふざけているのか?」

首相は、じっと賀茂晶を見つめていた。

「警官を呼びます」

秘書官は、再び受話器を耳に当てた。その時、首相が片手を上げた。

秘書官は、首相を見つめた。首相は、賀茂晶を見据えたままだ。

「警備はいい」

首相が言った。秘書官は、事情が飲み込めない様子で、ゆっくりと受話器を下ろした。

首相は、机の上で両手の指を組むと、賀茂晶に言った。

「君は誰だ?」

その声も、語り口も、やはりテレビで見るのとは大違いで、きわめて重厚だった。

「わが名はオズヌ」

「本当の名前を聞いている」

「オズヌは、わが名だ」

高尾が耳打ちした。

「現世での名前を聞いておられる」

賀茂晶はうなずいた。

「姓は賀茂、名は晶。南浜高校に通うておる」

首相の眉がかすかに寄せられた。記憶をまさぐっている様子だ。

「南浜高校……。どこかで聞いたな……」

秘書官が脇から言った。

「例の、真鍋議員の……」

首相はうなずいた。

「そうか……。それで、表の騒ぎは、君と何か関係があるのかね？」

「彼らは、我が同胞《はらから》だ」

「政道を正せと言ったな？」

首相は、賀茂晶を見据えて言った。その目にも、これまで丸木が見たことのないような迫力がある。

「その言い分はわかる。だが、表の騒ぎは感心しない」

「あれは、我らの怒りの表れだ。さらなる狼藉はいたさぬ」

「なるほど……、怒りの表現か……」

首相は何事か考え込んで、かすかにうなずいた。

秘書官が、言った。

「何が怒りの表現か！　これはテロ行為だぞ。厳しく処罰されるからそのつもりでいろ。だいたい、暴走族ごときが、政治に口出しをするなどと……」

首相は、賀茂に言った。

「南浜高校を巡る汚職に腹を立てたというわけかね？」

賀茂晶は首を横に振った。

「我は、同胞の居場所を守りたかった。だが、怒りはそれだけにとどまらぬ。久保井と謀を成した真鍋。それをあたりまえとしていた、よこしまな政《まつりごと》。それに怒っておる」

「お門違いだ」

秘書官は言った。「ここは、首相官邸だ。汚職だ、贈収賄だというのなら、地検へ行け。ここは、おまえたちの想像もできないような高度な判断を下すところなんだ」

「我は国を憂いておる。この国が、正しき道を歩むようにこいねがっておる」

秘書官は、怒鳴った。

「テロリストが何を言うか！」

突然、首相が一喝した。

「いいかげんにしないか！」

丸木は、その怒りが賀茂晶に向けられたものと思った。やはり、一介の高校生の言い分など受け容れてもらえないのか……。

だが、そうではなかった。首相は、秘書官を怒鳴りつけたのだ。

秘書官はそれを知って、たちまちすくみ上がった。

首相はしばらく秘書官を睨み据えてから言った。

「国を思う若者が、怒りをぶつけに来ているのだ。どうやってここまでたどり着いたか知らんが、たいへんな苦労をしてやってきたはずだ」

「は……」

秘書官は恐縮している。

「この国は誰のものだ？　この国の未来は？　彼ら若者のものだ。その若者が必死の思いで、この要塞のような首相官邸までやってきたのだ。襟を正して、言葉に耳を傾けるべきじゃないか」

秘書官は沈黙した。

首相はゆっくりと、賀茂晶のほうに向き直った。

「君は一つ、考え違いをしている」

「考え違いとは……？」

「私がこの国を支配しているように思っているようだが、それは違う。国の支配者は、君たちだ」

「我らが……？」

「そう。この国をどうするかは、君たちの責任なんだ。私にできることは微々たるものだ。私も、政道を正すためには努力をしている。力の及ばぬこともある。目の届かぬこともある。だが、約束しよう。できるところから、少しずつでも努力すると……」

賀茂晶はうなずいた。

電話が鳴り、首相自らが取り、相手の話を聞くと言った。

「電話ではわからん。口頭で説明に来るんだ」

首相は電話を切って、秘書官に告げた。

「危機管理対策室長の陣内《じんない》だ。官房長官とともに、やってくる」

ほどなく、ノックの音が聞こえ、ドアが開いた。

二人の男が立っている。官房長官と危機管理対策室長だろう。

彼らは、賀茂たち三人を一瞥《いちべつ》したが、何も言わなかった。

若いほうの男が説明をはじめた。おそらく、首相に陣内と呼ばれた男だろうと丸木は思った。

「官邸周辺を包囲しているバイクは、およそ百台。官邸に出入りするあらゆる道をふさいで示威行動を取っています。現在、機動隊二個中隊および、特殊小隊SATに出動命令が下っております。場合によっては、火器の使用を認めるつもりです。すでに、海外のマスコミも駆けつけております。日本のテロに対する姿勢を示すチャンスでもあります」

　陣内が言い終わると、首相がきっぱり言った。

「テロではない」

「は……？」

「それをはっきりと伝えたくて、君に来てもらった。これはテロではない。陳情だ」

「陳情……？」

　陣内危機管理対策室長は、ちらりと賀茂晶のほうを見た。それから、高尾、丸木と順に眺めた。

「陳情ですか……」

　陣内はもう一度言った。

「そうだ。そこにいる、南浜高校の生徒さんが、真鍋の件をたいそう問題にされてな。政道を正すべく、私に申し入れてきた」

「はあ……。それで、外の暴走族は？」

「彼のお仲間だ。わざわざ陳情に来てくださった、大切なお客だ。くれぐれも失礼のないようにな」

それを聞いた官房長官が目を剝いた。

「総理！」

首相は、抗議しようとする官房長官を制して言った。

「おい、真鍋が関わった南浜高校の件について、詳しく調べろ」

「はい……。ですが……」

官房長官は何か言いたげだった。それを、遮《さえぎ》るように、陣内危機管理対策室長が言った。

「なるほど。陳情とあれば、警戒態勢を解除しなければなりませんね」

官房長官は、嚙みつくように陣内に言った。

「あの暴走族たちを、あのまま見逃すというのか？」

「道交法に違反するようだったら、検挙しますよ」

陣内は首相に尋ねた。「それでよろしいですね」

首相はうなずいた。

「けっこうだ」

陣内危機管理対策室長は、何事もなかったかのように、一礼すると執務室を出ていった。官房長官が慌ててその後を追った。

丸木は、今ここで起こったことが信じられなかった。政治は腐敗している。政府は私利私欲に目がくらんだ者たちの集まりだ。それが、日本の常識としてまかり通っている。

たしかに、そういう部分はあるかもしれない。しかし、現場に立ち会ってみないとわからないことがたくさんある。

どんな世界でもそうなのだ。丸木は思った。

賀茂晶が首相に言った。

「我の話は終わった。だが、国が乱れたとき、我はまた、いつでも戻ってくる」

「わかった」

「話を聞いてくれて、礼を申す」

首相はうなずいた。

「帰り道、君たちには、指一本触れさせん」

賀茂は、首相に礼をした。丸木は、賀茂晶が他人に礼をするのを初めて見た。賀茂は、戸口に向かった。

賀茂晶が部屋を出ようとするとき、首相が言った。

「いいか？　もう一度言う。この国は、君たち若者が担っていくのだ」

22

隣の席では、高尾がくつろいだ姿で電話をしている。課長が、時折、忌々《いまいま》しげに高尾のだらしのない姿に視線を走らせる。

不思議な気分だった。

いつもの警察の風景。こんな日常に、あっさり戻れるとは思ってもいなかった。

首相官邸に出かけてから三日が経過していた。夢でも見ていたのかもしれない。そんな気さえした。

官邸を出た後は、緊張のせいか断片的にしか覚えていない。

丸木たちは、機動隊が取り囲む中を堂々と進んでいった。三人が外に出ると、ほどなく相州連合の、空ぶかしの音は止み、バイクは散っていった。

機動隊員たちが、あっけにとられてそれを見送る姿が印象的だった。

駐車していたシルビアに戻ると、高尾が狂ったように笑い出した。緊張が一気に解けて、感情のタガが外れたのだ。

丸木も笑い出していた。

賀茂晶だけが、平然としていた。

シルビアが走り出し、青山通りに出ようとするとき、左横に赤岩のフェアレディが並んだ。

赤岩が、こちらを見て、笑っていた。それは、ワルの笑みではない。屈託のない大笑いだった。

シルビアとフェアレディが並んで青山通りを走り出すと、どこからともなく相州連合のバイクが現れ、後ろについた。やがてそれは長い列になり、その列は国道246を神奈川方面に進んだ。

静かなパレードだった。誰も派手な走りをしようとしない。丸木は、その凱旋《がいせん》パレードに、たしかに感動していた。

やがて、バイクは散っていき、シルビアとフェアレディは、賀茂のアパートに着いた。

車を降りると、五人は誰彼かまわず抱き合った。誰もが大笑いしている。

丸木は、陽子としっかり抱き合ったときの感触を、一生忘れられそうになかった。

真鍋が議員を辞職するというニュースが流れたのは今朝のことだった。二度目の心臓発作を起こし、長期の入院が必要なことが明らかになった。

地検特捜部は、国会終了後、真鍋を受託収賄罪で逮捕した。

「おい、丸木」

高尾に声を掛けられて、物思いにふけっていた丸木は、現実に引き戻された。

「はい……」

「更木衛に会いたくないか？」

「はあ……」

「電話でな、その後のことを聞きたいと言ってきたから、これから訪ねると言ったんだが」

「あ、行きます、行きます」

すでに、高尾は出かけようとしている。丸木は、椅子をがちゃがちゃ言わせながら立ち上がった。


更木衛の自宅に向かうシルビアの中で、丸木は言った。

「すごい夜でしたね」

「ああ、最高だったろう」

「でも、賀茂晶……、いや、役小角は、ただ首相と話をしただけでしたね」

「首相をマインドコントロールするとでも思っていたのか？」

「いや……。でも、何か奇跡を起こすかもしれないと思ってはいました」

高尾は、かすかに笑った。

「俺たちが、首相官邸に行って首相に会えたんだ。これは奇跡だとは思わないか?」

「はあ……」

「そして、首相は、賀茂の話に耳を傾けた。これは、賀茂以外の人間にはなし得なかったことかもしれない。他のやつだったら、すぐに捕まっていたはずだ。俺には、あの夜のすべてが、奇跡だったとしか思えないんだがな……」

たしかに、言われてみればそのとおりだ。

あの夜自体が奇跡だったのかもしれない。もともと、奇跡というのは、そういうものなのかもしれない。目の前で行われる奇跡もあれば、気づかぬうちに大きな奇跡が行われている場合もある。そういう緩やかな奇跡は、それに気づく人だけに恩恵を与えるのかもしれない。

更木衛は、初めて会ったときとまったく同じ様子で、本に埋もれた居間から玄関に出てきた。

「おお、上がってくれ」

また、薄い茶が出された。

高尾はその茶をすすりながら、真鍋のことや久保井のこと、そして首相官邸での出来事を話して聞かせた。

そして、賀茂晶が起こしたいくつかの奇跡についても……。

更木衛は面白そうに話を聞いていた。

「そうして、誰もがもとの日常に戻った、か……」

更木が言った。

高尾がうなずいた。

「そういうことだな」

「それも、奇跡だな」

「俺もそう思う。みんなもとの鞘に戻ったが、きっとみんな変わっているはずだ。おそらく、俺も変わった」

そうだ。

丸木は思った。僕も変わったはずだ。

「むべなるかな……」

更木がうなずいた。「役小角の霊験だわな」

丸木が訊いた。

「先生は、本当に賀茂晶が役小角の転生者だと信じていたのですか？」

「信じていたわけではない。しかし、否定する根拠がなかった」

なるほど、と丸木は思った。これが、本当に学問的な態度というものだろう。

「僕は、今では、賀茂晶が役小角だと信じています。そして、先生の説も信じています」

「私の説？」

「役小角が、パルティアに流れた原始キリスト教徒の末裔かもしれないという説です」

「ほう。ようやく、信奉者が現れたか」

「身をもって体験しましたからね」

「だが、世に発表すると、奇説、珍説の類にされちまう」

「信じてくれる人はいますよ」

更木衛は、照れたようにほほえんだ。

「賀茂に会いに行きますか？」

高尾は、更木に言った。更木は、両方の眉を吊り上げてみせた。

「ふうん。興味深いな……。たしかに、もう一度会ってみたい」

高尾は、携帯電話を取り出し、南浜高校にいる水越陽子に電話した。

相手が出ると、それまで笑顔だった高尾の顔がみるみる曇っていった。

丸木は、何事かと高尾を見つめていた。

電話を切ると、高尾は言った。

「女先生が言うには、賀茂の様子がちょっとおかしいらしい」

「おかしい？　どうおかしいんです？」

「これから、南浜高校に向かう。詳しいことは会ってから本人に聞いてくれ」

高尾のシルビアは、丸木と更木衛を乗せて、南浜高校へ向かった。


高校の荒れた光景はそのままだが、どこか変わったような気がする。修復に向かうエネルギーのようなものが感じられる。

丸木の気のせいかもしれないが、たしかに、活気が戻ってきたような気がする。それは、廃校計画が白紙撤回されたことにもよるのかもしれない。

首相官邸を訪れた翌々日のこと、白紙撤回が正式に決定した。理由は、神奈川県の財政難だ。赤字だらけの神奈川県は、新たな事業に手を付けるのを見合わせたのだ。

だが、丸木は、首相と賀茂の話し合いが影響しているに違いないと信じていた。

校庭にたむろしていた不良たちの姿も、今は見えない。たしかに、南浜高校も変わりつつある。

水越陽子の名を告げると、ほどなく彼女が現れた。高尾は、更木を紹介し、三人は、進路指導室という札のついた部屋に案内された。

「それで……？」

高尾が陽子に尋ねた。「賀茂がおかしいって、どういうふうにおかしいんだ？」

「それが……」

陽子も戸惑っている様子だった。「おかしいというより、あれで普通なのかもしれないけど……」

「何を言ってるんだ？」

「とにかく、ここに来るように言ってあるから、その眼で確かめて」

高尾と丸木は、顔を見合わせた。

ノックの音が聞こえた。

「どうぞ」

陽子が言うと、引き戸が開いた。そこに賀茂晶が立っていた。

「よお」

高尾が声を掛ける。「変わりないか？」

賀茂晶は、きょとんとした顔で高尾を見ている。立っている姿がなんとなくおかしいと丸木は思った。彼独特の威厳がまったく感じられない。

賀茂晶は、おどおどした様子で戸口に立ち尽くしている。

「お入りなさい」

陽子にそう言われて、賀茂はまぶしそうな視線を彼女に向けた。ぎこちなく部屋に入ってきて、引き戸を閉めた。

高尾が陽子を見て言った。

「どうなってるんだ？」

「ごらんの通りよ」

「ごらんの通りって……」

「もとに戻ったのよ。もとの賀茂君に……」

あ、と丸木は思った。

様子がおかしいのはそのせいだった。もともとの賀茂晶とは初対面なのだ。

「つーことは……」

高尾が言った。「役小角じゃなくなったってことか？」

「そうなの」

陽子は、戸口の前に立っている賀茂晶をちらりと眺めて言った。「これが、賀茂晶君よ。どうやら、ここしばらくのことはよく覚えていないらしいの」

「よく覚えていない？」

更木衛が尋ねた。「……ということは、いくらかは覚えているということかね？」

「断片的にね……」

高尾は、賀茂晶に言った。

「俺のことは覚えているか？」

賀茂晶は、怯えたような表情でかぶりを振った。

「いいえ。覚えてません」

「こいつはどうだ？　丸木っていうんだけど」

賀茂晶は、同じように首を横に振った。

「俺たちは、いっしょに首相官邸に行った。そして、あんた、首相と直接話をしたんだ。覚えてないのか？」

賀茂は、気味悪そうに高尾を見た。

「それ、何のことです？」

高尾が陽子を見た。陽子は、肩をすくめて見せた。

「アパートを引き払って、ご両親のもとに戻ったの。ご両親は喜んでらっしゃるわ。でも、記憶障害があるということで、病院に通いはじめたの」

高尾は大きく溜め息をついた。それから、更木衛に言った。

「役小角の話は聞けそうにないな」

「まあ、こういう変化を観察できるというのも、興味深いよ」

高尾は、戸惑っているようだった。

「まあ、元通りになって、まずはめでたしめでたしというところじゃないか」

陽子が言う。

「それはそうなんだけど……」

「これから、飯食いに行かないか？　賀茂や赤岩を誘って。じきに終業時間だろう？　何時に出られる？」

陽子は、ちょっと考えてから時計を見た。

「そうね……。いいわ。すぐに出られる。賀茂君、つき合える？」

「ええ……。別にかまわないですけど……」

びくびくしている。

高尾や陽子の言いたいことはわかる。彼らは落胆しているのだ。だが、口に出してそうとは言えない。賀茂晶が元に戻ったということは、一般的には回復したということになるのだ。

落胆したのは丸木も同様だった。

役小角はどうしてしまったのだろう。賀茂晶から永遠に去ってしまったのだろうか？　陽子が賀茂晶に言った。

「じゃ、赤岩君も呼んできてちょうだい。ここで待ってるから」

賀茂はうなずいた。

「はい」

礼をして部屋を出ていこうとする。

丸木は、その背中にむかって、心の中で呼びかけた。

もう、僕たちは役小角に会えないのか？

もう、二度と役小角は、やってきてくれないのか？

賀茂が引き戸を開けて部屋を出た。そこでふと足を止め、わずかに振り返って丸木のほうを見た。

丸木と賀茂の眼が合った。

その瞬間、賀茂晶がかすかにほほえんだ。

え、と丸木は思った。そのほほえみの意味がわからない。しかし、その表情は、丸木には馴染みのもののような気がした。

賀茂晶の唇がかすかに動いた。声には出さなかった。

だが、丸木は見た。その唇は、たしかにこう動いた。

「わが名は、オズヌ」

次の瞬間、戸がぴしゃりと閉ざされた。

丸木は、しばらく動けずにいた。

彼は思い出した。首相官邸を去る間際、賀茂晶の中にいる役小角はこう言ったのだ。

「我はまた、いつでも戻ってくる」

丸木は、笑い出した。

高尾、陽子、更木がぎょっとして丸木を見た。

「いや、すいません」

丸木は言った。「みんな、役小角がいなくなってしまって、がっかりしているんでしょう? でも、きっと、また会えますよ。役小角は、いつでもすぐ近くにいるような気がしませんか?」

高尾と陽子が顔を見合わせた。そして、二人はほほえんだ。

「そうだな。きっと会える」

しばらくして、賀茂が戻ってきた。戸口で廊下のほうを見て彼は言った。

「赤岩。早く来いよ」

廊下から、野太い声が聞こえてきた。

「おう、ちょっと待てよ」

そのやりとりを聞いて、高尾が笑い出していた。

参考文献

『役行者伝記集成』銭谷武平（東方出版）
『役行者伝の謎』銭谷武平（東方出版）
『役行者ものがたり』銭谷武平（人文書院）
『超人役行者小角』志村有弘（角川書店）
『役小角　異界の人々』黒須紀一郎（作品社）
『役小角　神の王国』黒須紀一郎（作品社）
『謎の出雲帝国』吉田大洋（徳間書店）
『失われた原始キリスト教徒「秦氏」の謎』飛鳥昭雄・三神たける（学習研究社）
『偽装されたインドの神々』佐藤任（出帆新社）
『日本文化の多重構造』佐々木高明（小学館）
『東と西　海と山』大林太良（小学館）
『鬼伝説の研究　金工史の視点から』若尾五雄（大和書房）
『役行者と修験道の世界』大阪市立美術館・編集（毎日新聞社）
『日本の深層　縄文・蝦夷文化を探る』梅原猛（佼成出版社）
『首相官邸の秘密』森岸生（潮文社）

『神話と国家　古代論集』西郷信綱（平凡社）
『日本文化史叢考』大久保道舟（誠信書房）
『修験道入門』五来重（角川書店）

小学館文庫
好評既刊

ボーダーライト
神奈川県警少年捜査課

今野 敏

ISBN978-4-09-407375-1

県内で少年犯罪が急増している——神奈川県警少年捜査課の高尾と丸木が調査を始めた直後、ふたりのよく知る高校生・赤岩が薬物取引の現場で検挙された。赤岩は同級生の賀茂の助言で、取引を邪魔しに行ったのだという。賀茂は古代の霊能者・役《エンノ》小《オ》角《ヅヌ》を自らに降臨させる不思議な少年だった。時を同じくして横浜で売春や特殊詐欺も発生するが、罪を犯した若者たちの共通点は、カリスマボーカルのミサキを擁する人気バンド・スカGのファンということだけだった。みなとみらい署のマル暴・諸橋らの協力を得て、高尾たちは真相解明を目指す。唯一無二のエンタメ警察小説。

本書のプロフィール

本書は、二〇〇〇年十月に小学館から単行本として刊行され、その後、二〇〇三年十月に小学館文庫、二〇一四年十二月に徳間文庫として刊行された同名作品を、三次文庫化にあたり加筆・改稿したものです。官公庁の名称等は初刊刊行当時のままとしました。なお、本作品はフィクションであり、実在の個人・団体・事件などとは一切関係がありません。

小学館文庫

わが名《な》はオズヌ

著者　今野《こんの》　敏《びん》

二〇二一年九月十二日　初版第一刷発行
二〇二四年十月十二日　第二刷発行

発行人　庄野　樹
発行所　株式会社　小学館
〒一〇一-八〇〇一
東京都千代田区一ツ橋二-三-一
電話　編集〇三-三二三〇-五九五九
　　　販売〇三-五二八一-三五五五
印刷所――TOPPAN株式会社

この文庫の詳しい内容はインターネットで24時間ご覧になれます。
小学館公式ホームページ　https://www.shogakukan.co.jp

ISBN978-4-09-407057-6